고검독보 2
천성민 新무협 판타지 소설

초판 1쇄 찍은 날 § 2016년 11월 17일
초판 1쇄 펴낸 날 § 2016년 11월 24일

지은이 § 천성민
펴낸이 § 서경석

편집책임 § 이지연

펴낸곳 § 도서출판 청어람
등록번호 § 제387-1999-000006호
등록일자 § 1999. 5. 31
어람번호 § 제2-2691호

주소 § 경기도 부천시 원미구 부일로 483번길 40 서경B/D 3F (우) 14640
전화 § 032-656-4452 팩스 § 032-656-4453
http://www.chungeoram.com
E-mail § chungeorambook@daum.net

ⓒ 천성민, 2016

ISBN 979-11-04-91055-5 04810
ISBN 979-11-04-91053-1 (세트)

※ 파본은 구입하신 서점에서 교환하여 드립니다.
※ 저자와 협의하여 인지를 붙이지 않습니다.
※ 이 책은 도서출판 청어람과 저작자의 계약에 의해 출판된 것이므로,
   무단 전재 및 유포·공유를 금합니다.

第一章　쫓는 자, 쫓기는 자　　　7

第二章　격돌, 그리고…　　　45

第三章　전조(前兆)　　　79

第四章　이변(異變)　　　131

第五章　스러지는 매화　　　173

第六章　의외의 도움　　　249

외전　　검의 뜻을 세우다　　　287

第一章
쫓는 자, 쫓기는 자

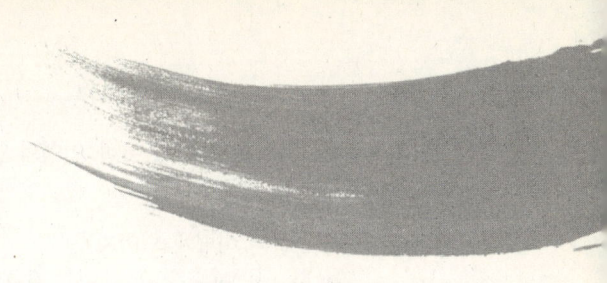

콰쾅!

커다란 폭발음과 함께 묵철로 만들어진 의자가 박살 났다. 시커먼 마기를 뿜어내며 어둠 속의 인영이 분노를 토해냈다.

"감히……! 대체 어떤 놈이 방해를 했단 말이냐!"

"그, 그것이……."

혹여나 더욱 큰 분노를 살까 그 앞에 납작 엎드려 있는 야행복을 입은 사내는 방 안을 가득 채운 짙은 살기에 말을 제대로 잇지 못했다. 그저 고개를 들 생각도 하지 못하고 이마를 바닥에 딱 붙이고 몸을 떨고 있을 뿐이었다.

쿠릉!

불빛 하나 새어 들어오지 않은 어두운 방 안은 지진이라도 난 듯 흔들렸다. 분노를 감추지 못한 인영의 몸에서 뿜어져 나온 짙은 마기 때문이었다.

"소림은……! 소림은 어떻게 되었지?"

어둠 속에서 검붉은 빛으로 타오르는 인영의 눈빛이 야행복 사내를 향해 내쏘아졌다. 날카로운 칼에 심장을 꿰뚫리기라도 한 듯 야행복 사내는 움찔하며 떨림을 멈췄다. 한순간 돌처럼 굳은 야행복 사내가 억지로 입을 열었다.

"아, 아직 정확한 사항은 확인하지 못했습니다. 소림방장의 함구령과 함께 문을 걸어 잠그는 바람에……. 어느 정도 피해를 입힌 것 같기는 합니다만……."

"건재하단 말이로군?"

말꼬리를 흐리는 야행복 사내의 귓가에 조용한 음성이 흘러들었다. 하지만 그것이 야행복 사내에게는 고막을 찢어발기는 뇌성벽력처럼 들려왔다. 금방이라도 방 안을 가득 채운 마기가 자신을 덮쳐올 것 같았다. 야행복 사내는 머리를 살짝 들더니 힘껏 바닥에 들이박았다.

쾅!

둔탁한 충격음과 함께 이마가 깨지고, 피가 터져 나왔지만 야행복 사내는 신음 한 번 내지 않고 아랫입술을 꽉 깨물며 입을 열었다.

"모, 모든 것은 제 불찰로 인한 일입니다. 죽여주십시오, 부주!"

그 말에 부주라 불린 인영의 눈빛이 어둠 속에서 날카롭게 번뜩였다. 야행복 사내는 온몸이 갈가리 찢겨 나가는 것 같은 착각이 들 정도로 섬뜩한 살기에 부르르 떨었다. 부주라 불린 인영이 천천히 입을 열었다.

"설마… 지난번에 일을 방해한 자와 관련이 있는 것은 아니겠지?"

부주의 날카로운 질문에 야행복 사내가 순간적으로 어깨를 움찔했다. 입 밖으로 꺼내지는 않았지만 사실 야행복 사내도 부주와 같은 생각을 하고 있었다.

"그, 그것은……!"

"역시 그랬던 건가?"

신음하듯 놀라 소리친 야행복 사내의 말에 부주는 그럴 줄 알았다는 듯 고개를 끄덕였다. 수십 년 동안 중원에서 누구에게도 들키지 않고 은밀히 암약해 온 자신들이었다. 강남 무림을 뒤흔든 마라천의 발호에도 자신들은 절대 겉으로 드러난 적이 없었다.

그런데 길지 않은 시간 동안 세 번이나 방해를 받았다. 정황으로 보아 구파일방이나 거대 문파가 자신들의 꼬리를 잡은 것은 아니었다. 대부분의 무림 문파는 화산비검회 참석에 이목이 집중되어 있었다.

그렇다는 것은 둘 중 하나였다. 우연히도 지나가던 길에 끼어들었다거나, 아니면 자신들의 정체를 알고 있는 누군가가 계획적으로 일을 방해하고 있다는 것. 한 번이라면 우연이라 넘길 수도 있겠지만, 세 번이었으니 후자일 확률이 높았다.

"처, 천의문에서부터 소림까지의 경로와 방해를 받은 시기를 따져보았을 때, 동일한 자들이 벌인 일로 보입니다. 마, 말씀 드리지 못해 죄, 죄송합니다."

야행복 사내는 이미 찢어져 피가 터져 나오는 이마를 몇 번이고 바닥에 들이박으며 말했다. 부주는 그 모습을 가만히 내려다보다가 천천히 입을 열었다.

"아니, 처음 천의문의 일을 망쳤을 때 미리 대비했어야 했다. 지금 본부에 여유 병력이 얼마나 있지?"

"소, 소림의 일로 네 개 조가 당했습니다만, 여유 병력을 모두 끌어모은다면 아홉 개 조 정도는 보낼 수 있을 것입니다."

"아홉 개 조? 계획에는 차질이 없겠지?"

"무, 물론입니다. 임무 수행을 위한 병력은 충분합니다."

야행복 사내의 말에 부주는 잠시 생각에 잠겼다. 방해꾼을 처리하기 위해 아홉 개 조를 파견하는 것은 과한 것이 아닌가 싶었다. 하지만 지금까지의 행보로 보아 확실하게 처리하는 것이 좋을 것 같았다. 이내 부주는 천천히 입을 열었다.

"좋아. 남는 병력을 전부 파견해 방해꾼을 처리하라. 추적에 능하고, 무공이 강한 자들을 보내야 할 것이다. 지금까지의 경로로 보아 아마도 놈들은 반드시 화산을 지날 것으로 보이니, 그 전에 반드시 처리해야 한다. 이번에도 실패한다면……."

부주는 말꼬리를 흐리며 날카로운 눈빛으로 흘끔 야행복 사내를 내려다보았다. 야행복 사내는 흠칫 어깨를 떨며 더욱 납작 엎드렸다.

"바, 반드시 제거하겠습니다, 부주!"

"좋아. 기대하겠다."

"존명!"

낮은 외침과 함께 야행복 사내는 그대로 바닥에 스륵 녹아들 듯 모습을 감췄다. 빙글 돌아선 부주는 뒷짐을 지고, 자신이 부순 묵철 의자 조각을 발로 지그시 밟았다.

우득!

낮은 파열음과 함께 단단한 묵철 의자는 그대로 납작하게 찌그러졌다. 부주가 발에 더욱 힘을 주자, 기이한 검은 연기가 피어오르더니 묵철 의자는 그대로 가루가 되어 사라져 버렸다.

파삭!

그제야 부주는 만족한 듯 입꼬리를 살짝 말아 올리더니 그대로 어둠 속으로 완전히 녹아들어 사라져 버렸다. 텅 빈 좁은 방 안에는 짙은 어둠만이 가득할 뿐이었다.

* * *

장일소는 불안했다. 여태껏 겉으로 티를 내지는 않았지만, 사진량이 언제 천뢰일가로 돌아갈지 몰라 내심 초조하고 불안하기만 했다. 가장 불안한 것은 양기뢰의 목숨이었다. 지금까지 버티고는 있었지만 사실 언제 목숨이 끊어져도 이상하지 않을 상황이었다.

만약 사진량이 도착하기 전에 양기뢰가 죽는다면 무슨 일이 생길지 몰랐다. 자신이 천뢰일가를 떠난 지 수년이 지날 동안 상황이 어떻게 변했는지 알 수 없는 일이었으니. 하지만 확실한 것은 양기뢰가 죽는다면 천산 너머로 쫓겨난 마도의 세력, 흑야에 큰 변화가 있을 거라는 점이었다.

장일소의 불안함을 더욱 배가 시킨 건 무림에서 암약하는 흑야의 세력과 몇 번이나 마주친 것이었다. 무림의 태산북두, 소림사에까지 손을 뻗칠 만큼 활발하게 움직이고 있다는 것은 흑야 내부에서 어떤 변화가 있었다는 뜻일지도 몰랐다. 그 때문에 장일소는 불안감을 참지 못하고 결국 사진량에게 질문을 던졌다.

"소공… 천뢰일가로는 언제쯤 돌아가실 생각입니까?"

일행의 맨 앞에서 걸음을 옮기던 사진량이 천천히 고개를 돌렸다.

"갑자기 무슨 소리지?"

사진량의 반문에 장일소는 저도 모르게 어깨를 움찔했다. 이내 장일소는 나직이 한숨을 내쉬며 말했다.

"전에도 말씀드렸지만… 가주께서 돌아가신다면 중원 전체에 큰 위험이 닥칠 것입니다. 그 전에 빨리 돌아가셔서 가문을 정비하셔야 그자들의 중원 침공을 막을 수 있을 것입니다. 그러니 부디……."

장일소의 간절한 눈빛을 마주한 사진량은 무표정한 얼굴로 입을 열었다.

"전에도 말하지 않았던가? 나는 그저 마치지 못한 일을 끝내려고 나온 것이다. 천뢰일가로 돌아가는 것도 그 방법 중에 하나이긴 하지만, 눈앞에서 벌어지는 일을 버려두고 갈 수는 없지 않나?"

"하오나 가주께서……."

"천뢰일가는 가주 한 사람이 없다고 무너질 만큼 나약한 곳이었나? 그렇다면 내가 돌아갈 이유도 없다."

자신의 말을 끊고 귓가로 날아든 사진량의 말에 장일소는 말문이 탁 막혔다.

옳은 말이었다. 아무리 가주의 역할이 중요하다고는 하지만 천뢰일가가 그렇게 쉽사리 흔들릴 리가 없었다. 그만큼 오랜 세월 굳건히 북방에서 자리를 지켜온 천뢰일가였다.

언제 그랬냐는 듯 장일소의 불안함이 일시에 가셨다. 장일소의 변화를 감지한 사진량은 그대로 돌아서서 다시 걸음을 옮기기 시작했다. 두 사람의 대화를 팔짱을 낀 채 가만히 듣고 있던 남궁사혁이 장일소의 어깨를 툭툭 두드리며 말했다.

"그 심정 다 이해합니다, 장노. 그래도 생각 없는 놈은 아니니까, 장노께서 너그러운 마음으로 용서하십쇼."

*   *   *

회의실에 모인 화산의 장로들은 다들 굳은 얼굴로 서로를 바라보고 있었다. 화산비검회 개최까지 남은 시간은 앞으로 두 달여. 손님을 맞을 준비는 거의 끝나가고 있었다. 하지만 상황이 달라졌다.

화산비검회의 가장 큰 손님 중 하나인 소림의 불참.

그것이 문제였다. 갑작스러운 지진으로 인해 소림사 경내에 피해가 막심해서 그렇다고는 하지만, 소림 방장의 이름으로 발표된 내용 말고는 전혀 사실을 알 수가 없었다.

이상한 것은 경내에 큰 피해가 생길 정도의 지진이 있었다는데 소림을 제외한 다른 곳에는 지진의 흔적이 전혀 없다는 것이었다. 게다가 경내에서 머물던 속가 제자들은 단 하나도 소림을 떠난 사람이 없었다. 봉문(封門)을 선언한 것은 아니었지만 소림은 사실상 봉문이나 마찬가지였다.

"허어, 소림이 불참을 한다니……."

한참이나 아무런 말도 없이 서로를 쳐다보던 화산의 장로 중 하나가 한숨을 푹 내쉬며 나직이 신음하듯 중얼거렸다. 그것을 시작으로 장로들이 저마다 탄식을 터뜨렸다.

"그러니 말이외다. 어쩔 수 없는 사정이 있다고는 하지만 봉문에 가까운 조치를 취하다니."

"정말로 지진 때문에 그런 게 맞소?"

"소림에서 그리 전해오지 않았소이까. 설마하니 다른 문제가 있어서 그런 것은 아니지 않겠소?"

"모를 일이지요. 아무래도 정황상 의심스럽지 않습니까."

"혹시 모르니 따로 알아봐야 하지 않겠습니다. 화산비검회에 무슨 영향을 끼칠지도 모르는 일이니……."

"그러니 말입니다. 소림에서 무얼 숨기고 있는지 알아봐야 합니다. 무슨 일이 있어도 화산비검회는 아무 문제 없이 치러져야 하지 않습니까."

　장로들의 대화는 점점 소림의 불참 사유에 대해 의심하는 쪽으로 흘러갔다. 소림의 발표를 곧이곧대로 믿기에는 미심쩍은 점이 너무 많았으니 당연하다면 당연한 일이었다.

　"그럼 이번에도 개방과 하오문에 은밀히 조사를 의뢰해야겠구려. 다들 동의하시는 게요?"

　가만히 다른 장로들의 말을 듣고만 있던 대장로가 조용히 입을 열었다. 그 말에 장로들은 저마다 고개를 끄덕이며 동의를 표시했다.

　"좋은 생각이십니다, 대장로."

　"저도 동의합니다만, 대신 절대로 소림이나 외부에 알려져서는 아니 될 것입니다."

　"맞습니다. 혹시라도 소림에서 알게 된다면 곤란한 일이 생길 테니 말입니다."

　근엄한 얼굴로 장로들을 쳐다보며 대장로가 조용히 입을 열었다.

　"그럼 결정된 것으로 알고, 개방과 하오문에 연통을 넣겠소이다. 혹시 모를 일이니 다들 지금 이 자리에서 있었던 일은 다른 곳에서 절대 언급하셔서는 아니 되오. 아시겠소이까?"

　개방주 취협개 홍영은 나직이 한숨을 내쉬며 봉인된 서신을 조심스레 펼쳤다. 화산의 인장이 찍혀 있는 종이를 뜯어 서신을 꺼낸 홍영의 얼굴은 이내 굳었다.

"소림을… 비밀리에 조사해 달라고? 그게 어디 말처럼 쉬운 일인 줄 아시나? 그나저나 화산에서 이렇게 나온다는 것은……."

홍영은 말꼬리를 흐리며 흘끗 벽에 걸린 중원 지도를 쳐다보았다. 항주와 하남의 남동부 경계 부근에 붉은 표식과 함께 깨알 같은 글자가 쓰여 있었다. 가만히 그것을 쳐다보던 홍영은 소림사가 있는 숭산을 손가락으로 가리켰다.

"소림의 일이 알려진 것처럼 단순한 지진 때문이 아닐 확률이 높다는 거겠지. 시기적으로 봐서는 역시 지난번 내 예상이 맞았던 건가?"

나직이 중얼거리며 홍영은 지도에 표시된 두 부분과 숭산을 번갈아가며 쳐다보았다. 아무리 보아도 천의문 사건과 관련이 있는 자들이 이동을 하는 중에 다른 일들이 벌어지고 있다는 생각을 떨칠 수가 없었다. 만약 자신의 생각이 옳다면 다음에 일이 벌어질 만한 곳은 하나밖에 없었다.

"그렇다면 다음은… 화산이로군."

지금까지의 진행 속도로 보아, 늦어도 두어 달 내에 화산에서 큰 사건이 벌어질지도 몰랐다. 화산비검회의 개최일과 겹치는 시기였다. 홍영은 더욱 굳은 얼굴로 나직이 중얼거렸다.

"네놈 생각은 어떠냐?"

홍영 외에는 아무도 없는 방 안이라 대답이 들려올 리가 없었다. 하지만 홍영은 팔짱을 낀 채 가만히 대답을 기다렸다. 이내 홍영의 등 뒤에서 앓는 소리가 들려왔다.

"에잉! 제가 여기 있는 건 어떻게 또 아셨대요?"

"이런 떠그럴! 제자 놈이 은신해 있는 것도 모르면 어디 스승 자격이나 있겠느냐?"

홍영은 어처구니없다는 듯 왈칵 인상을 찌푸리며 어두운 구석으로 고개를 돌렸다. 부스럭거리는 소리와 함께 숨어 있던 젊은 거지가 더벅머리를 벅벅 긁으며 모습을 드러냈다. 홍영의 막내 제자인 소개(小丐) 까마귀 귀신, 오귀(烏鬼)였다.

갓난아이 때부터 개방도들의 손에서 자란 아이로, 타고난 무재로 수많은 개방의 비전절기를 익히고 있었다. 개방의 앞날을 훤히 밝혀줄 기재로 개방도의 기대를 한 몸에 받았건만, 그 타고난 게으른 기질이 갑자기 터져 나오는 바람에 이제는 거의 없는 사람으로 취급받고 있었다.

"으하아암!"

머리를 긁던 오귀는 이내 기지개를 쭉 켜며 하품을 했다. 한심하기 짝이 없는 그 모습에 홍영은 저도 모르게 한숨을 푹 내쉬었다. 저러라고 가르친 은신술이 아니었건만. 그래도 비밀리에 일을 맡길 만한 사람이 저놈 하나밖에 없었다. 절로 흘러나오는 탄식을 눌러 참으며 홍영은 천천히 입을 열었다.

"제자야, 네가 일 좀 해줘야 쓰겠다."

"예? 제가 왜요?"

딱 보기에도 귀찮아하는 기색이 역력한 모습에 홍영의 얼굴이 왈칵 일그러졌다. 이번에는 참지 못한 홍영이 버럭 소리쳤다.

"그럼 계속 밥이나 축내고 있을 셈이었더냐?"

"에이, 거지가 그러면 무슨 일을 합니다. 밥이나 빌어먹고 살지. 거지면 거지답게 살아야죠. 전 지금 이대로가 좋습니다."
 "지금까지는 그냥 두고 봤다만… 파문당하고 싶은 게냐?"
 홍영은 누런 이를 드러내며 으름장을 놓았다. 협박이나 마찬가지였다. 중원의 모든 거지가 개방도는 아니다. 하지만 파문당한 개방도는 더 이상 거지로 살 수 없었다. 그만큼 개방의 규율은 소림에 버금갈 정도로 엄격하기 그지없었다.
 "에헤이! 명색이 개방 방주씩이나 되시는 분이 고작 일개 방도에게 협박이십니까?"
 움찔하기는 했지만 오귀는 슬쩍 너스레를 떨며 물었다. 하지만 홍영은 대답 대신 가만히 오귀를 노려보았다. 진심이 가득 담겨 있는 눈빛이었다.
 "지, 진심이십니까?"
 놀란 오귀가 눈을 땡그랗게 뜬 채로 물었다. 홍영은 짐짓 심각한 얼굴로 대답 대신 고개를 끄덕였다. 오귀의 얼굴이 새하얗게 질렸다.
 "할게요. 무슨 일입니까, 사부?"
 다급히 소리치는 오귀의 모습에 홍영은 입꼬리를 살짝 말아 올렸다. 타고난 게으름이 발목을 잡기는 했지만, 한때나마 개방 최고의 기재 소리를 듣던 오귀였다. 특히나 은신, 추종술(追蹤術)은 누구도 따를 자가 없다고 자부할 정도였다. 홍영이 생각하고 있는 일에 누구보다 딱 들어맞는 인물이었다.
 "소림이 문을 걸어 잠그기 전에 산을 내려온 자들이 있다고 하더군. 추측일 뿐이지만 최근 벌어지고 있는 일과 관련이 있을 법한 자들이다. 가서 알아보고 오너라."

묵묵히 얘기를 듣고 있던 오귀가 금세 빙글 몸을 돌렸다. 대꾸도 없이 밖으로 나가려는 오귀의 모습에 홍영이 발끈하며 소리쳤다.

"지금 어딜 가는 게냐!"

"우씨! 가서 알아보라면서요!"

파문을 들먹인 것에 토라진 듯 오귀는 입술을 삐죽이며 소리쳤다. 홍영은 피식 미소를 지으며 잘 가라는 듯 손짓했다.

"오냐, 잘 다녀와라."

"에이 씨!"

오귀는 쿵쾅거리며 골방을 뛰쳐나갔다. 그 모습을 가만히 쳐다보며 홍영이 중얼거렸다.

"이번 일로 정신을 좀 차려야 할 텐데… 쯧쯔."

*   *   *

"네가 할래? 아님 내가 할까?"

갑자기 남궁사혁이 불쑥 물었다. 어느새 걸음을 멈춘 사진량이 나직이 한숨을 내쉬었다. 남궁사혁은 갑자기 손을 들어 뒷머리를 긁으며 말을 이었다.

"아니, 자꾸 뒤통수가 가려워서 말야."

"허어, 역시 그랬었군요. 어쩐지 숭산을 내려온 후부터 이상한 느낌이 좀 들긴 했습니다만."

남궁사혁의 말에 장일소가 고개를 끄덕이며 말했다.
"엥? 그게 무슨 소립니까, 사부? 남궁 형님?"
커다란 등짐을 멘 채로 일행의 뒤를 부지런히 따르고 있던 관지화가 고개를 갸웃거렸다. 고태도 궁금한지 관지화와 같은 얼굴을 하고 있었다. 남궁사혁은 귀찮은 티를 내며 관지화의 물음을 무시했다. 이내 사진량이 천천히 돌아서며 말했다.
"내가 다녀오지."
대답과 동시에 사진량의 신형이 순식간에 일행의 시야에서 사라져 버렸다.
"어엇? 지금 어딜 가신 겁니까?"
놀란 관지화가 눈을 동그랗게 뜬 채 물었다. 하지만 역시나 남궁사혁은 대답하지 않고 근처에 있는 커다란 나무둥치 아래의 그늘에 풀썩 주저앉았다.
"잡소리 그만하고, 녀석이 올 때까지 좀 쉬자고."

낡은 바가지를 들고 흙바닥에 앉아 구걸하는 시늉을 하고 있던 중년 거지는 저도 모르게 어깨를 움찔했다. 전혀 눈치재지 못한 사이에 마혈을 제압당한 상태였다. 목만 간신히 움직일 뿐, 그 아래는 꼼짝도 할 수 없었다.
"으, 으읔!"
짧은 신음을 흘리며 중년 거지는 억지로 고개를 들었다. 누군가 자신을 내려다보고 있었다. 상대는 해를 등지고 있어서 제대로 얼굴을 확인할 수 없었다.

하지만 누군지 금방 알아챌 수 있었다. 지난 며칠 동안 자신이 다른 개방도들과 함께 은밀히 뒤를 쫓던 자들 중 하나였다. 중년 거지의 앞에 선 인영이 천천히 입을 열었다.

"개방인가?"

"그, 그렇소……."

중년 거지는 신음하듯 나직이 대답했다. 이내 상대의 음성이 흘러들었다.

"더 이상 뒤를 쫓지 않았으면 좋겠군. 이번에는 그냥 넘어가겠지만, 다음번에는 아무리 개방이라 해도 용서하지 않을 것이다."

"다, 당신들은 대체……?"

"내 말 명심하는 게 좋을 거야."

중년 거지의 질문에는 대답하지 않고 인영은 그대로 사라져 버렸다. 이내 제압당한 혈도가 풀리자 중년 거지는 저도 모르게 거친 숨을 크게 몰아쉬었다. 어느샌가 이마는 식은땀으로 흠뻑 젖어 있었다.

"커헉! 도, 도대체 어떻게……?"

개방 특유의 추적술을 활용해 수백 장 밖에서 뒤를 쫓고 있던 자들이었다. 그런 자신을 눈치챈 것이 그저 놀라웠다. 아무래도 심상치 않은 자들이었다. 오랜 세월 거지로 살면서 발달된 생존 본능이 위험하다고 소리치고 있는 것 같았다.

"아, 아무래도 총타에 전해야겠군."

아예 팔베개를 하고 나무 그늘 아래에 드러누워 있는 남궁사혁의 모습에 사진량은 저도 모르게 나직이 한숨을 내쉬었다. 그 소리에 눈을 감고 있던 남궁사혁이 천천히 눈을 떴다.
"에이, 벌써 왔냐? 난 또 크게 한바탕할 줄 알았더니만."
"개방도를 함부로 벨 수는 없는 일이지."
남궁사혁은 엉덩이를 툭툭 털며 일어났다. 그 옆에 앉아 있던 장일소가 조금 놀란 얼굴로 물었다.
"설마 개방이 저희 뒤를 쫓고 있었단 말입니까?"
"그렇다고 하더군. 잘 말해뒀으니 더 이상은 귀찮게 하지 않을 거다."
"그런……."
할 말을 잃은 장일소를 뒤로하고 사진량은 이내 천천히 걸음을 옮기기 시작했다. 남궁사혁이 그 뒤를 따르고 뒤이어 등짐을 짊어진 두 사람이 종종걸음으로 쫓아갔다. 그 모습을 가만히 쳐다보던 장일소는 나직이 한숨을 내쉬며 중얼거렸다.
"허어, 개방에서 어떻게 알고……. 앞으로 어찌 될지 걱정이로구나."

*　　　　*　　　　*

"에이, 귀찮아 죽겠네. 하여간 나만 보면 못 잡아먹어서 안달이시라니까."
투덜거리면서도 오귀는 부지런히 걸음을 옮겨갔다. 개봉의 총타를 떠난 지 벌써 며칠이 지나 오귀는 숭산 인근을 지나고 있었다. 걸음을 옮기면서도 오귀는 근처에 있을 개방도들을 찾았다. 소림사가 있는 숭산 인근이다 보니 보통은 개방도들의 거처로 쓰이는 관제묘가 잘 보이지 않았다.

사실 전 중원에 분타가 있는 개방이었지만 숭산은 소림사의 영역이다 보니 따로 분타를 만들지 않았다. 무림의 태산북두인 소림사를 존중하는 의미에서였다. 또한 마찬가지로 화산이나 무당 등의 구파의 영역에는 개방의 분타가 없었다.

그 때문에 오귀는 주위를 두리번거리며 개방도를 찾고 있었다. 드문드문 구걸을 하는 거지가 보이기는 했지만 개방도는 아니었다. 오귀는 귀찮음이 가득한 얼굴로 소리쳤다.

"아오, 썅! 도대체 어디들 처박혀 있는 거야?"

갑자기 젊은 거지 하나가 바락 소리치자, 길을 오가던 사람들이 움찔 놀라며 흘끔거렸다. 오귀는 아랑곳하지 않고 주위를 휘휘 둘러보았다. 그러다 저 멀리 개방도로 보이는 거지를 발견하고는 곧장 바닥을 박차고 달려 나갔다.

파팟!

수십여 장의 거리를 단숨에 좁히는 오귀의 신법은 바람처럼 재빨랐다. 어깨를 잔뜩 움츠린 채 종종걸음으로 어디론가 향하던 거지는 갑자기 자신의 앞에 나타난 인영에 화들짝 놀라 짧은 비명을 지르며 엉덩방아를 찧었다.

"으, 으힉!"

허리춤의 매듭 하나를 보아하니 개방에 입문한 지 얼마 되지 않아 보이는 거지였다. 오귀는 놀란 눈으로 자신을 올려다보는 거지를 심드렁한 얼굴로 내려다보며 천천히 입을 열었다.

"여기 책임자가 누구냐?"

딱 보기에도 자신보다 나이가 많아 보였지만 오귀는 대뜸 반말로 물었다. 본래 총타 내에서도 위아래를 모르는 막 되먹은 놈이라는 소릴 듣는 오귀이다 보니 반말을 하는 데 전혀 거리낌이 없었다.

"뉘, 뉘신……! 으헉! 오, 오결(五結)!"

오귀의 허리춤에 달랑거리는 매듭의 숫자를 본 거지의 눈이 휘둥그레졌다. 오귀는 여전히 심드렁한 얼굴로 입을 열었다.

"대답을 하든가, 안내를 하든가 하지?"

그 말에 거지는 튕기듯 벌떡 일어나더니 허리를 반쯤 숙인 채 굽실거렸다.

"따, 따라오시죠. 안 그래도 집결지로 가려던 참이었습니다요."

"앞장서."

"예이!"

거지는 허리를 펴지 않고 연신 굽실거리며 앞장서서 걸음을 옮기기 시작했다. 오귀는 마뜩찮은 얼굴을 한 채로 그 뒤를 가만히 따랐다.

공식적으로는 존재하지 않는 개방의 등봉현 분타의 책임자, 장홍규는 한숨을 푹 내쉬었다. 개봉의 총타에서 내려진 밀명을 제대로 완수하지 못한 탓이었다.

"에휴, 그런 자들을 어찌 은밀히 뒤를 쫓으라는 건지……."

생각만 해도 등줄기가 오싹해졌다. 그가 마음만 먹었다면 지금 자신은 멀쩡히 살아 돌아오지 못했을 것이다. 수백 장이나 떨어진 곳에 있는 자신의 위치를 정확히 알고, 은밀히 다가오기까지 한 자였으니.

검은빛을 띤 검을 들고 있던 사내, 사진량의 모습이 머릿속에 생생하게 남아 있었다. 장홍규는 부르르 어깨를 떨며 고개를 휘휘 내저었다. 사진량의 모습을 간신히 떨쳐낸 장홍규는 이내 근심 어린 표정을 지으며 거푸 한숨을 내쉬었다.

일을 그르친 것을 총타에 보고해야 한다고 생각하니 저절로 식은땀이 나기 시작했다. 하지만 계속 숨기고 있을 수는 없는지라 장홍규는 억지로 지필묵을 꺼내 총타에 보낼 서신을 쓰기 시작했다.

마음을 먹었지만 쉽게 붓이 움직이지 않았다. 붓을 든 손이 미세하게 떨리고 있었다. 하지만 늦지 않게 최대한 빨리 알리는 것이 옳았다. 장홍규는 아랫입술을 꽉 깨물며 서신을 써 내리기 시작했다.

"안에 계십니까, 어르신?"

한참 서신 쓰는 데 열중하고 있던 장홍규는 갑작스레 밖에서 들려오는 낮은 음성에 움찔 놀라 급히 고개를 돌렸다. 그 바람에 들고 있던 붓을 바닥에 떨어뜨렸다.

"누, 누구냐?"

반쯤 부서져 가는 낡은 초옥의 문이 조용히 열리고 거지 하나가 안으로 들어와 고개를 숙였다. 등봉현 분타에 속한 방도 중 하나였다.

"총타에서 오신 분이 분타주님을 찾습니다."

예상치 못한 방도의 말에 장홍규의 눈이 휘둥그레졌다.

"뭐? 초, 총타에서?"

"그렇습니다."

장홍규의 머릿속이 복잡해졌다. 설마하니 일을 그르친 것 때문에 책임을 묻고자 하는 것은 아닐 것이다. 아직 총타에 서신을 보내기도 전이었으니.

아무리 생각해 봐도 무슨 일 때문인지 감이 오지 않았다. 장홍규는 불안함이 가득한 얼굴로 말했다.

"아, 안으로 모셔라."

"예, 분타주님."

돌아서서 밖으로 나간 거지는 이내 약관 정도로 보이는 젊은 거지를 데리고 들어왔다. 젊은 거지는 뭐가 그렇게 마음에 들지 않는지 잔뜩 인상을 구기고 있었다. 그 모습에 장홍규는 저도 모르게 살짝 눈살을 찌푸렸다.

하지만 이내 젊은 거지의 허리춤에서 다섯 개의 매듭을 보고는 움찔 놀랐다. 사결인 자신보다 한 단계 위의 신분이라는 뜻이었다. 장홍규는 긴장한 얼굴로 침을 삼키며 포권을 취했다.

"드, 등봉현 분타주 장홍규라 합니다. 총타에서 여긴 어쩐 일로……."

젊은 거지, 오귀는 귀찮음이 잔뜩 묻어나는 얼굴을 한 채,

약지로 귀를 후비며 말했다.

"여기 분타에서 뒤를 쫓던 자들 있지? 그놈들 어디로 갔는지 확인됐수?"

대뜸 반말로 질문을 던지는 오귀의 모습에 장홍규는 한순간 움찔하며 할 말을 잃었다. 전혀 거리낌 없는 오귀의 반말도 그랬지만, 그보다는 질문의 내용이 장홍규의 심부를 날카롭게 찔러온 탓이었다.

"그, 그것이……!"

"듣기론 사람을 붙여뒀다고 하던데?"

장홍규의 반응에 오귀가 미간을 찌푸리며 물었다. 장홍규는 신음하듯 나직이 중얼거렸다.

"아, 안 그래도 지금 서신을 총타로 보내려던 참이라……. 면목 없습니다만 놓쳐 버렸습니다. 아니, 그쪽에서 먼저 저희를 알아채고 경고를 남겼습니다. 때문에 더 이상은 뒤를 쫓을 수 없었습니다."

"뭐? 놓쳤다고? 언제? 어디서? 어디로 향했는지는 보셨수?"

오귀가 화들짝 놀라며 잡아먹을 듯 달려들며 질문을 쏟아냈다. 장홍규는 흠칫 저도 모르게 뒤로 한 걸음 물러나며 더듬더듬 대답했다.

"바, 반나절쯤 전이었습니다. 방향으로 보아 목적지는 아마도 화산일 것으로 보입니다."

"화산이라 이거지? 아오, 썅! 귀찮아 죽겠네!"

대답을 들은 오귀는 갑자기 버럭 소리치더니 그대로 밖으로 달려 나가 버렸다. 순식간에 저 멀리 사라져 버린 오귀의 모습을 장홍규는 휘둥그레진 눈으로 멍하니 쳐다보았다.
"대, 대체 뭐지……?"

                *   *   *

스사사삭!

갑자기 밀려온 구름이 달을 가려 짙은 어둠이 내려앉은 길 위로 십여 명의 흑의 복면인이 소리 없이 내달리고 있었다. 차림새 때문인지 어둠 속에 자연스레 녹아든 복면인들의 모습은 마치 검은 물결이 밀려오는 것만 같았다.

가운데가 불쑥 나온 쐐기 모양의 진형을 유지한 채 흑의 복면인은 조금의 휴식도 없이 두 시진이나 내달렸다. 그러는 사이 저 멀리서 같은 차림을 한 복면인들이 다가와 자연스레 일행에 합류했다.

어느새 복면인의 숫자는 오십에 육박할 정도로 불어나 있었다. 흑의 복면인 오십의 질주는 거대한 파도가 되어 주위를 가득 메워갔다.

한참을 그렇게 어둠 속을 내달리던 흑의 복면인 중, 가운데에 있던 자가 무언가를 발견한 것인지 갑자기 걸음을 멈추고 오른손을 머리 위로 살짝 들어 올렸다. 그러자 다른 흑의 복면인들이 일제히 멈춰 섰다.

저벅, 저벅!

일행을 모두 멈춰 세운 흑의 복면인은 근처에 있는 커다란 나무로 다가갔다. 흑의 복면인은 한쪽 무릎을 꿇고 손을 뻗어 나무둥치 근처의 흙을 손바닥으로 살짝 문질렀다. 깨끗하게 정리가 되어 있긴 하지만, 누군가 노숙을 한 흔적이 남아 있었다. 흙에 섞여 있는 검은 재와 미약하게 남은 온기가 느껴졌다.

흑의 복면인은 무릎을 꿇은 자세 그대로 주위를 날카롭게 살폈다. 한 식경이 지난 후에야 천천히 몸을 일으킨 흑의 복면인은 한쪽 방향을 바라보며 나직이 중얼거렸다.

"남은 흔적은 다섯. 보통 체구의 사내 둘에 노인으로 보이는 것 하나, 그리고 덩치 큰 사내 둘이라……. 예상 표적과 동일한 흔적이다. 온기로 보아 약 하루 전에 이곳에서 노숙을 했을 것이다. 진행 방향은 역시나 화산으로 향하고 있군."

이내 흑의 복면인은 일행에게로 돌아왔다. 그러곤 다시 원래의 자리에 서더니 아무런 말 없이 곧장 바닥을 박차고 달려 나가기 시작했다. 마치 약속이나 한 듯 수십 명의 복면인이 검은 해일과도 같은 기세로 그 뒤를 쫓았다.

파파파팍!

"후아아."

흑의 복면인들이 사라진 지 반각여가 지난 후, 커다란 나무 위에서 나직한 한숨이 들려왔다. 조금 전까지는 나뭇가지와 구분이 안 갈 정도로 자연스레 그 사이에 녹아들어 있던 인영이 조심스레 몸을 일으켰다.

부스럭!

인영의 움직임에 나뭇가지가 흔들리며 마른 나뭇잎 몇 장을 떨어뜨렸다. 몸을 일으킨 인영은 흑의 복면인들이 사라진 방향을 뚫어져라 쳐다보며 중얼거렸다.

"저놈들은 대체 뭐지?"

그러는 사이 구름 사이로 달빛이 조금씩 새어 나와 나무 위의 인영을 비추었다. 달빛에 비춰진 인영은 바로 오귀였다. 오귀는 비듬이 가득한 머리를 벅벅 긁으며 내키지 않는 얼굴로 투덜거렸다.

"망할……! 어쩐지 사부가 파문을 들먹인다 했더니만. 쌍, 그냥 배 째라고 드러누울 걸 그랬나?"

후회가 밀려왔지만 이미 늦은 일이었다. 오귀는 잔뜩 인상을 찌푸린 채 흑의 복면인들이 사라진 방향으로 몸을 날렸다.

    *   *   *

후웅! 파곽!

묵직한 파공성이 주위를 뒤흔들었다. 근육질의 덩치 큰 두 사람이 서로 주먹을 주고받고 있었다. 두 사람의 모습을 가만히 지켜보던 장일소가 낮게 소리쳤다.

"둘 다 아직 하반신이 불안정하구나. 다리에 힘을 주고 좀 더 힘차게 내디더라!"

"알겠습니다요, 사부!"

"예입!"

조금은 장난기 어린 듯, 가벼운 관지화의 대답과 우직함이 느껴지는 고태의 대답이 동시에 들려왔다. 이내 두 사람은 두 다리에 잔뜩 힘을 주고 주먹을 나누기 시작했다. 그 모습에 장일소는 흐뭇한 미소를 지으며 고개를 끄덕였다.

주위는 어느새 어둑어둑해져 가고 있었지만 비무에 흠뻑 빠진 두 사람은 시간의 흐름을 잊고 서로에게 온 정신을 집중하고 있었다. 서로의 무공이 엇비슷한 덕에 승패는 반반이었지만, 비무를 할수록 두 사람의 무공은 일취월장하고 있었다.

후우웅! 퍼억!

내기가 담긴 묵직한 고태의 주먹이 관지화의 오른쪽 옆구리에 틀어박혔다.

"윽!"

짧은 신음을 터뜨리며 관지화가 다급히 뒤로 몇 걸음 물러났다. 순간 등 뒤에서 혀를 차는 소리가 들려왔다.

"어이구, 쯧쯔. 어릴 때부터 무공을 익혔다는 놈이 그게 뭐냐? 하여튼 재능 없는 것들은……."

남궁사혁의 타박에 관지화가 까득 이를 악물고 주먹을 꽉 그러쥐었다. 동시에 맹렬한 기세를 뿜어내며 고태를 향해 달려들었다. 격타당한 허리에 통증이 느껴졌지만 관지화는 아랑곳하지 않고 주먹을 내뻗었다.

후우웅!

지금까지와는 비교도 할 수 없을 정도로 커다란 파공성이 터져 나왔다. 움찔한 고태가 피하려 했지만 관지화의 공격이 반 박자 빨랐다.

"으헛!"

관지화의 주먹에 담긴 기운을 느낀 고태가 헛바람을 집어삼키며 충격을 최소화하기 위해 다급히 몸을 뒤틀었다. 주먹이 막 고태를 격타하려는 순간, 갑자기 누군가의 손이 관지화의 손목을 움켜쥐었다.

"엇!"

관지화가 당황한 음성을 토해냈다. 관지화의 손목을 붙잡은 것은 바로 장일소였다. 장일소는 살짝 인상을 찌푸린 채 관지화를 낮게 다그쳤다.

"쟁심(爭心)을 함부로 보이지 말라던 내 말을 벌써 잊은 게냐? 비무는 승패를 가르는 것이 아니라 서로의 무예를 나누는 것이라고 몇 번을 말해야 알아들을 테냐? 아무래도 네가 네 아비에게 돌아가고 싶은 게로구나."

조용한 목소리였지만 날카롭게 파고드는 장일소의 말에 관지화는 덩치에 어울리지 않게 어깨를 움찔하며 고개를 숙였다.

"죄, 죄송합니다. 다신 안 그러겠습니다. 그, 그러니까 돌아가라는 말씀은……."

쭈뼛거리며 더듬더듬 입을 여는 관지화의 모습에 고태가 뒷머리를 긁적이며 말했다.

"그 정도는 괜찮아유, 어르신. 제가 한눈판 탓이지 관 동생 잘못이 아니구먼유."

 사람 좋은 미소를 짓는 고태의 모습에 장일소는 여전히 굳은 얼굴로 말했다.

 "자네도 화아 녀석에게는 너무 관대해서 탈일세. 사람이 좀 냉정해지기도 해야 험한 강호에서 버텨낼 수 있다네."

 "헤헤, 그래도 전 이러는 게 좋구먼유."

 "후우, 답답한 사람 같으니. 나중에라도 깨달을 시기가 올 걸세. 그리고 화아 네 녀석은 다시 한 번 그런 행동을 보이면 당장에 돌려보낼 테다. 내 말 잘 알아듣겠지?"

 "무, 물론입니다!"

 기다렸다는 듯 재빨리 대답하는 관지화의 모습에 장일소는 피식 미소를 지었다. 이내 관지화의 손목을 놓으며 장일소는 뒤로 몇 걸음 물러났다.

 "그럼 이번에는 각자 병장기를 들고 비무를 하도록 해라."

 "예, 사부!"

 "알겠구먼유."

 대답과 함께 관지화가 날을 세우지 않은 대부를, 고태가 나무를 깎아 만든 곤(棍)을 꺼내들고 기수식을 취하기 시작했다.

 "에이, 어설픈 것들. 언제 한 사람 몫을 하려나?"

 막 비무를 시작한 관지화와 고태의 모습을 흘낏 쳐다보며 남궁사혁이 구시렁거렸다. 모닥불 앞에 앉은 자신의 옆에 털썩 주저앉는 남궁사혁을 보지도 않고 사진량이 입을 열었다.

"요즘 어떠냐?"

"응? 뭐가?"

"뒤통수가 가렵지는 않나?"

사진량의 질문에 남궁사혁은 피식 미소를 지으며 고개를 내저었다.

"아니, 지난번에 네 녀석이 갔다 온 뒤로는 조용하다."

사진량은 마른 나뭇가지를 모닥불에 던져 넣으며 조용히 말을 이었다.

"화산에 도착하기 전까지 뒤를 좀 더 신경 써야 할 거다."

"응? 왜?"

"소림에서의 일로 놈들이 내 존재에 대해 어느 정도 눈치챘을 거다. 개방이야 털어냈지만 놈들은 아마도……."

사진량이 말꼬리를 흐렸지만 남궁사혁은 알겠다는 듯 고개를 끄덕이며 입꼬리를 말아 올렸다.

"오호라? 한바탕할지도 모른다는 거로구만?"

사진량은 대답 대신 고개를 끄덕였다. 그 모습에 남궁사혁의 입꼬리가 더욱 높이 말려 올라갔다. 나뭇가지 하나를 모닥불에 던져 넣으며 사진량이 다시 입을 열었다.

"앞은 내가 살필 테니 뒤는 네가 맡아라."

"좋지. 네가 나설 필요도 없게 해주마, 흐흐흐."

뭐가 그리 좋은지 실실 미소를 짓는 남궁사혁의 모습을 무표정한 얼굴로 흘끗 쳐다본 사진량이었다.

　　　　*　　　　*　　　　*

　오귀는 최대한 느릿느릿 걸으며 고민했다.
　"에이 씨, 아무래도 진창에 발을 들인 것 같은 느낌인데. 다 때려치우고 그냥 확 돌아가 버릴까?"
　지난번에는 다행히 들키지 않았지만 다시 한 번 흑의 복면인들과 마주한다면 들키지 않을 자신이 없었다. 상황으로 보아 아마도 흑의 복면인들도 자신이 쫓는 자들의 뒤를 쫓고 있는 것 같았다. 흑의 복면인과 그들이 마주친다면 칼부림이 벌어질 것은 틀림없어 보였다.
　사부인 홍영이 자신에게 맡긴 일을 제대로 하려면 그들이 마주하게 그냥 두고 볼 수는 없는 일이었다. 그렇다고 직접적으로 끼어들 수는 없는 노릇이라 고민이 될 수밖에 없었다.
　게다가 흑의 복면인들이 풍기는 분위기가 심상치 않았다. 여느 무인에게서 느껴지는 기운과는 사뭇 다른 느낌이었다. 어둡고, 음습하고, 불길했다. 아무리 악랄한 사파 무인이라도 그런 기운을 뿜어내지는 않았다. 그렇다는 것은······.
　"설마 마도······?"
　내릴 수 있는 결론은 그것밖에 없었다. 오귀의 얼굴이 더욱 크게 일그러졌다. 홍영이 억지로 떠넘긴 일이라 쉽지 않을 거라는 생각을 하긴 했지만 마도와 얽힌 일이라니.
　그러고 보니 최근 개방 총타가 이상하리만치 바쁘고, 떠들썩해진 것이 떠올랐다. 거의 하루 온종일 남의 눈에 띄지 않게 숨어서 잠만 자던 터라 자세한 상황을 알 수는 없었다.
 하지만 화산이 어떻고, 소림이 어쩌고, 마도가 어쩌고 하던 이야길 지나가듯 들은 것 같았다.
 "어쩐지 사부가 협박까지 하더라니!"
 오귀는 저도 모르게 버럭 소리쳤다. 언제부턴가 모든 의욕을 잃고 그저 하루하루 하릴없이 시간만 죽이던 오귀였다. 한창때는 개방의 차기 방주로까지 점쳐지던 오귀였지만 그런 일에는 관심을 끊은 지 오래였다.
 그런데 이번 일 때문에 본의 아니게도 무림의 중요한 일에 발을 들이밀게 된 것이다. 마도가 얽힌 일이라면 정사를 막론한 무림 전체를 크게 뒤흔들 것은 뻔한 일이었으니.
 사부인 홍영에게 속았다는 생각이 들었다. 당장에라도 총타로 돌아가서 차라리 파문을 하시라고 드러누워 버리는 게 나을지도 몰랐다.
 하지만 왠지 모르게 오랜 세월 잊고 있었던 흥미가 스멀스멀 피어올랐다. 마도의 무리가 뒤를 쫓고 있는 자들에 대한 흥미였다. 어느샌가 귀찮음과 내키지 않아하는 기색이 가득하던 오귀의 어두운 눈빛이 날카롭게 빛을 발하고 있었다.
 "사부는 어떤 자들인지 조용히 알아보라고 하셨지만… 고분고분 그 말대로 할 수는 없지, 후후후."
 장난기 어린 미소를 지으며 오귀는 다시 걸음을 옮기기 시작했다. 지금까지와는 달리 의욕이 가득 찬 가벼운 발걸음이었다.
 파파팍!

"에잉! 이 망할 제자 놈은 일을 시켜놨더니만 연락 한 번을 안 하는구만. 다른 녀석을 시킬 걸 그랬나?"

홍영은 총타를 떠난 이후, 한 번도 소식을 전해오지 않은 오귀의 얼굴을 떠올리며 구시렁거렸다. 하지만 이내 고개를 휘휘 내저으며 말을 이었다.

"아니, 그놈만큼 이번 일에 적격인 녀석이 없지. 잘만 풀리면 녀석이 다시 예전처럼 돌아올 수도 있을지도……."

말꼬리를 흐리며 홍영은 길게 한숨을 푹 내쉬었다. 지난 몇 년간 오귀를 볼 때마다 답답함과 안타까움을 함께 느끼던 홍영이었다. 무엇이 오귀를 그렇게 변하게 한 것인지 알 수는 없었지만, 이번 일로 이전의 총명했던 모습으로 되돌아오기를 홍영은 내심 바라고 있었다.

"방주님! 등봉현 분타에서 서신이 도착했습니다."

마침 기다렸다는 듯 밖에서 들려오는 목소리에 홍영은 저도 모르게 벌떡 일어났다.

"뭐라고! 등봉현에서? 그래, 무슨 소식이더냐?"

거의 날듯이 출입구로 몸을 던진 홍영이 문을 벌컥 열며 물었다. 갑자기 홍영이 뛰쳐나오자 깜짝 놀란 개방도가 움찔하며 뒷걸음질 쳤다.

"으억! 그, 그게 여기 가져 왔습니다."

이내 놀람을 가라앉힌 개방도가 봉인되어 있는 서신을 홍영에게 건넸다. 서신을 거의 빼앗듯 받아 든 홍영은 급히 봉인을 찢어버리고 내용물을 꺼내 펼쳤다.
 서둘러 보낸 것인지 휘갈겨 쓴 글자가 빽빽했다. 홍영은 짐짓 심각한 얼굴을 한 채 서신을 빠르게 읽어 내렸다. 이내 서신을 다 읽은 홍영이 나직이 한숨을 내쉬며 입을 열었다.
 "허어, 본 방의 추종술이 들통나다니. 대체 어떤 자들이길래? 그렇다면 지금은 녀석 혼자서 뒤를 쫓고 있겠군그래."
 홍영은 짐짓 놀랐다. 내심 천하제일이라 자부하던 개방의 추종술이었다. 그런데 그것을 알아채고 경고까지 할 정도였다니. 소림에서 벌어진 일에 어떤 식으로든 관련이 있을지도 모른다는 확신이 들었다.
 정체를 밝혀내야만 했다. 어쩌면 중원 무림 전체를 뒤흔들지도 모르는 일이었다.
 혹시나 싶어 오귀를 보낸 것이 다행이었다. 오귀가 익힌 수많은 개방의 비전절기 중 가장 뛰어난 성취를 얻은 것이 바로 은신, 추종술이지 않던가.
 누군가의 뒤를 은밀히 쫓기에는 오귀만큼 뛰어난 개방도는 없었다. 게다가 직감력과 연상력이 뛰어나 작은 현상 하나로 수십 가지의 사실을 유추할 수 있는 능력이 있었다.
 지금 당장은 연락이 없었지만 금방 엄청난 소식을 전해줄 것이라 믿어 의심치 않았다. 아니, 사실은 억지로 내쫓듯 보낸 거라 약간 불안하기는 했다.
 "바, 방주님, 괜찮으십니까?"
 짧은 시간에 홍영의 표정이 여러 번 변하자 서신을 가져온 개방도가 약간 겁먹은 얼굴로 조심스레 물었다. 그제야 개방도가 자신의 앞에 있다는 것을 깨달은 홍영이 고개를 휘휘 내저었다.

"아, 아무것도 아니다. 그나저나 다른 중요한 소식은 없더냐?"

"예? 예에. 각지에서 밀려오는 정보를 정리하려면 시간이 필요합니다. 진위 여부가 가려지지 않은 뜬소문까지 모두 쓸어 모으고 있으니까요."

"으음, 알겠다. 혹시라도 중요한 사실이 나오면 바로 날 부르거라."

"예, 방주님."

대답과 함께 개방도는 돌아서서 총총걸음으로 재빨리 사라져 버렸다.

이내 서신을 한 손에 든 채 방 안으로 돌아온 홍영은 다시 한 번 한숨을 푹 내쉬었다. 가뜩이나 내키지 않아 하는 얼굴로 떠난 오귀의 얼굴이 홍영의 머릿속을 가득 채우고 있었다.

"녀석이 제발 좀 잘해줘야 할 텐데……."

후비적!

오귀는 인상을 살짝 찌푸린 채 새끼손가락으로 귀를 후벼 팠다.

"에이 씨! 누가 지금 내 욕하는 거 아냐?"

굵직한 귀지를 연이어 허공에 튕겨내며 오귀는 구시렁거렸다. 이내 간지럼이 가라앉자 오귀는 흘끔 어두운 하늘을 쳐다보았다. 어느새 밀려온 구름이 달빛을 가려 짙은 어둠이 찾아왔다.

"시간도 적당한데 어디 한번 가볼까나?"

오귀는 씨익 미소를 지으며 천천히 내공을 끌어 올렸다. 그 자리에서 가볍게 몇 차례 뛰어오르며 상태를 점검한 오귀는 이내 바닥을 박차고 어디론가 달려 나갔다.

파파팍!

마치 시위를 떠난 화살처럼 빠른 속도로 오귀의 신형이 짙은 어둠 속에 녹아들었다.

스사사삭!

거의 소리가 나지 않게 빠른 속도로 이동하는 흑의 복면인 무리는 어느새 팔십여 명으로 늘어나 있었다. 맨 앞에서 일행을 이끄는 흑의 복면인은 십여 장 떨어진 곳에서 느껴지는 인기척에 걸음을 멈췄다. 그러자 뒤를 따르던 흑의 복면인들도 일제히 멈춰 섰다.

순식간에 주위가 조용해지고 풀벌레 우는 소리만이 어둠 속으로 퍼져 나갔다. 흑의 복면인들은 그 자리에서 한참 움직이지 않고 가만히 있었다. 일행의 맨 앞에 선 흑의 복면인은 앞에서 느껴지는 인기척에 온 신경을 기울이고 있었다.

상대의 기척은 그 자리에서 빙글빙글 맴돌고 있었다. 마치 누군가를 기다리고 있는 것 같았다.

흑의 복면인은 일행을 향해 조용히 손짓했다.

이내 흑의 복면인들이 조용히 방향을 바꿨다. 막 다시 걸음을 옮기려는 찰나, 갑자기 전음이 들려왔다.
 [이봐! 굳이 그렇게 먼 길 돌아갈 것까진 없잖아?]

第二章
격돌, 그리고…

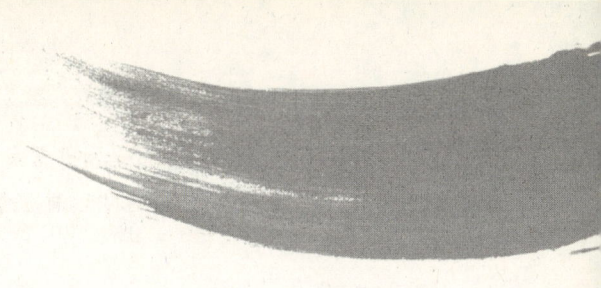

드르렁! 쿠울!

누군가의 코 고는 소리가 어둠을 뒤흔들었다. 타버리고 남은 모닥불의 불씨가 모포를 덮고 주위에 누워 있는 몇몇 인영을 희미하게 비추고 있었다. 달도 모습을 감춘 늦은 시간이라 깊이 잠들어 있는 것 같았다.

찌륵! 찌륵!

남은 불씨가 사그라지고 어둠이 찾아들자 코 고는 소리를 뚫고 풀벌레가 낮게 울었다. 모두가 깊이 잠든 조용한 시간이었다.

부스럭!

얼마나 시간이 지났을까. 남은 불씨마저 사그라져 주위가 완전히 어두워질 무렵, 근처의 나무둥치에 등을 기댄 채 모포로 몸을 감싸고 있던 인영이 소리 나지 않게 조심스레 몸을 일으켰다.

사진량이었다.

터억!

사진량은 손을 뻗어 옆에 세워 둔 투박한 검은 검갑을 집어 들었다. 허리춤에 검갑을 찬 사진량은 모닥불 주위에 잠들어 있는 일행을 흘끔 쳐다보았다.

그러고는 이내 고개를 돌린 사진량이 막 어딘가로 걸음을 옮기려 할 때였다.

"뭐야? 혼자 갈 거냐?"

등 뒤에서 날아든 음성에 사진량은 천천히 고개를 돌렸다. 언제 일어난 것인지 남궁사혁이 씨익 미소를 지으며 사진량은 쳐다보고 있었다.

"갑자기 시끄러워져서 잠시 살펴보러 가는 것뿐이다."

"진짜냐?"

아무래도 의심스럽다는 얼굴로 남궁사혁이 물었다. 사진량은 대수롭지 않은 듯 대답을 툭 던져놓자마자 어딘가로 몸을 날렸다.

"다녀오겠다."

파팟!

사진량의 신형은 순식간에 어둠 속으로 완전히 사라져 버렸다. 허를 찔린 탓에 미처 뒤를 쫓지 못한 남궁사혁은 황당해하는 얼굴로 사진량이 사라진 방향을 쳐다보았다.
"망할 놈, 그냥 좀 같이 가면 어디가 덧나냐?"
왈칵 구겨진 얼굴로 구시렁거리며 남궁사혁은 곧장 사진량이 사라진 방향을 뒤쫓기 시작했다.
타타탁!
순식간에 다른 일행이 있는 모닥불 근처에서 수십 장이나 달려 나간 남궁사혁의 날카로운 외침이 야공을 크게 뒤흔들었다.
"아, 놔! 도대체 어디로 사라진 거야, 이 자식은!"

*　　　　*　　　　*

스칵! 카가각!
날카로운 파공성이 귓가를 어지럽혔다. 금방이라도 온몸을 난도질해 버릴 것 같은 예기(銳氣)가 어두운 밤하늘을 가득 채웠다. 오귀는 낭패해하는 얼굴로 이리저리 몸을 피하고 있었다.
'망할! 뭐가 이렇게 많아? 아오! 괜히 벌집만 쑤셨네! 쌍!'
당장에라도 몸을 빼내고 싶었지만, 흑의 복면인들의 포위망이 워낙에 촘촘해 빠져나갈 수가 없었다. 게다가 생각보다 흑의 복면인들의 무공이 강했다. 쉽게 당하지 않을 자신은 있었지만 상황을 반전시킬 수 있을 것 같지는 않았다. 먼저 지치는 쪽이 당하는 지구력 싸움이었다.
"그래! 어디 한번 해보자고!"

격돌, 그리고··· 49

버럭 소리치며 오귀는 내공을 끌어 올렸다. 지난 몇 년 동안 제대로 무공을 사용한 적이 없는 오귀였지만 그 공백은 전혀 느껴지지 않았다. 자신을 향해 날아드는 예기를 맨손으로 쳐내며 반격까지 시도하는 모습에, 가히 그 경지를 짐작할 수 있을 정도였다.

캉! 카카캉!

연이어 날카로운 금속성이 터져 나왔다. 내공을 두른 오귀의 두 팔은 쇠붙이처럼 단단하기만 했다. 심상치 않은 오귀의 무공에 흑의 복면인들의 움직임이 더욱 날카롭고 기민해졌다.

스사사사!

마치 검은 안개가 주위를 감싼 것처럼 흑의 복면인들의 포위 진세는 조금의 빈틈도 보이지 않았다. 오귀는 무형의 기운이 온몸을 짓누르는 것 같은 압박감을 느꼈다. 조금은 몸놀림이 둔해지긴 했지만 발목을 잡을 정도는 아니었다.

'에이! 그냥 조용히 구경이나 할 걸 그랬나?'

자신을 덮쳐오는 공격을 이리저리 피하며 오귀는 나직이 한숨을 내쉬었다. 사실 이렇게 오귀가 흑의 복면인들 앞에 나선 것은 노림수가 있기 때문이었다.

자신과 흑의 복면인들의 표적이 같다는 것은 확실했다. 하지만 목적은 달랐다. 자신과는 달리 흑의 복면인들은 표적을 제거하려 들 것이 틀림없었다.

처음에는 그냥 흑의 복면인들이 덮치는 것을 지켜보고 있을 생각이었다. 자신이 쫓고 있는 자들의 실력을 보고 싶었다. 하지만 생각이 바뀌었다.

 수백 장이나 떨어진 곳에서 뒤를 쫓는 개방의 추종술을 금방 알아챈 데다, 마도의 무리가 쫓고 있는 자들이었다. 마냥 뒤를 쫓기만 해서는 정체를 쉽사리 알아챌 수 없을 것이다.

 그렇다면 뒤를 쫓기보다는 차라리 그들과 함께 하는 것이 훨씬 나을 것이다.

 오귀가 흑의 복면인들 앞에 나타난 것은 그것을 위한 포석이었다. 아무리 거리가 멀리 떨어져 있다고 해도, 병장기가 부딪치는 쇳소리는 분명히 그들에게 닿을 것이다.

 처음 흑의 복면인들 앞에 나설 때까지만 해도 오귀는 그렇게 확신하고 있었다. 하지만…….

 캉! 카캉!
 내공을 두른 팔로 흑의 복면인들의 공격을 쳐내며 오귀는 뒤를 흘끔 살폈다. 검은 안개처럼 움직이는 흑의 복면인들 외에는 아무도 보이지 않았다.
 '칫! 잘못 짚은 건가?'
 흑의 복면인들과 부딪친 것이 벌써 일각이 넘게 지났다. 이 정도면 충분히 소리가 멀리까지 전해졌을 것이다. 그런데 아직까지 아무도 나타나지 않는다는 것은 계산보다 훨씬 멀리 떨어져 있는 것일지도 몰랐다.
 낭패였다.
 그냥 조용히 뒤를 쫓기만 하면 될 것을, 괜히 잔머리를 굴리

다가 오히려 최악의 상황을 부른 것이다. 전력을 다한다면 빠져 나갈 수는 있을 테지만, 한동안 움직일 수 없을 정도로 심각한 내상을 입을 것이다.

그렇다고 마냥 버티고 있을 수는 없었다. 시간이 지날수록 불리해지는 것은 자신이었으니.

선택의 여지가 없었다. 무리를 해서라도 우선은 빠져나가야만 했다.

결정을 내린 오귀는 이를 악물로 전력을 다해 내공을 끌어 올리기 시작했다. 순간 근육이 부풀어 오르고, 맹렬한 기운이 단전에서부터 끓어올라 온몸으로 퍼져 나갔다.

툭! 투두둑!

들끓는 기운을 이기지 못한 낡은 옷이 찢어져 나가고 오귀의 단련된 단단한 근육이 드러났다. 뿜어져 나오는 아지랑이 같은 기운이 온몸을 투명한 막처럼 감싸고 있었다.

"그럼 어디, 빠져나가 볼까?"

오귀는 날아드는 공격을 손으로 쳐내며 곧장 내쏘듯 앞으로 내달렸다. 그러자 오귀의 의도를 눈치챈 흑의 복면인들의 진형이 변했다. 오귀가 달려든 방향의 진세가 순식간에 두 배로 두터워졌다.

하지만 오귀는 그럴 것을 미리 예상이라도 한 듯, 한 치의 망설임도 없이 그대로 달려들며 내공을 가득 담은 주먹을 뻗어냈다.

파파팍!

동시에 흑의 복면인들이 검기가 맺힌 검을 내리 그었다. 오귀의 주먹과 흑의 복면인들의 검이 부딪치는 순간!

콰쾅!

커다란 폭음과 함께 엄청난 반탄력이 밀려왔다. 오귀는 반탄력에 저항하지 않고 오히려 그것을 이용해 바닥을 박차고 빠르게 방향을 전환했다.

파팟!

반탄력에 바닥을 박찬 힘까지 더해져 오귀의 신형은 시위를 떠난 활처럼 쏜살같은 속도로 튕겨 나갔다. 복면인들의 벽이 조금 얇아진 곳을 향해서였다.

"막아라! 놈이 빠져나가지 못하게 막아!"

흑의 복면인 중 누군가 버럭 소리쳤다. 흑의 복면인들이 급하게 움직이기 시작했다. 하지만 벽이 두터워지는 것보다 오귀가 조금 더 빨랐다.

"간다!"

오귀는 남은 내공을 있는 대로 끌어 올리며 흑의 복면인들 사이로 파고들었다.

파가가각!

급히 막아서는 흑의 복면인들의 공격에 몸을 후려치는 파열음이 연이어 터져 나왔다. 내공으로 몸을 보호하고 있기는 하지만 온몸이 두드려 맞은 것 같은 통증이 느껴졌다.

"큭!"

저도 모르게 신음이 터져 나왔다. 오귀는 뿌득, 이를 악물었다. 입가로 한 줄기 선혈이 흘러내렸다. 오귀는 아랑곳하지 않고 흑의인들 사이로 더욱 깊숙이 파고들었다.

투가각!

오귀의 맹렬한 기세에 흑의 복면인들의 포위망이 조금씩 뚫리기 시작했다. 내공이 급속도로 소모되고 있었지만, 이대로라면 충분히 빠져나갈 수 있을 것 같았다.

'크으. 어떻게든 빠져나갈 순 있을……'

공격을 몸으로 받아내느라 통증을 느끼면서도 속으로 쾌재를 부르던 오귀의 눈이 휘둥그레졌다. 저 멀리서 무언가가 엄청난 속도로 날아드는 것을 본 탓이었다.

"헉! 저, 저게 뭐지!"

오귀는 저도 모르게 신음하듯 소리쳤다. 그 순간 고막을 찢을 듯 날카로운 파공성이 빠른 속도로 가까워졌다.

파카카카카—! 카칵!

흑의 복면인들도 그 소리를 들은 것인지 움찔하며 고개를 돌렸다. 그들 중 누군가가 버럭 소리쳤다.

"피, 피해라!"

하지만 그보다 먼저 파공성을 뿜어내는 무언가가 흑의 복면인들을 덮쳤다.

서걱! 스커컥! 파캉!

섬뜩한 파육음과 날카로운 파열음이 연이어 터져 나왔다. 순식간에 흑의 복면인 다섯이 사지가 잘려 피 분수를 뿜어내며 쓰러졌다. 얼결에 들어 올린 검도 완전히 박살이 나버렸다.

파칵!

단숨에 흑의 복면인 다섯을 절명시킨 무언가가 피 분수를 흩뿌리며 바닥에 깊이 틀어박혔다. 전혀 예상치 못한 상황에 흑의 복면인들이 돌처럼 굳었다. 오귀도 마찬가지로 저도 모르게 멈춰 섰다. 오귀와 흑의 복면인들의 시선이 바닥에 틀어박힌 무언가로 향했다.

 검이었다.

 짙은 검은빛을 뿜어내는 검 한 자루가 그 자리에 틀어박혀 있었다. 검을 본 오귀의 눈이 더욱 커졌다. 그 순간, 감정이 느껴지지 않는 낮은 음성이 홀연히 귓가에 흘러들었다.

 "사람을 잘못 본 것 같군. 날 찾아온 게 아니었던가?"

 타탓!

 바닥을 박차고 달려가던 남궁사혁은 이내 걸음을 멈췄다. 곧장 사진량의 뒤를 쫓았지만, 그 짧은 시간에 얼마나 멀리 간 것인지 기척이 느껴지지 않았다.

 "망할 자식! 뭔 놈의 걸음이 이렇게 빨라?"

 남궁사혁은 구시렁거리며 내공을 끌어 올려 감각을 넓게 퍼뜨렸다. 그 자리에서 눈을 감은 채 주위의 기척에 온 신경을 집중하던 남궁사혁은 금세 눈을 번쩍 떴다.

 희미하게나마 저 멀리서 금속성이 들려온 탓이었다. 남궁사혁은 입꼬리를 살짝 말아 올리며 나직이 중얼거렸다.

 "저쪽이로구만. 혼자 끝내기 전에 도착해야 할 텐데……."

 소리로 보아 거리가 상당히 먼 것 같았다. 남궁사혁은 곧장 소리가 들려온 방향으로 몸을 날렸다. 순식간에 남궁사혁의 모습은 깊은 어둠 속으로 사라져 버렸다.

등 뒤에서 들려온 목소리에 오귀는 움찔하며 고개를 휙 돌렸다. 누군가 천천히 다가오고 있었다. 얼핏 보기에 이십 대 중반 정도로 보이는 대갓집 도련님 같은 인상의 사내였다.

하지만 인상과는 달리 위압감이 느껴졌다. 어둠 속에서 빛나는 사내의 눈빛은 먹이를 앞에 둔 대호의 그것과 흡사하게 느껴졌다. 사내의 눈빛과 마주치자 절로 어깨가 움츠러들었다.

오귀는 이내 알 수 있었다.

지금 나타난 사내가 자신이 쫓고 있는 자들 중 하나라는 사실을 말이다. 그것을 퍼뜩 깨달은 오귀는 흑의 복면인들의 신경이 사내에게로 쏠려 있는 틈을 타 재빨리 포위망을 뚫었다.

"어엇!"

"노, 놈을 막아!"

갑작스러운 오귀의 움직임에 화들짝 놀란 복면인이 다급히 소리쳤다. 하지만 오귀는 이미 빠져나온 뒤였다. 복면인들 중 일부가 오귀의 뒤를 쫓으려 할 때였다.

우우우웅! 파학!

갑자기 바닥에 박힌 검이 낮은 검명을 토해내며 저절로 뽑혀 나와 허공으로 떠오르더니 곧장 사내를 향해 날아갔다.

쉬이익—!

오귀를 쫓으려던 복면인들은 갑자기 날아드는 검에 황급히 몸을 피했다. 저절로 떠오른 검은 흑의 복면인들의 진세를 흩 뜨리고는 곧장 사내에게로 뻗어 나갔다.

그 사이 오귀는 완전히 빠져나와 다급히 은신술을 사용해 어둠 속에 몸을 숨겼다. 하지만 멀리 떨어지지 않고 숨을 죽인 채, 근처에서 상황을 가만히 지켜보고 있었다.

턱!

흑의 복면인의 진세를 무너뜨린 검은 그대로 사내의 손으로 빨려 들어갔다. 검을 받아든 사내는 한 걸음 앞으로 나서며 천천히 입을 열었다.

"그럼 어디 본격적으로 시작해 볼까?"

말을 마친 사내의 기세가 순식간에 달라졌다. 먹잇감을 눈앞에 둔 맹수 같은 강렬한 기세가 온몸에서 뿜어져 나왔다.

사내의 심상치 않은 기세를 느낀 흑의 복면인들은 저도 모르게 어깨를 움찔했다. 그들 중 누군가가 버럭 소리쳤다.

"노, 놈을 쳐라!"

터져 나온 외침과 거의 동시에 흑의 복면인들이 파도처럼 밀려들어 사내를 중심으로 둥글게 진세를 형성했다. 사내는 한 손에 검을 쥔 채 흑의 복면인들이 진세를 완성할 때까지 가만히 기다리고 있었다.

파파팟!

어느새 진세를 완성한 흑의 복면인들은 마치 약속이나 한 듯, 곧장 사내를 향해 공격을 시도했다. 날카로운 파공성과 함께 흉흉한 기운을 담은 십여 자루의 검이 사내를 향해 날아들었다.

스카카각!

흑의 복면인들의 공격은 사내를 단숨에 갈가리 찢어버릴 것처럼 섬뜩한 파공성을 토해냈다. 하지만 사내는 눈 하나 깜짝하지 않고 가만히 서 있을 뿐이었다.

흑의 복면인들의 검이 막 사내를 베어버리려는 순간!

사내의 몸에서 폭발할 듯 눈부신 섬광이 터져 나왔다. 순식간에 어둠을 몰아내는 섬광과 함께 섬뜩한 파육음이 터져 나왔다.

서컥! 파카각!

조금 떨어진 곳에서 몸을 숨긴 채, 가만히 상황을 지켜보던 오귀는 놀라움에 눈을 휘둥그레 치켜떴다. 사내의 몸에서 섬광이 터져 나오는가 했더니, 흑의 복면인 다섯이 사지가 잘려 피투성이가 되어 쓰러졌다.

하지만 그것은 시작에 불과했다.

사내가 본격적으로 움직이기 시작하자 흑의 복면인들은 추풍낙엽(秋風落葉)처럼 쓰러져갔다.

파각! 파카각!

날카로운 파열음이 연이어 터져 나왔다. 흑의 복면인들의 검은 사내에게 닿지도 못하고 단단한 벽에 부딪친 것처럼 튕겨나가거나 박살이 났다.

사내가 나타난 지 고작 반각이 지났을 뿐인데 벌써 십여 명의 흑의 복면인이 쓰러졌다. 아직 흑의 복면인들은 칠십여 명이 남아 있었지만, 이상하게도 사내가 그리 위험해 보이지 않았다.

"도, 도대체……?"

사내의 강함에 놀란 오귀가 저도 모르게 신음하듯 나직이 중얼거렸다. 자신은 전력을 다해 간신히 빠져나온 흑의 복면인들의 포위망이었다.

그런데 사내는 그것을 아무렇지도 않게 부수고 있었다. 사내에게서 전해지는 어마어마한 존재감이 오귀의 몸을 짓누르는 것만 같았다.

사내의 존재감에 압도당한 오귀는 눈을 크게 뜬 채, 제대로 숨도 쉬지 못하고 있었다. 오귀의 시선은 줄곧 사내의 움직임을 좇고 있었다.

서컥! 파칵!

날카로운 파공성과 파육음이 쉬지 않고 터져 나왔다. 그럴 때마다 피를 쏟으며 하나둘 쓰러지는 흑의 복면인들은 신음조차 내지 않았다. 오히려 더욱 맹렬한 기세로 사내를 향해 달려들고 있었다. 마치 타 죽을 것을 알고도 불속으로 뛰어드는 부나방처럼.

오귀는 한순간도 눈을 떼지 못했다. 강하고 아름다운 사내의 움직임을 놓치고 싶지 않았다.

자신이 상상만 하던 이상적인 무인의 모습.

그것을 사내에게서 본 탓이었다.

오귀 자신은 절대로 닿을 수 없다고 생각하고, 깊이 좌절하게 만든 그 모습이 눈앞에 나타난 것이다. 지난 수년 간 잊고 있던 무인으로서의 본능이 서서히 깨어나는 것만 같았다.

꿀꺽!

오귀는 저도 모르게 침을 삼켰다. 신경 줄을 옥죄는 긴장감에 절로 이마에 식은땀이 맺혔다.

두근! 두근!

전에 없이 심장이 뛰었다. 오귀는 눈 한 번 깜빡이지 않고 상황을 주시했다. 벌써 스물에 가까운 흑의 복면인들이 사내의 손에 쓰러져 버렸다. 사내의 움직임은 눈으로 좇기 힘들 정도로 쾌속무비(快速無比)했다.

파칵!

또다시 사내의 일합에 복면인 서넛이 쓰러졌을 때였다. 흑의 복면인의 대장으로 보이는 사내가 버럭 소리쳤다.

"무슨 일이 있어도 놈을 쓰러뜨려라! 대법을 허락한다!"

복면인 대장의 외침과 동시에 나머지 흑의 복면인들이 제 스스로 몸의 사혈을 두드렸다.

탁! 타타탁!

조금이라도 잘못 건드렸다간 목숨을 잃게 되는 사혈을 두드리는 흑의 복면인들의 손길에는 조금의 망설임도 없었다.

두둑! 투두둑!

이내 근육이 부풀어 오르는 소리와 함께 흑의 복면인들의 몸에서 섬뜩한 느낌을 주는 시커먼 기운이 뿜어져 나오기 시작했다.

슈르르륵!

흑의 복면인의 몸에서 뿜어져 나온 검은 기운이 주위를 휘감기 시작했다. 그와 함께 흑의 복면인들의 움직임이 빠르고 강력해지기 시작했다.

그 기세가 워낙 섬뜩해 조금 떨어진 곳에 있는 오귀의 몸에도 소름이 돋을 지경이었다. 하지만 사내는 조금도 흔들리지 않았다. 그저 무표정한 얼굴로 검을 휘두를 뿐이었다.

경외감이 들 정도였다.

오귀는 식은땀 가득 맺힌 얼굴로 부르르 몸을 떨며 저도 모르게 주먹을 꽉 쥐었다. 움켜쥔 손아귀에도 땀이 맺혔다.

"에이 쌍! 벌써 혼자 시작했구만. 망할 놈 같으니라고."

순간 등 뒤에서 누군가가 투덜거리는 소리가 들려왔다. 전혀 기척을 느끼지 못한 오귀는 화들짝 놀라며 고개를 돌렸다.

"누, 누구……!"

저도 모르게 버럭 소리치려는 찰나, 누군가의 팔이 날아들어 오귀의 어깨에 턱 걸쳐졌다. 어느새 바짝 다가온 정체불명의 사내가 오귀의 귓가에 낮게 속삭였다.

"어허, 기껏 숨어 있는데 소리를 내서 들키면 안 되지. 그냥 조용히 구경이나 하자고."

이를 드러내며 씨익 미소 짓는 사내의 모습에 오귀는 소름이 돋았다. 아무리 다른 곳에 집중하고 있었다지만 뒤에서 다가오는 인기척을 전혀 느끼지 못했다는 것이 믿어지지 않았다.

아무리 그동안 게으름을 피웠다지만 어디 가서 무공으로는

격돌, 그리고…

절대 꿇리지 않는다고 생각했던 오귀이지 않은가.

"어, 어떻……."

경악한 얼굴로 신음하듯 중얼거리는 오귀의 말소리가 갑자기 탁 끊어졌다. 순간 사내가 오귀의 아혈(啞穴)과 마혈(麻穴)을 단숨에 제압해 버린 탓이었다. 사내는 여전히 오귀의 어깨에 팔을 걸친 채로 나직이 중얼거렸다.

"그러니까 말로 할 때 들었어야지, 안 그래?"

폭발할 듯 거센 마기가 주위에 가득했다. 사진량의 주위를 둘러싼 흑의 복면인들의 기세가 더욱 맹렬해졌다. 하지만 사진량은 눈 하나 깜짝하지 않았다.

사혈대법(死穴大法).

혈천마음과 비슷한 효과를 가진 것으로 체내의 사혈을 자극해 일시적으로 내공을 증폭시키는 수법이다. 하지만 혈천마음과 달리 내공의 폭발적인 증폭만 있을 뿐, 이지(理智)를 상실하는 일은 없었다.

혈천마음이 한 치의 오차도 없는 집단 전술을 위한 수법이라면 사혈대법은 개개인의 능력을 극대화하는 수법이었다. 그런 만큼 상대하기가 훨씬 까다로웠다.

스카칵!

섬뜩한 파공성이 사방에서 연이어 터져 나왔다. 시커먼 마기가 가득 담긴 검이 짓쳐들어왔다. 사진량은 무표정한 얼굴로 검을 들어 올렸다.

빙글, 몸을 회전하며 연이어 쳐내는 검격에 날아드는 흑의 복면인들의 검이 부딪쳤다.

펑! 퍼퍼펑!

검과 검이 부딪치는 쇳소리가 아니라 폭음이 연이어 터져 나왔다. 쉴 새 없이 날아드는 공격에 사진량은 이전과는 달리 빠르게 움직였다.

팟! 파팟!

그림자조차도 쫓기 힘든 빠른 속도로 움직이는 사진량의 모습은 마치 수십 명이 움직이는 것 같았다. 조금 전까지는 사진량의 압도적인 공세였지만, 흑의 복면인들이 사혈대법을 쓰고 난 후부터는 조금씩 수세에 몰리고 있었다. 연이어 날아드는 공격을 쳐내는 손아귀가 조금씩 저려왔다. 이대로 계속 공격을 쳐내다가는 손아귀가 찢어져 검을 놓칠지도 모르는 일이었다.

퍼펑!

하지만 사진량은 조금의 망설임도 없이 날아드는 적의 검을 연이어 쳐냈다. 강한 반탄력과 함께 검병을 꽉 움켜쥔 손아귀에 약간의 통증이 느껴졌다. 순간적으로 검첨이 흔들렸다.

"지금이다! 모두 덮쳐!"

그것을 본 흑의 복면인의 대장이 벼락같이 소리쳤다. 그 순간, 거센 불길처럼 이글거리는 마기를 뿜어내는 흑의 복면인들이 피할 틈이 전혀 없도록 모든 방위를 막아선 채 달려들었다.

파콰콰!

시커먼 마기가 담긴 수십 자루의 검이 마치 노도처럼 밀려드는 거친 파도같이 사진량을 덮쳐왔다. 주위가 크게 흔들릴 정도로 무시무시한 기세였다.

하지만 사진량은 그럴 줄 알았다는 듯 입꼬리를 살짝 말아 올렸다.

'받아치기 힘들면 그런 대로 상대할 방법이 있지.'

사진량은 내공을 거둬들이며 검을 살짝 말아 쥐었다. 가볍게 검을 그러쥔 사진량은 최소한의 내공만 운용하며 흑의 복면인들의 공격이 닿기를 기다렸다.

스카카칵!

허공을 가르는 날카로운 파공성과 함께 수많은 검이 사진량을 향해 날아들었다. 흑의 복면인들의 검이 닿기 직전까지 가만히 기다리고 있던 사진량의 검이 움직이기 시작했다.

카가가!

날아드는 흑의 복면인의 검과 사진량의 검이 부딪쳤다. 이전과는 달리 아무런 폭음도 들리지 않았다. 그저 사진량의 검이 상대의 검면을 타고 흐르는 날카로운 금속성만이 터져 나왔다.

파카카! 퓨숙! 서컥! 파카캉!

연이어 터져 나오는 금속성과 함께 섬뜩한 파육음이 주위를 뒤흔들었다. 최소한의 공력만으로 흑의 복면인들의 공격을 뒤쪽으로 흘려 넘기는 사진량의 움직임은 전혀 끊임이 없는 물길과도 같았다. 사진량이 흘려 넘긴 공격은 고스란히 그 맞은편에 있는 흑의 복면인을 덮쳤다.

워낙에 순식간에 벌어진 일이라 흑의 복면인들은 공격을 피하지 못하고 몸으로 받아낼 수밖에 없었다. 동료의 검에 꿰뚫린 흑의 복면인들의 피가 사방에 흥건했다.

사진량에게 달려든 이십여 명의 흑의 복면인은 모두 서로가 서로의 검에 꿰인 채 피를 쏟아내며 돌처럼 굳어 있었다. 그 한가운데에서 사진량은 눈 하나 깜짝하지 않고 가만히 서 있었다.

날카롭게 벼려진 수많은 검이 사진량의 주위를 휘감고 있었다. 하지만 어느 것 하나 사진량의 몸에 닿은 것은 없었다.

주르륵!

흑의 복면인의 몸을 꿰뚫은 검을 타고 핏줄기가 주룩 흘러내렸다. 사진량은 천천히 한쪽 발을 살짝 들어 올리더니 그대로 크게 내디뎠다.

쿠쿵!

묵직한 땅울림과 함께 사진량을 중심으로 땅바닥이 한 차례 크게 출렁였다. 그 충격으로 사진량의 주위를 감싸고 있던 흑의 복면인들이 허공으로 튕겨 나갔다. 서로의 검으로 엉킨 채 일제히 허공으로 튕겨 나가는 흑의 복면인을 향해 사진량은 가볍게 검을 떨쳤다.

파카카! 푸캉!

사진량의 검격은 얼기설기 얽혀 있는 흑의 복면인들의 검을 박살 냈다. 날카로운 파열음과 함께 산산조각 난 검의 파편이 사방으로 비산했다.

파곽! 파파곽!

격돌, 그리고… 65

마치 수십 개의 암기를 내쏜 것처럼 검의 파편이 뒤이어 달려들던 흑의 복면인들을 향해 쏟아져 내렸다. 워낙 순식간에 벌어진 일이라 사진량에게 달려들던 흑의 복면인은 미처 피하지 못하고 날아드는 파편을 몸으로 받아냈다.

푸슉! 파슉!

날카로운 파편이 몸속을 깊이 파고드는 섬뜩한 소리가 주위에 가득했다. 온몸에서 피가 터져 나오고 달려들던 기세가 잠시 멈칫했다. 하지만 흑의 복면인들은 통증이 느껴지지 않는 듯 다시 사진량을 향해 돌진했다.

휘릭!

사진량은 왼발을 축으로 몸을 크게 회전시키며 검을 내리그었다. 빠르게 회전하는 사진량의 주위로 날카로운 기세를 뿜어내는 검기의 막이 생겨났다.

달려들던 흑의 복면인들의 공격과 바닥에 떨어지기 시작한 흑의 복면인들의 시체가 부딪쳐 섬뜩한 파육음과 파골음이 터져 나왔다.

콰드득! 파각!

피와 살점이 사방으로 튀었다.

펑! 퍼펑!

묵직한 폭발음이 주위를 어지럽혔다. 허공으로 튀어 오른 피와 살점에 사진량의 모습이 가려져 보이지 않았다. 흑의 복면인들은 타 죽을 줄 알면서도 불길 속으로 날아드는 부나방처럼 사진량을 향해 달려들었다.

쾅! 콰콰쾅!

연이어 터져 나오는 폭발음과 함께 사지가 잘린 흑의 복면인의 몸뚱이가 피를 쏟아내며 튕겨 나갔다. 두 번의 충돌로 절반 이상의 흑의 복면인들이 쓰러졌다.

하지만 목숨을 도외시한 흑의 복면인들의 공격은 끊임없이 계속 이어졌다. 사진량은 그 자리에서 멈추지 않고 계속 회전하며 검을 내리 긋고 있었다.

'이제 끝내야겠군.'

팔십여 명의 흑의 복면인 중 이제 남은 것은 스물이 조금 넘는 숫자였다. 시간을 더 끌기보다는 조금 무리하다 해도 단숨에 끝내는 것이 좋을 듯싶었다. 결정을 내린 사진량은 그대로 바닥을 박차고 뛰어올랐다.

파팍!

그 뒤를 쫓아 십여 명의 흑의 복면인이 날아오르고, 나머지가 후속 공격을 위해 도약하려는 찰나, 사진량의 눈빛이 먹이를 노리는 호랑이처럼 황금빛 안광을 토해냈다.

철컥!

순간 사진량은 들고 있던 검을 검갑으로 회수했다. 금방이라도 검을 뽑아 들 것 같은 날카로운 눈빛으로 사진량은 흑의 복면인들이 가까워지기를 기다렸다.

파파팍!

내쏜 화살처럼 날아들던 흑의 복면인들의 검이 금방이라도 사진량의 몸을 꿰뚫을 것 같았다. 흑의 복면인들의 검이 막 닿

격돌, 그리고… 67

으려는 순간, 사진량의 검이 소리 없이 뽑혀져 나왔다. 그리고.
 번쩌억—!

 "에이, 망할 자식! 좀 남겨주면 어디 덧나냐?"
 남궁사혁은 구시렁거리며 허공에 뛰어오른 사진량의 모습을 흘깃 쳐다보았다. 그 순간 사진량의 몸에서 폭발할 듯 눈부신 섬광이 터져 나왔다.
 번쩌— 억! 콰르릉! 콰쾅!
 뒤이어 땅바닥이 크게 진동할 정도로 엄청난 폭발음이 터져 나왔다. 남궁사혁은 급히 손을 들어 눈앞을 가렸다. 손가락 틈새로 빛이 새어 나와 망막을 자극했다. 남궁사혁은 내공으로 눈을 보호하며 실눈을 뜬 채, 손가락 틈새로 사진량의 모습을 바라보았다.
 파지직! 파직!
 손가락 사이로 보이는 광경에 남궁사혁의 눈이 커졌다. 낮은 뇌성과 함께 사진량이 내리 그은 검에서 수십 개의 뇌전이 뿜어져 나왔다. 사방으로 뻗어 나간 뇌전 줄기는 흑의 복면인의 몸을 꿰뚫고, 순식간에 온몸을 태워 버렸다.
 콰릉! 파지지직!
 연이어 뿜어져 나온 뇌성이 남은 흑의 복면인들을 덮쳤다. 몇몇 복면인은 급히 몸을 피하려 했지만 소용없었다. 뇌전 줄기는 흑의 복면인의 뒤를 쫓아 그대로 꿰뚫어 버렸다.
 어두컴컴하기만 하던 주위가 한순간 대낮처럼 훤히 밝아졌다. 땅을 울리는 뇌성과 살점이 타들어가는 지독한 냄새가 주위에 가득했다. 한참을 그렇게 작렬하던 뇌전은 어느샌가 사그라졌다. 뇌전으로 인한 빛이 사라지자 주위에 어둠이 내려앉았다.

툭! 투두둑!

새카맣게 타버린 흑의 복면인들의 시신이 하나둘 바닥으로 떨어졌다. 검게 탄 수십여 구의 시체가 허연 김을 뿜어내고 있었다. 뒤이어 사진량이 깃털처럼 가볍게 착지했다.

그 모습을 멍하니 쳐다보고 있던 남궁사혁이 저도 모르게 나직이 중얼거렸다.

"저게 그 유명한 뇌전검(雷電劍)이로군……."

남궁사혁에게 제압당한 혈도를 풀려고 용을 쓰고 있던 오귀는 그 말을 듣고 화들짝 놀라 눈이 휘둥그레졌다.

'뇌, 뇌전검이라고?'

오귀는 찢어져라 눈을 크게 치켜뜬 채 사진량을 뚫어져라 쳐다보았다. 흑의 복면인들을 한꺼번에 처리하고도 가볍게 한숨만 내쉬고 있는 사진량의 모습에 오귀는 경악했다.

'서, 설마… 저 사람은!'

"후우……."

사진량은 나직이 한숨을 내쉬었다. 일순에 모든 내공을 폭발시켜 발출한 터라 조금 지친 기색이었다. 사진량은 천천히 주위를 둘러보며 검을 회수했다.

격돌, 그리고… 69

철컥!

흑색 검신이 검갑에 부드럽게 빨려 들어가며 낮은 격철음이 터져 나왔다. 주위는 사지가 잘린 시신과 검게 탄 시신이 가득했다. 검게 탄 시신이 뿜어내는 허연 연기와 고기 타는 악취에 절로 살짝 인상이 찌푸려졌다.

푸스스!

건드리지도 않았음에도 검게 탄 시신의 일부가 부서져 나가기 시작했다. 마치 모래가 바람에 흩어지듯 절반 이상의 시체가 부서져 가루가 되었다.

휘이잉!

어디선가 바람이 불자, 부서진 시신이 가루가 되어 날아가 버렸다. 그것을 가만히 쳐다보고 있던 사진량은 천천히 돌아섰다. 그 순간!

후두둑!

사진량에게서 이십 보 정도 떨어진 곳에 쌓여 있던 흑의 복면인의 시체 십여 구가 무너졌다. 그리고 그 속에서 검은 인영 하나가 뛰쳐나와 사진량의 반대쪽으로 내달리기 시작했다.

파파팍!

하지만 사진량은 그 뒤를 쫓지 않았다. 아니, 오히려 피식 미소를 지으며 천천히 고개를 돌렸을 뿐이었다. 그때였다.

"에이 쌍! 나보고 찌꺼기나 처리하라는 거냐!"

누군가의 신경질 가득한 외침과 함께 날카로운 파공성이 터져 나왔다.

파카칵!

오로지 사진량에게서 달아날 것만 생각하고 전력을 다해 내달리던 인영은 자신에게 날아드는 검기를 피할 수 없었다. 눈앞에서 빛이 번쩍인 것을 느낀 순간, 인영의 의식은 그대로 끊어졌다.

쿠당탕!

깔끔하게 반으로 나뉜 시신이 내달리던 기세 그대로 바닥에 내동댕이쳐졌다. 그 모습을 심드렁한 얼굴로 쳐다본 남궁사혁은 입술을 삐죽거리며 검을 회수했다. 검갑으로 조용히 빨려 들어가는 남궁사혁의 검에는 한 방울의 피도 묻지 않은 채였다

남궁사혁은 여전히 뚱한 얼굴로 사진량을 쳐다보았다. 그러더니 손을 뻗어 오귀의 목덜미를 잡고는 천천히 사진량에게 다가갔다.

혈도를 제압당해 꼼짝도 할 수 없었던 오귀는 맥없이 끌려 나올 수밖에 없었다. 오귀를 질질 끌고 나온 남궁사혁은 사진량의 바로 앞에서 걸음을 멈췄다.

"그건 뭐지?"

사진량은 턱짓으로 오귀를 슬쩍 가리키며 물었다. 남궁사혁은 짜증 가득한 얼굴로 대꾸했다.

"딱 보면 모르냐? 거지 아냐? 다 알고 있으면서 모르는 척하긴. 하여튼 음충맞은 놈 같으니라고."

남궁사혁은 웅얼거리듯 투덜거리며 오귀의 엉덩이를 세게 걷어찼다. 그 바람에 아혈이 풀렸는지 오귀는 저도 모르게 신음

격돌, 그리고··· 71

을 터뜨렸다.

"으억!"

하지만 마혈은 풀리지 않아 오귀는 그대로 바닥에 고꾸라졌다. 머리부터 떨어져 바닥에 처박힌 터라 눈앞에 번갯불이 번쩍였다. 마혈 때문에 내공을 끌어 올리지 못해 머리가 깨질 것처럼 아팠다.

"아이고오!"

오귀는 바닥을 뒹굴며 낮게 신음했다. 그 모습을 가만히 내려다보던 사진량이 천천히 입을 열었다.

"개방인가? 분명히 경고했을 텐데……"

귓가로 날아든 사진량의 비수처럼 날카로운 음성에 엉덩이와 머리의 통증이 순식간에 싹 사라진 것 같은 느낌이 들었다. 오귀는 저도 모르게 침을 꿀꺽 삼키며 눈알을 굴려 사진량을 쳐다보았다. 무표정한 얼굴로 자신을 내려다보는 사진량과 눈이 마주치자 오귀는 저도 모르게 눈을 피했다.

"그, 그게……"

오귀는 말꼬리를 흐리며 눈치를 살폈다. 사진량은 아무런 말 없이 천천히 검을 뽑아 들었다.

스릉!

매끄러운 금속성과 함께 모습을 드러낸 검이 묵철 특유의 검은빛을 흩뿌렸다. 금방이라도 검을 내려칠 것 같은 서슬 퍼런 사진량의 기세에 오귀는 오금이 찔끔거렸다.

'서, 설마 진짜로 내려치지는……'

어느새 이마가 식은땀으로 흠뻑 젖었다. 오귀는 흘끔 사진량의 눈치를 살폈다.

'지, 진심이다!'

이대로 있다간 목이 잘려 몸통과 영원히 작별할 것 같은 강한 예감이 들었다. 오귀는 사진량이 검을 내려치기 전에 다급히 소리쳤다.

"자, 잠깐! 다 말할 테니 살려주시오!"

어느새 가까이 다가온 남궁사혁이 무릎을 굽혀 쪼그려 앉으며 고개를 삐딱하게 돌렸다. 오귀는 저도 모르게 남궁사혁과 눈을 마주쳤다. 남궁사혁은 시정잡배(市井雜輩)처럼 건들거리는 말투로 입을 열었다.

"뭘 다 말하겠다는 거냐? 어차피 개방에서 보낸 거 아냐? 이거 참 웃긴 놈일세. 야, 더 들을 것도 없으니까 그냥 썰어버려."

남궁사혁은 손가락을 오귀를 가리키며 고개를 돌려 사진량을 쳐다보았다. 이내 벌떡 일어난 남궁사혁이 뒤로 물러나자 사진량이 한 걸음 앞으로 나섰다.

다가오는 사진량의 모습이 오귀의 눈에는 마치 저승사자처럼 보였다. 오귀는 사력을 다해 버럭 소리쳤다.

"고, 고검협께서 어찌 아무 죄도 없는 자를 베려는 거요!"

오귀의 외침에도 아랑곳하지 않고 사진량은 그대로 검을 내려쳤다. 오귀는 자신을 향해 날아드는 검을 차마 보지 못하고 질끈 눈을 감았다. 그 순간.

철컥!

격돌, 그리고… 73

납검하는 것 같은 낮은 금속성이 오귀의 귓가에 들려왔다. 목에 닿는 서늘한 느낌 대신 들려온 예상 밖의 소리에 오귀는 슬며시 눈을 떴다. 무심한 눈빛으로 자신을 쳐다보는 사진량의 모습이 눈에 들어왔다.

"봐주는 것은 이번이 마지막이다."

말을 마친 사진량은 천천히 돌아서며 손가락을 살짝 튕겨냈다. 튕겨낸 손끝에서 몇 줄기의 경력이 일어 오귀의 몸을 두드렸다.

투두둑!

낮은 타격음이 연이어 터져 나왔다. 하지만 오귀는 통증보다는 막힌 게 뚫리는 것 같은 시원함을 느꼈다. 이내 남궁사혁에게 제압당한 혈도가 풀린 것을 알게 된 오귀는 튕기듯 벌떡 일어났다.

타탓!

오귀는 곧장 내달려 사진량의 앞을 막아섰다. 사진량의 눈썹이 꿈틀거렸다. 오귀는 조금의 망설임도 없이 사진량의 앞에 그대로 납작 엎드려 오체투지(五體投地)하며 소리쳤다.

"따르겠습니다, 고독검협! 부디 허락해 주십시오!"

오귀의 갑작스러운 행동에 황당하다는 얼굴로 남궁사혁이 다가왔다.

"지금 이 거지 놈이 뭐라고 지껄이는 거냐?"

"글쎄……."

사진량은 별 관심 없다는 듯 자신의 앞에 엎드린 오귀에게서 시선을 돌렸다. 사진량이 돌아서는 것 같은 기색이 느껴지자 오귀가 소리쳤다.

"사문의 명으로 허락도 없이 뒤를 쫓은 점, 깊이 사죄드립니다. 고독검협과 함께할 수만 있다면 그런 것 따위는 무시하겠습니다. 사문을 버리라면 버리겠습니다. 그러니 제발 함께할 수 있게 해주십시오! 견마지로(犬馬之勞)를 다해 따르겠습니다!"

오귀는 필사적이었다.

고독검협 사진량.

고작 십여 년 전의 일이었지만 무림에 전설과도 같은 거대한 족적을 남기고 사라진 이름이었다. 스스로 모습을 감춘 이후, 누구도 찾을 수 없었다는 고독검협 사진량이 지금 오귀의 눈앞에 있었다.

절대 놓칠 수 없는 기회였다.

사진량과 함께라면 자신이 수년 전, 잃어버린 그 무언가를 되찾을 수 있을 거라는 예감이 강하게 들었다. 그것을 위해서라면 사문인 개방을 기꺼이 버릴 수도 있었다. 하지만.

"에라이, 미친놈아."

빠악!

남궁사혁의 어처구니없어하는 음성이 오귀의 귓가에 흘러드는 것과 동시에 묵직한 타격음이 터져 나왔다.

"으켁!"

짧은 신음과 함께 오귀의 머리가 땅바닥에 처박혔다. 얼마나 세게 때렸는지 얻어맞은 뒤통수와 함께 얼굴 전체가 흙에 쓸려

쓰라렸다. 크게 부어오른 뒷머리를 매만지며 오귀가 상체를 일으켰다. 그 모습을 내려다보며 남궁사혁이 말했다.

"사문을 버리라면 버리겠습니다아? 얼씨구, 누가 들으면 개방이 무슨 개나 소나 아무렇게나 들락날락거리는 객잔인 줄 알겠네. 이거 완전 상 또라이 아냐?"

남궁사혁은 손가락으로 오귀를 가리키며 흘낏 사진량을 쳐다보았다. 자신을 향한 남궁사혁의 시선에 사진량은 슬쩍 입꼬리를 말아 올리며 나직이 중얼거렸다.

"가문을 난장판으로 만들고 뛰쳐나온 놈이 할 말은 아닌 거 같군."

그 말을 들은 남궁사혁의 얼굴이 금방이라도 폭발할 것처럼 붉으락푸르락했다. 참지 못한 남궁사혁이 버럭 소리 쳤지만 이미 사진량은 사라져 버린 후였다.

"인마! 난 이놈이랑은 다르……! 에이 쌍! 이게 다 너 때문이잖아! 이 망할 거지 놈아!"

사진량의 모습이 보이지 않자 남궁사혁은 애꿎은 오귀에게 화풀이를 했다. 오귀는 저도 모르게 어깨를 움찔하며 눈치를 살폈다. 벌써 멀리까지 가버린 것인지 사진량의 기척은 느껴지지 않았다.

그렇다면…….

누구인지 알 수는 없지만 남은 끈이라고는 자신의 눈앞에서 열불을 토해내고 있는 사내, 남궁사혁뿐이었다. 성깔이 좀 더러워 보이기는 하지만 사문인 개방을 버릴 생각까지 했던 오귀라 충분히 감내할 수 있었다.

절대로 놓칠 수 없다.

그렇게 마음먹은 오귀는 혹시라도 혈도를 제압당할까 싶어 내공을 끌어 올리며, 몸을 날려 남궁사혁의 바짓가랑이를 콱 붙잡았다.

"소혀, 아니, 대혀엽! 부디 데려가 주십시오!"

"이거 안 놔? 죽고 싶냐?"

남궁사혁은 왈칵 인상을 찌푸리며 버럭 소리쳤다. 하지만 오귀는 혹시라도 놓칠세라 깍지까지 꽉 끼고 거머리처럼 오히려 더욱 찰싹 달라붙었다.

"안 데리고 가실 거면 차라리 죽이십시오!"

남궁사혁은 진저리를 치며 오귀를 떼어내려 애썼다. 내공까지 써서 뿌리치려 했지만 워낙에 단단히 매달려 있는 통에 쉽사리 나가떨어지지 않았다.

"이 자식아! 이거 놓으라고!"

아무리 흔들어도 떨어지지 않자 남궁사혁은 버럭 소리치며 검갑으로 오귀를 두드려 패기 시작했다.

퍽! 퍼퍽! 퍼퍼퍽!

"윽! 끅! 커헉! 우억!"

둔탁한 타격음과 오귀의 짧은 신음이 한참 동안이나 밤하늘을 어지러이 수놓았다.

"헥헥! 으, 질긴 놈 같으니."

남궁사혁은 거친 숨을 몰아쉬며 질린다는 얼굴로 자신의 바짓가랑이를 붙잡고 축 늘어진 오귀를 내려다보았다. 거의 한 식경이나 쉬지 않고 수백 대를 두드려 팼는데도 오귀는 남궁사혁의 다리를 놓지 않고 매달려 있었다.

오귀는 내공으로 몸을 보호하고 있었지만, 남궁사혁의 일방적인 폭행을 버텨낼 수는 없었다.

"으, 으으……"

정신을 잃은 오귀의 입에서 낮은 신음이 흘러나왔다. 남궁사혁은 다시 한 번 다리를 거세게 흔들었다. 하지만 찰거머리같이 달라붙어 있는 오귀의 손을 떨어지지 않았다. 왈칵 인상을 찌푸린 채 남궁사혁이 나직이 중얼거렸다.

"이거 그냥 콱 죽여 버릴까?"

사뭇 진지하게 고민하는 남궁사혁이었다.

第三章
전조(前兆)

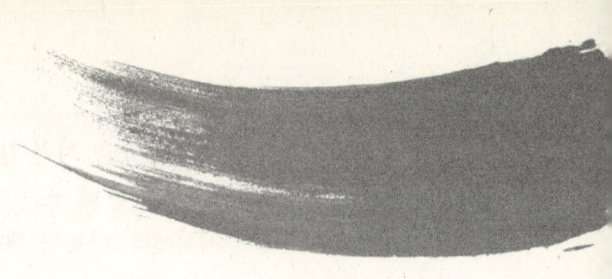

 한때는 항주의 패자로 군림하던 천의문의 터는 폐허가 된 채 버려졌다. 항주의 시내에 위치해 있음에도 사람들은 불길한 터라며 접근을 꺼렸다. 그나마 근처에 다가가는 것은 개방도로 보이는 거지 몇몇뿐이었다.

 소추도 그런 거지 중 하나였다.

 개방의 항주 분타에 소속된 소추는 상부의 명령으로 사흘에 한 번씩 폐허를 둘러보고 있었다.

 "별로 달라진 것도 없구만 왜 자꾸 보고 오라고 하시는 건지 모르겠네. 에이, 그냥 대충 시간이나 좀 때우다가 가야겠다. 으하아암."

 소추는 길게 하품을 하며 폐허 안쪽의 반쯤 무너진 기둥 근처에 자리를 잡고 풀썩 주저앉았다. 아침 일찍 일어난 터라 졸음이 쏟아졌다. 소추는 동냥을 할 때 쓰는 바가지를 품에 끌어안고는 꾸벅꾸벅 졸기 시작했다. 따뜻한 햇살이 기분 좋게 내리쬐었다.

"우끼끼!"
깊이 잠든 지 얼마나 시간이 지났을까.
소추는 잠결에 이상한 소리를 듣고는 천천히 눈을 떴다. 어느새 해가 중천을 지나 서산으로 향하는 것이 보였다. 생각보다 시간이 훨씬 많이 지난 것을 안 소추는 화들짝 놀라 벌떡 일어났다.
"으, 으앗! 벌써!"
워낙 급히 일어나는 바람에 품에 안고 있던 바가지가 바닥에 툭 떨어졌다. 소추는 바가지를 잡으려 허리를 숙였다. 그 순간 저 멀리서 먼지 구름을 일으키며 빠른 속도로 다가오는 한 무리가 보였다.
"뭐지……?"
소추는 고개를 갸웃거리며 실눈을 뜨고 다가오는 무리를 자세히 쳐다보았다.
"우끼익!"
그 순간 이상한 소리가 귓가로 날아들었다. 분명 다가오고 있는 무리에서 들려온 소리였다. 무리가 점점 가까워지자 멍하니 그것을 보고 있던 소추의 눈이 찢어져라 크게 치켜떠졌다.

"으헉! 저, 저건!"

소추는 화들짝 놀라 저도 모르게 소리쳤다.

빠른 속도로 다가오고 있는 무리는 바로 성성이 수십 마리였다. 그중 가장 앞에서 달려오는 성성이는 얼핏 보기에도 덩치가 엄청났다. 소추는 얼빠진 얼굴로 뒷걸음질 치다가 그대로 쾅당 엉덩방아를 찧고 말았다.

"으억!"

엉덩이가 깨질 듯 아팠지만 그보다 빠르게 가까워지는 성성이의 모습이 더욱 두려웠다. 아픔을 참으며 소추는 버둥버둥 뒤로 물러났다.

"우끼이이!"

어느새 바로 근처까지 다가온 커다란 성성이가 하늘로 두 팔을 번쩍 들어 올리며 소리쳤다. 쩌렁쩌렁 울리는 소리에 소추의 몸이 절로 떨릴 정도였다.

소추는 벼락이라도 맞은 듯 돌처럼 굳었다. 커다란 성성이를 향한 눈에는 두려움이 가득했다. 소추는 손가락 하나 꼼짝하지 못하고 부들부들 떨었다.

커다란 성성이의 덩치는 얼핏 보기에도 자신의 서너 배는 훨씬 넘어 보였다. 살짝 그러쥔 성성이의 주먹은 소추의 머리보다 컸다. 저런 것으로 한 대 맞으면 그대로 머리가 박살 나버릴 것 같았다.

'으, 으아아!'

소추는 속으로 비명을 질렀다. 생각 같아서는 크게 소리를 내고 싶었지만 그럴 수 없었다. 자칫 성성이를 자극했다가 무슨 일이 생길지도 모르는 일이었으니. 소추는 혹시라도 작은 소리가 새어 나갈까 싶어 두 손으로 입을 꽉 막았다.

"우끼끼!"

"우끼!"

커다란, 아니, 거대하다고 해도 이상하지 않을 정도의 덩치를 지닌 성성이의 뒤를 이어 십여 마리의 크고 작은 성성이가 도착했다.

대부분은 거대한 성성이의 반도 채 안 되는 덩치의 성성이들이었다. 그래도 자신과 비슷한 덩치의 성성이 십여 마리가 한꺼번에 들이닥치자 소추가 느끼는 위압감은 무시무시할 정도였다.

"끄읍!"

소추는 절로 비명이 터져 나오는 것을 억지로 막았다. 하지만 완전히 소리를 막을 수는 없었다. 두 손으로 꽉 틀어막은 입에서 새어 나온 작은 소리를 들은 작은 성성이 몇 마리가 고개를 돌렸다.

'으헉!'

자신을 향해 고개를 돌린 성성이들과 눈을 마주친 소추는 헛바람을 집어삼켰다. 엉거주춤한 자세로 돌처럼 굳어 있는 소추를 본 성성이들은 이상하다는 듯 고개를 갸웃거렸다.

"우끼?"

"끼이이?"

소추는 저도 모르게 침을 꿀꺽 삼켰다. 당장에라도 벌떡 일어나 뒤도 돌아보지 않고 달아나고 싶었다. 하지만 섣불리 움직였다가는 성성이들에게 무슨 해코지를 당할지 모르는 일이었다. 소추는 손가락 하나 꼼짝하지 못하고, 그저 눈알만 굴리며 성성이들의 눈치를 살폈다.
 '제, 제발……'
 성성이들이 자신에게 관심을 보이지 않기를 간절히 빌며 소추는 식은땀을 줄줄 흘렸다. 무공을 제대로 배우지도 못한 터라 소추는 그저 제자리에서 벌벌 떨고 있을 뿐이었다.
 작은 성성이 몇 마리가 흥미를 느낀 것인지 슬금슬금 소추에게 다가왔다. 소추는 흠칫 놀라며 저도 모르게 뒤로 물러나려 했다. 하지만 부서진 벽에 등이 닿아 더 이상 물러날 수 없었다.
 "우끼이!"
 어느새 가까이 다가온 성성이 하나가 불쑥 얼굴을 들이밀었다. 성성이가 뿜어대는 콧김이 느껴질 정도로 가까웠다. 워낙에 긴장한 탓에 눈도 감지 못하고 소추는 그저 떨리는 눈으로 성성이를 쳐다보았다.
 고개를 갸웃거리며 소추를 쳐다보던 성성이는 이내 누런 이를 드러내며 씨익 미소를 지었다. 누런 잇새로 절로 인상이 찌푸려지는 입 냄새가 흘러나왔다. 소추는 저도 모르게 왈칵 인상을 찌푸렸다.
 "우끼이!"

성성이가 히죽거리며 소추를 가리켰다. 마치 놀리는 것 같았다. 다른 작은 성성이 몇 마리가 그 소리를 듣고 다가왔다. 소추의 얼굴이 금방이라도 쓰러질 것처럼 누렇게 질렸다.

그때였다.

"우끼끼! 우끼!"

거대한 성성이가 버럭 소리쳤다. 소추에게 다가오던 작은 성성이 중 하나가 놀란 듯 펄쩍 뛰더니 갑자기 바닥에 납작 엎드렸다. 다른 성성이들도 놀란 것은 마찬가지였다. 어깨를 움츠리더니 흘끔 거대한 성성이의 눈치를 보기 시작했다.

'뭐, 뭐지?'

성성이들의 움직임이 달라지자 소추는 숨을 죽인 채 눈알을 굴리며 상황을 살폈다. 바닥에 엎드린 작은 성성이는 코를 킁킁거리며 개처럼 무슨 냄새를 맡는 것 같았다. 성성이는 바닥에 코를 붙인 채 한참이나 폐허 주위를 맴돌더니 갑자기 벌떡 몸을 일으켰다.

"우끼이이!"

냄새를 맡던 작은 성성이는 벌떡 일어나 한쪽 방향을 가리켰다. 그러자 거대한 성성이는 작은 성성이가 가리킨 방향을 쳐다보았다.

"우끼?"

"우끼! 우끼!"

거대한 성성이가 확인하듯 입을 열자, 작은 성성이가 고개를 세차게 끄덕였다. 이내 거대한 성성이가 양팔을 번쩍 들어 올리며 버럭 소리쳤다.

"우끼이이!"

하늘이 쩌렁쩌렁 울리는 엄청난 소리에 소추는 저도 모르게 손을 들어 귀를 막았다. 온몸이 절로 떨릴 정도로 커다란 소리였다. 한 차례 길게 소리친 거대한 성성이는 작은 성성이가 가리킨 방향으로 내달리기 시작했다.

"우끼!"

"끼아악!"

작은 성성이들이 일제히 소리치며 그 뒤를 쫓았다. 소추와 얼굴을 마주하고 있던 작은 성성이는 손을 뻗어 소추의 이깨를 툭툭 두드렸다. 갑작스러운 성성이의 손길에 소추는 질겁하며 질끈 눈을 감았다.

작은 성성이는 소추를 향해 씨익 미소를 지어 보이고는 이내 일행의 뒤를 쫓아가기 시작했다. 질끈 눈을 감은 채 사시나무 떨 듯 부들부들 떨고 있는 소추는 시간이 지나도 아무런 변화가 없자 슬그머니 눈을 떴다.

주위에는 그저 폐허 말고는 아무것도 보이지 않았다. 주위를 둘러보는 소추의 눈에 저 멀리 사라져 가는 먼지구름이 보였다.

거리가 먼 데다 먼지구름이 자욱해서 잘 보이지는 않았지만 성성이 무리인 것 같았다. 소추는 안도의 한숨을 내쉬며 천천히 몸을 일으켰다. 하지만 긴장이 풀린 탓인지 두 다리에 힘이 들어가지 않았다.

금방이라도 쓰러질 듯 후들거리는 다리로 억지로 버티고 선 채 소추는 나직이 중얼거렸다.
"도, 도대체……?"

*   *   *

"망할 제자 놈이 연락을 할 때가 지난 것 같은데……. 이 자식, 설마 농땡이 치고 있는 건가?"

홍영은 열흘이 넘게 감지 않아 떡 진 머리를 벅벅 긁으며 나직이 중얼거렸다. 자신의 명령으로 총타를 떠난 오귀는 지금껏 한 번도 연락을 해온 적이 없었다. 그저 소림 근처에 자리를 잡은 개방도에게 오귀를 보았다는 보고를 받은 적이 있었다. 하지만 오귀가 직접 연락을 보낸 적은 단 한 번도 없었다.

중요한 시점이었다.

근래에 무림에 벌어지고 있는 일의 핵심을 파악하려면 오귀로부터의 연락이 필수였다. 하지만 연락은커녕 어디에 있는지도 알 수 없었다.

화산비검회가 코앞으로 다가온 시기라 작금의 상황 파악이 무엇보다 중요했다. 그만큼 오귀에게 맡긴 일은 중요하기 그지없었다. 연락이 없다면 말짱 허사긴 했지만.

쿠당탕!

저도 모르게 한숨을 푹 내쉬는 홍영의 귓가에 화급히 누군가 달려드는 소리가 들렸다.

"바, 방주님!"

당황한 개방도의 음성이 뒤따랐다. 홍영은 한쪽 눈썹을 살짝 치켜 올리며 반색을 했다.

"뭐냐? 무슨 소식이라도 들어온 게야?"

금방이라도 떨어져 나갈 것처럼 허름한 문짝이 벌컥 열리며 개방도가 안으로 들어왔다. 거친 숨을 몰아쉬며 개방도가 홍영의 앞에 무릎을 꿇더니 품속에서 서신을 꺼내 들었다..

"급전입니다, 방주님."

"무슨 소식이더냐?"

홍영은 빼앗듯 서신을 받아들고는 재빨리 펼쳐 빠르게 훑었다. 오매불망 기다리고 있던 오귀의 연락은 아니었다. 그런데 그 내용이 이상했다.

"성성이 무리?"

홍영은 저도 모르게 중얼거리며 자신의 앞에 무릎을 꿇고 있는 개방도를 쳐다보았다. 개방도는 고개를 끄덕이며 말했다.

"네. 천의문에서도, 그리고 야산의 현장에서도 나타났다고 합니다. 이동 방향으로 보면 화산으로 향하고 있다고 판단됩니다."

이상한 일이었다.

성성이 무리가 사람들의 눈에 띄게 이동한다는 것도 이상하지만 무엇보다 마도의 무리가 나타났던 곳을 지나고 있다는 것이 더욱 이상했다.

자못 심각한 표정을 지으며 서신을 쳐다보던 홍영이 불쑥 물었다.

"어떻게 생각하나?"

"자세한 사정을 알 수는 없지만 확실히 무슨 관련이 있을 것 같습니다. 어쩌면 마도의 세력에 길들여진 것일 수도 있구요."

개방도의 대답에 홍영은 팔짱을 끼며 나직이 한숨을 푹 내쉬었다.

"흐으음, 나도 동감일세. 아무래도 그쪽도 자세히 살펴봐야 할 것 같군. 사람을 몇 붙여두게나. 위험할지도 모르니 너무 가까이는 접근하지 말고."

"알겠습니다, 방주님."

"그리고……"

홍영이 말꼬리를 살짝 흐리자 개방도가 고개를 갸웃했다. 이내 홍영은 나직이 한숨을 내쉬며 말을 이었다.

"망할 제자 놈에게서는 아무런 소식도 없더냐?"

"아직……"

"접선했다는 방도는?"

"그것도 아직……"

"그러면 혹시라도 봤다는 놈들도 없었나?"

"딱히……"

거듭되는 홍영의 질문에 부정적인 대답만 들려왔다. 홍영은 거푸 깊은 한숨을 내쉬었다. 딱 적임자라고 생각해 오귀를 보냈건만 아무 연락이 없으니 그저 답답하기만 했다.

"알겠으니 이만 나가보거라."

"예, 방주님."

개방도는 조심스레 뒷걸음질로 물러났다. 낡은 문이 닫히고 혼자 남게 되자 홍영은 다시 한 번 깊은 한숨을 푹 내쉬었다.

"아무래도 이번 화산비검회에는 내가 직접 가봐야 할 것 같군그래. 그나저나 망할 제자 놈은 도대체 무슨 짓을 하고 다니는 건지… 에잉, 쯧쯔!"

나태함이 가득한 오귀의 얼굴을 떠올리며 홍영은 저도 모르게 혀를 찼다.

한편 오귀는.
"아오! 이거 놓으라기!"
"절대 못 놓습니다. 안 데리고 가실 거면 그냥 죽여주십쇼!"
"이게 진짜! 확 죽여 버린다!"
여전히 남궁사혁의 바지 자락을 붙잡고 거머리처럼 들러붙어 떨어질 생각을 않고 있었다.

*　　　　　*　　　　　*

빛이 조금도 새어 들어오지 않는 어두운 방 안.
한 인영이 의자에 몸을 깊이 누인 채 눈을 감고 있었다. 워낙 방 안이 어둠으로 가득해 시간을 짐작하기 힘들었다. 눈을 감고 있는 인영은 잠이라도 든 것인지 고르게 숨을 쉬며 미동도 하지 않고 있었다.

스스스―

그때였다.
좁은 틈으로 바람이 새어 들어오는 것 같은 소리가 조용히 들려왔다. 갑자기 의자에 앉아 있는 인영이 천천히 입을 열었다.
"무슨 일이냐, 영(影)?"
인영의 나직한 음성이 방 안을 조용히 울렸다. 그 순간, 갑자기 어둠 속에서 야행복을 입고 있는 인영이 모습을 드러냈다. 영이라 불린 야행복 인영은 무릎을 꿇고 고개를 깊이 숙이고 있었다. 영이 조심스레 입을 열었다.
"그것이 실은……."
차분한 영의 목소리가 조용히 이어졌다. 의자의 인영은 눈을 감은 채 영의 이야기를 가만히 들었다. 하지만 이내 노기를 참지 못하고 번쩍 눈을 떴다. 붉은 혈기가 어린 인영의 눈동자가 어둠 속에서 섬뜩한 빛을 뿜어냈다.
"모두 당했다고?"
분노를 억누른 인영의 음성에 영은 이마가 바닥에 닿을 정도로 깊이 고개를 숙이며 대답했다.
"그, 그렇습니다, 부주."
"몇 개 조가 투입됐었지?"
"척살조 아홉 개 조였습니다."
영의 대답에 부주는 뿌득 이를 악물었다. 치솟는 분노가 인영의 몸에서 붉은 혈기로 형상화되는 것 같았다.
쿠르릉!

부주의 몸에서 뿜어져 나오는 강맹한 혈기에 방 안이 크게 뒤흔들렸다. 지진이라도 난 것처럼 흔들리는 방 안에서 영은 바닥에 납작 엎드린 채 버텼다.

 펑! 퍼펑!

 갑자기 벽에 걸린 거울을 비롯한 여러 장식품들이 터져 나갔다. 파편이 사방으로 튀고, 어지러이 날렸지만 부주의 혈기에 닿자 모두 가루가 되어 스러져 버렸다.

 파삭!

 부주가 앉아 있던 의자도 순식간에 가루가 되어 사라졌다. 어느새 몸을 일으킨 부주는 날카로운 눈빛으로 영을 가만히 내려다보았다. 영은 날카로운 칼로 난자당하는 것 같은 기분에 온몸을 부르르 떨었다.

 하지만 차마 신음 소리는 내지 못하고 아랫입술을 질끈 깨물었다. 영은 한참을 그렇게 소리 내지 않고 고통을 감내했다. 이윽고 부주가 주위에 가득한 혈기를 거둬들이며 천천히 입을 열었다.

 "놈들이… 화산으로 가고 있는 것은 틀림없겠지?"

 "그, 그러합니다."

 "흐음……."

 부주는 나직이 한숨을 내쉬며 생각에 잠겼다. 무림의 눈을 속여가며 은밀히 키워낸 척살조 아홉 개 조를 전멸시켰다면 앞으로의 계획에 크게 방해가 될 자들임에는 틀림없었다.

 하지만 그들을 처리하기 위해 병력을 추가한다면 계획을 실행하기도 전에 큰 차질이 생길 터였다. 게다가 현재는 여유 병력이 거의 남아 있지 않았다. 하지만 그렇다고 내버려 둘 수도 없는 노릇이었다.

한참을 고민하던 인영은 길게 한숨을 내쉬며 천천히 입을 열었다.

"놈들이 화산으로 가도록 내버려 두는 게 좋을 것 같군. 어차피 처리해야 할 자들이니, 화산에서 모두 정리하도록 하지. 계획은 차질 없이 진행되고 있는 것이겠지?"

"물론입니다. 이미 실행 병력의 절반 이상이 화산으로 잠입했습니다. 나머지 절반은 화산비검회가 시작되기 전에 모두 도착할 것입니다."

"혹시 병력이 모자라거나 하진 않겠지?"

"지난 화산비검회의 참가 인원과 무공 수준을 고려해 최소한 그 두 배 이상을 상대할 수 있도록 병력을 충분히 배치했습니다."

"그래서 더 이상의 여유 병력이 없다는 거로군."

"그렇습니다, 부주. 화산의 일은 절대 실패 없이 완성되어야 하는 일이니 철저히 대비해야 하지 않겠습니까."

영의 말에 부주는 입꼬리를 살짝 말아 올리며 고개를 끄덕였다. 화산비검회가 얼마 남지 않은 시기였다. 될 수 있으면 변수를 제거하는 것이 좋겠지만 어쩔 수 없는 일이었다.

"절대로 실패하지 않을 자신이 있다는 소리로군. 그렇지 않나?"

"그러하옵니다. 절대 실패하지 않을 것입니다."

"만약 실패한다면?"

부주는 순간 살기 가득한 눈빛으로 영을 내려다보았다. 부주의 날카로운 시선을 느낀 영이 저도 모르게 어깨를 움찔했다. 이내 영은 커다란 음성으로 대답했다.

"목숨을 내놓겠습니다."

"크큭! 네놈 따위의 목숨과 대업을 맞바꿀 수 있다고 생각하는 거냐? 그 자신감, 어디 한번 믿어보겠다."

"맡겨만 주십시오!"

영은 머리를 깊이 숙이며 소리쳤다. 그 모습에 만족스러운 미소를 지으며 부주가 고개를 끄덕였다.

"좋다. 기대하지."

"충!"

커다란 대답과 함께 영의 모습이 불에 타고 남은 재가 바람에 휩쓸려 사라지듯 순식간에 사라져 버렸다. 영이 무릎 꿇고 있던 자리를 가만히 지켜보던 부주는 이내 획 돌아서서 뒷짐을 진 채 나직이 중얼거렸다.

"실패는 절대 용납하지 않는다."

* * *

"아오! 미치겠네. 누가 이거 좀 떼어주면 안 되겠냐!"

짜증 가득 섞인 남궁사혁의 날카로운 외침이 주위를 뒤흔들었다. 벌써 며칠째 다리를 붙잡고 떨어지지 않는 오귀의 모습에 남궁사혁은 울화가 치밀었다.

찰거머리도 이런 찰거머리가 없었다.

아무리 협박을 해도, 기절할 때까지 두드려 패도 도무지 떨어지지가 않았다. 그냥 확 베어버리고 싶은 충동을 억지로 눌러 참으며 남궁사혁은 내공을 끌어 올려 주먹을 그러쥐었다.

'으힉!'

남궁사혁의 기세를 느낀 오귀가 움찔하며 헛바람을 집어삼켰다. 이내 내공을 끌어 올려 몸을 보호하며 오귀가 소리쳤다.

"따라가게만 해주시면 종복(從僕)이라도 되어 모시겠습니다. 부디 이대로 내치지 마시고 받아주십시오!"

막 주먹을 들어 올려 오귀의 머리통을 내려치려던 남궁사혁은 순간 멈칫했다.

"종복?"

남궁사혁이 솔깃해하는 기색을 보이자 오귀는 잽싸게 말을 이었다.

"예, 대협! 아니, 주군! 받아만 주신다면 견마지로를 다해 분골쇄신(粉骨碎身)하겠습니다!"

오귀는 혹시나 남궁사혁이 자신을 뿌리칠까 싶어 차마 바지자락을 잡은 손을 놓지는 못하고, 그대로 이마가 바닥에 닿도록 머리를 푹 숙였다.

'오호라? 이놈 봐라?'

종복이 되기를 자청하면서까지 일행에 합류하려는 오귀의

필사적인 모습에 남궁사혁은 살짝 마음이 흔들렸다. 무언가를 갈구하는 오귀의 눈빛이 마치 검의 길을 찾아 헤매는 자신처럼 보였다. 마음이 동하긴 했지만 자신이 마음대로 일행에 합류시킬 수는 없었다.

남궁사혁은 난감한 얼굴로 사진량을 쳐다보았다. 사진량은 알아서 하라는 듯 어깨를 으쓱해 보였다. 남궁사혁은 다시 오귀를 내려다보았다.

그때였다.

관지화가 슬며시 다가오더니 남궁사혁의 귓가에 나직이 속삭였다.

"그냥 종복으로 삼죠, 남궁 형님? 떼어내도 어차피 계속 졸졸 따라올 것 같은데."

히죽 미소를 짓고 있는 꼴이 어째 다른 꿍꿍이가 있는 것 같았다. 남궁사혁은 관지화의 속내를 알아내기 위해 슬쩍 질문을 던졌다.

"여기서 반쯤 죽여 놓고 가도 될 것 같은데, 왜?"

"에이, 그렇게 쉽게 떨쳐낼 수 있었으면 벌써 그렇게 했겠죠. 그게 안 되니까 계속 짜증내시는 거 아닙니까."

"그래서?"

"에이~ 이미 눈치채셨으면서 그러신다. 남궁 형님이 종복으로 거두시면 제가 알아서 자알 교육해 놓겠습니다, 에헤헤."

관지화는 덩치에 어울리지 않는 장난기 어린 미소를 지으며 뒷머리를 벅벅 긁었다.

"오호라? 그러니까 쫄다구가 하나 필요하다, 이거구만."
"뭐, 그런 거죠. 헤헤."

히죽거리는 관지화의 모습에 남궁사혁은 피식 미소를 지었다. 이내 결정을 내린 남궁사혁은 관지화에게 물러나라며 손짓했다. 관지화가 기대에 가득 찬 얼굴로 뒤로 물러나자, 남궁사혁은 오귀를 슬며시 내려다보았다.

고개를 푹 숙이고 있던 오귀는 달라진 기색에 슬며시 고개를 들고 눈치를 살폈다. 남궁사혁은 천천히 쭈그려 앉으며 오귀와 눈을 마주쳤다. 오귀가 흠칫 놀라며 그의 눈을 피했다.

"종복이 된다고? 그럼 누굴 섬길 셈이냐?"

남궁사혁의 질문이 오귀의 귓가로 날아들었다. 예상 밖의 질문에 오귀는 어깨를 움찔했지만 이내 슬그머니 고개를 들었다. 사진량의 모습이 눈에 들어와 뇌리에 틀어박혔다.

애초에 이렇게까지 남궁사혁에게 들러붙은 것은 오로지 사진량과 함께하기 위해서였다. 고독검협이라 불리는 사진량의 실체를 바로 옆에서 지켜보고 싶었다. 하지만.

꿀꺽!

오귀는 긴장을 감추지 못하고 저도 모르게 침을 삼켰다. 이내 오귀는 흘끔 남궁사혁의 눈치를 살폈다. 남궁사혁의 눈빛은 대답을 잘해야 할 거라고 경고하는 것만 같았다.

오귀는 다시 한 번 사진량을 흘깃 쳐다보았다. 그러곤 잠시 고민하다가 이내 결정을 내렸다.

"다, 당연히 남궁 대협이 제 주군이십니다!"

이런 상황에서 다른 이름을 말했다간 남궁사혁이 어떻게 나올지 모르는 상황이라 어쩔 수 없는 선택이었다. 어찌 됐든 남궁사혁이 자신을 받아준다면 사진량과 함께할 수 있었으니.

"진심이냐?"

오귀의 대답에 남궁사혁은 다시 한 번 확인하듯 물었다. 오귀는 그동안 절대 놓지 않고 잡고 늘어졌던 남궁사혁의 바지자락을 놓고 그 자리에서 오체투지하며 소리쳤다.

"물론입니다, 주군! 충심을 다해 섬기겠습니다!"

남궁사혁은 피식 미소를 지으며 고개를 끄덕였다. 하지만 고개를 바짝 숙이고 있는 오귀는 그 모습을 볼 수 없었다.

오귀를 가만히 내려다보던 남궁사혁은 고개를 돌려 관지화에게 다가오라는 듯 턱짓했다.

"부르셨습니까, 남궁 형님! 우헤헤."

자신이 바라는 대로 된 것 같아 관지화는 기다렸다는 듯 쪼르르 다가오며 헤죽거렸다. 남궁사혁은 관지화의 어깨에 한 손을 턱 얹으며 조용히 입을 열었다.

"교육 잘 시켜라."

"으헤헤, 맡겨만 주십쇼, 남궁 형님!"

오체투지하고 있는 오귀에게 천천히 다가가는 관지화의 얼굴에는 웃음이 그득했다. 자신의 등 너머로 관지화의 그림자가 드리우자 왠지 모르게 섬뜩한 기분이 든 오귀였다.

*　　　　*　　　　*

섬서의 화음현은 전에 없이 수많은 무림인으로 들끓고 있었다. 보름 앞으로 다가온 화산비검회 때문이었다.

정식으로 초청을 받은 무림인들은 화산파의 본산에 머물고 있었지만, 다른 무림인들은 대부분이 화산 아래의 객잔에 머물고 있었다.

덕분에 화음현의 객잔은 때 아닌 호황을 누리고 있었다. 몇 달 전부터 화산비검회의 준비로 수많은 물자를 조달해 왔는데도 모자랄 지경이었다.

정사를 막론한 무림인들이 한자리에 모이다 보니 그만큼 크고 작은 다툼도 자주 일어났다. 화산파 제자들이 총동원되어 단속을 하고는 있었지만 역부족이었다. 화산파에서 미리 지원을 요청한 덕에 다른 구파의 제자들도 질서 유지를 위해 충원되었지만 그 숫자가 부족하기만 했다.

사람이 많이 모이는 시전이나 객잔에서는 하루를 멀다 하고 크고 작은 다툼이 벌어졌다. 단순한 드잡이 질도 있었고, 정사파의 무인들이 패를 갈라 본격적으로 다툼을 벌이기도 했다.

문파끼리의 다툼이나 큰 싸움은 구파의 제자들이 막을 수 있었지만, 작은 다툼까지 전부 막을 수는 없었다. 때문에 화음현은 사람들이 몰려든 만큼 큰 호황을 누리고 있었지만, 또한 그만큼의 혼란도 함께 겪고 있었다.

콰장창!

그날도 여느 때와 다름없는 작은 다툼이 벌어졌다. 객잔의

유리가 깨져 나가고 청색 무복 차림의 사내 하나가 튕겨 나와 바닥에 내동댕이쳐졌다. 길을 지나던 사람들은 혹시나 그들과 부딪칠까 싶어 후다닥 몸을 피했다.

쿠당탕!

바닥에 호되게 부딪친 청색 무복 사내는 그대로 몇 바퀴를 구르다가 벌떡 일어났다. 등을 부딪친 탓에 청색 무복 사내의 얼굴은 통증으로 일그러져 있었다.

"으윽!"

절로 신음이 터져 나왔다. 온몸이 먼지투성이가 된 청색 무복 사내는 화를 참지 못하고 허리춤에 찬 도를 뽑아 들었다

스릉!

낮은 금속성이 주위를 뒤흔들었다. 청색 무복 사내의 서슬 퍼런 기세에 길을 지나던 사람들은 슬금슬금 뒷걸음질 쳤다. 청색 무복 사내가 시뻘게진 얼굴을 한 채 객잔을 향해 버럭 소리쳤다.

"빌어먹을! 합석 좀 하자는 게 뭐가 그리 큰일이라고 사람을 쳐? 당장 나와, 썅!"

바락 소리치는 모습이 시정잡배와 다름없어 보였다. 하긴 얼핏 보기에도 청색 무복 사내의 모습은 곱상한 차림새와 어울리지 않아 보였다.

청색 무복은 상당히 고급 비단으로 만들어진 새 옷처럼 보였다. 하지만 보통 사람보다 머리 하나 정도는 큰 키에 터질 듯 부풀어 오른 근육, 거기에 왼쪽 눈에서 볼까지 길게 이어진 뚜

렷한 흉터가 인상을 험악하게 만들고 있었다.

게다가 사자 갈기처럼 뻗어 나간 머리칼이 차림새만 아니었다면 산적이라도 해도 이상하지 않아 보였다. 사람들이 자리를 피하는 것은 그런 이유도 있었다.

파팟!

낮은 파공성과 함께 문이 활짝 열린 객잔 안에서 무언가가 청색 무복 사내를 향해 날아갔다. 심상치 않은 예기를 느낀 청색 무복 사내는 움찔 놀라며 급히 도를 틀어쥐고 얼굴과 상체를 막았다. 그 순간.

따당! 탕!

요란하게 볶은 콩이 튀는 소리가 터져 나왔다. 넓은 도면으로 앞을 막은 청색 무복 사내는 강한 반탄력에 깊은 자국을 내며 주룩 뒤로 밀려났다. 손아귀가 찢어질 것 같은 통증에 청색 무복 사내는 짧은 신음을 터뜨리며 도를 놓쳐 버렸다.

"크윽!"

어느새 찢어진 손아귀에서 피가 주룩 흘렀다. 청색 무복 사내는 왼손으로 피가 흐르는 오른 손목을 감싸 쥐고 푸르르 어깨를 떨었다. 찢어져라 크게 치켜뜬 눈은 자신이 바닥에 떨어뜨린 도를 향해 있었다.

바닥의 도에는 나무젓가락 두 개가 틀어박혀 있었다. 그것도 정확히 청색 무복 사내의 목덜미와 명치를 가린 위치였다.

청색 무복 사내는 저도 모르게 침을 꿀꺽 삼켰다. 미련하게 계속 도를 들고 있었다면 젓가락에 목을 꿰여 목숨을 잃었을지도 모르는 일이었다.

"제법 운이 좋은 놈이로군."

누군가의 싸늘한 음성이 청색 무복 사내의 귓가에 날아들었다. 청색 무복 사내는 움찔하며 고개를 들었다. 막 객잔 밖으로 나오는 호리호리한 체구의 사내가 눈에 들어왔다.

죽립을 깊이 눌러 쓰고 있는 터라 얼굴을 제대로 볼 수는 없었지만 그 사이로 새어 나오는 날카로운 눈빛에 저도 모르게 어깨가 움츠러들었다. 청색 무복 사내는 질 수 없다는 듯 왈칵 인상을 찌푸린 채 버럭 소리쳤다.

"고작 기습 따위로 날 어찌할 수 있다고 생각한 거냐, 건방진 놈!"

청색 무복 사내는 곧장 바닥의 도를 집어 들었다. 찢어진 손아귀가 화끈거렸지만 꾹 눌러 참으며 사내는 도에 꽂혀 있는 젓가락을 뽑아내려 했다.

뿌직!

힘을 꽉 주었지만 뽑히지 않자 청색 무복 사내는 그대로 젓가락을 부러뜨렸다. 그 모습에 죽립 사내는 입꼬리를 슬쩍 말아 올리며 입을 열었다.

"기습 따위라… 내 섬전비도(閃電飛刀)를 보고도 그런 헛소리를 지껄이다니. 목숨 줄이 꽤나 여러 개인가 보군."

죽립 사내의 말에 상황을 지켜보던 무림인들 사이에서 경악성이 터져 나왔다.

"서, 섬전비도 하후승!"

"저자가 어떻게 화산비검회에……!"

섬전비도 하후승.

광동(廣東)에서 상당한 악명을 떨치고 있는 사파 무림인이었다. 비도술(飛刀術) 하나만으로 기백에 이르는 광동의 무림인을 고혼(孤魂)으로 만든 절정고수로, 처음 이름을 알린 후로 광동을 벗어난 적이 없다고 알려진 자였다.

'으힉! 서, 섬전비도라고!'

청색 무복 사내는 속으로 질겁했다. 상당한 고수일 거라 짐작은 했지만 설마하니 상대가 그 유명한 섬전비도였다니.

도를 쥔 손이 절로 부르르 떨렸다. 통증 때문이 아니라 겁을 집어먹은 것이다. 겉으로 티를 내지 않으려 애썼지만 몸이 떨리는 것은 어쩔 수 없었다.

청색 무복 사내가 몸을 떠는 것을 본 하후승이 피식 미소를 지으며 말했다.

"크큭! 정말 운 하나는 기막히게 좋은 놈이로군. 내 화산의 체면을 봐서 오늘만은 특별히 그냥 넘어가 주지."

천천히 돌아선 하후승은 한쪽 방향을 흘끗 쳐다본 후, 다시 객잔으로 들어갔다. 하후승의 모습이 사라지자, 잔뜩 긴장한 채 도를 쥐고 있던 청색 무복 사내는 저도 모르게 안도의 한숨을 푹 내쉬었다.

"도대체 무슨 일입니까?"

그때 낮은 외침과 함께 화산파의 도복을 입은 청년들이 한 손에 검을 든 채 달려들었다. 소란이 있다는 소식을 듣고 달려온 화산 제자들이었다. 청색 무복 사내는 애써 태연함을 가장하며 도를 회수했다.

"아, 아무것도 아니오."

청색 무복 사내는 그대로 돌아서서 혹시나 누가 쫓아올세라 후다닥 사람들 사이로 사라져 버렸다. 다툼을 중재하기 위해 달려온 화산 제자들은 멍하니 그 모습을 쳐다보았다.

이내 사람들은 언제 소란이 있었냐는 듯 다시 주위를 오가기 시작했다. 화산 제자들도 왔던 길을 되돌아갔다.

거리는 여느 때처럼 수많은 사람이 바쁘게 걸음을 옮겨갔다.

사람들 사이에서 커다란 등짐을 진 채 부지런히 걸음을 옮기던 사내 하나가 자신을 스쳐 지나는 사내의 귓가에 나직이 속삭였다.

"무공 수준 상중(上中), 섬전비도 하후승. 참가 확인."

*   *   *

"끄응!"

오귀는 용을 쓰는 낮은 신음을 흘리며 부지런히 걸음을 옮기고 있었다. 그동안 노숙을 하며 먹고 마시느라 식량이 많이 줄어들기는 했지만 일행의 모든 짐을 들고 있는 터라 이마에는 땀이 가득했다.

"빨랑 안 오냐? 저기 형님들이 기다리시잖냐?"

가까이 다가온 관지화가 이죽거리며 말했다. 오귀는 저도 모르게 왈칵 인상을 찌푸렸다. 아무리 좋게 봐줘도 자신보다 서너 살은 어려 보이는 관지화가 자신을 하대하는 것이 도무지 적응이 되지 않았다.

"어쭈? 지금 인상 쓰는 거냐? 남궁 형님! 이 종복 놈이 너무 반항적인데요?"

관지화는 일행의 선두에 있는 남궁사혁을 흘끔 쳐다보며 으름장을 놓았다. 남궁사혁은 귀찮아하는 기색이 역력한 표정으로 성의 없이 대답했다.

"네가 알아서 좀 처리해라. 내가 종복 놈까지 신경 써야겠냐?"

"알겠습니다, 남궁 형님!"

커다란 대답과 함께 히죽 미소를 지으며 관지화는 다시 오귀를 쳐다보았다. 살짝 주먹을 그러쥐며 관지화는 곧장 말을 이었다.

"들었지? 남궁 형님께서 나보고 알아서 하시란다, 으흐흐."

누런 이를 드러내며 씨익 웃는 관지화의 모습에 저도 모르게 움찔하며 뒷걸음질 치는 오귀였다.

'망할! 그냥 죽자고 매달려 가는 게 훨씬 나았을지도……'

지금 와서 후회해 봐야 뒤늦은 일이었다.

사진량은 말없이 걸음을 옮겼다. 목적지인 화산까지는 아무리 늦어도 닷새 안에는 도착할 수 있을 터였다. 화산비검회의 개최일은 앞으로 열흘 후이니 일정이 늦어지지는 않았다.

'화산비검회라……'

문득 오래전의 일을 떠올린 사진량은 저도 모르게 나직이 한숨을 내쉬었다.

"응? 갑자기 왜 그러냐?"

사진량의 이상한 기색에 남궁사혁이 다가와 물었다. 사진량은 피식 미소를 지으며 고개를 내저었다.

"아니, 아무것도 아니다."

"그러냐, 쩝."

뭔가 있는 것 같긴 했지만 남궁사혁은 굳이 집요하게 캐묻지 않았다. 그저 입맛을 다시며 슬쩍 뒤로 물러났을 뿐. 물러서는 남궁사혁의 모습을 본 사진량은 이내 무표정한 얼굴로 고개를 돌렸다.

우우웅!

문득 허리춤의 검이 낮은 검명을 토해냈다. 사진량은 눈썹을 꿈틀하며 검을 내려다보았다.

이상한 기분이 들었다.

마치 자신의 검이 앞으로 다가올 위기를 경고하는 것만 같았다. 사진량은 검병을 살짝 그러쥐었다.

우우웅!

사진량에게 호응하듯 다시 검명이 터져 나왔다. 사진량은 굳은 얼굴로 천천히 고개를 들었다. 아무래도 화산에서 무언가 큰일이 생길 것 같은 예감이 들었다.

'화산비검회… 쉽게 끝나지는 않겠군.'

속으로 나직이 중얼거리며 사진량은 부지런히 걸음을 옮겨갔다.

　　　　　＊　　　　　＊　　　　　＊

 늦은 밤이었지만 화산 인근은 불이 훤히 밝혀져 있었다. 특히나 수많은 사람이 오가는 시전과 객잔 거리는 대낮처럼 환하기만 했다.
 그에 반면 화산에서 멀리 떨어진 화음현의 외곽은 어둡기만 했다. 특히나 객잔 하나 없는 작은 마을은 모두 깊이 잠들어 있었다.
 그런 작은 마을 중 하나의 곡식 창고.
 촛불 하나로만 불을 밝히고 있는 창고의 내부에는 곡식은 전혀 없고 사람들로 가득 차 있었다. 저마다 얼굴을 드러내지 않고 복면을 쓰고 있는 자들이었다.
 나무로 된 창 하나를 꽉 닫아둔 탓에 밖으로는 촛불의 빛이 전혀 새어 나가지 않았다. 그 때문에 밖에서는 그저 아무도 없는 허름한 창고로 보일 뿐이었다.
 "어떻게 진행되고 있지?"
 복면인 중 하나가 불쑥 물었다. 나머지 복면인들이 차례로 대답하기 시작했다.
 "기본 작업은 거의 마무리되어 가는 중입니다. 비검회가 개최되기 전에는 화산의 작업은 끝날 겁니다."
 "전체 병력의 칠 할은 이미 잠입에 성공했습니다. 일이 시작되기 전에 전 병력이 모두 잠입할 것입니다."

"참가 예상 목록의 무인들을 확인하고 있습니다. 일단 오 할 이상은 확인되었습니다. 목록 외의 중상 이상급 무인은 따로 확인 중입니다. 개최 전날까지 대부분 확인할 수 있을 것입니다."

"각 문파별로 병력 구성을 파악하고 있는 중입니다. 군소문파를 제외한 나머지는 이미 모두 파악이 종료되었습니다. 그리고 대계(大計)에 영향을 미칠 수 있는 군소문파를 따로 조사 중입니다. 도착하지 않는 문파를 빼면 사흘 안에 모두 파악할 수 있을 것입니다."

"바람잡이의 포섭은 완료되었습니다. 지금까지의 참가 규모를 고려해 충분히 넉넉한 숫자를 포섭해 두었습니다. 은밀히 금제를 걸어두었으니 허튼소리를 내뱉을 수는 없을 것입니다."

연이어 들려온 대답에 질문을 던진 복면인은 가만히 고개를 끄덕였다. 화산에서 계획하고 있는 일의 절반 이상이 마무리되어 가고 있었다.

결행 일자는 바로 화산비검회가 시작되는 열흘 후.

최대한 많은 무림인을 끌어들여야만 했다. 별다른 이변이 없다면 계획대로 모든 일이 진행될 터였다. 지금 당장 화산 인근에 잠입해 있는 병력을 총동원해도 충분히 화산파를 멸문시킬 수 있었다.

하지만 진짜 목적은 화산의 멸문이 아닌 다른 것이었다. 때문에 복면인들은 최대한 많은 무림인을 끌어들이기 위해 화산비검회를 기다리고 있었다.

다른 복면인들에게 질문을 던졌던 복면인은 나직한 목소리로 입을 열었다.

"좋다. 실패는 절대 있어서는 안 된다는 것을 모두 잘 알고 있겠지? 부주께서도 크게 기대하고 계시는 일이니 조금의 방심도 없이 철저히 준비해야 할 것이다. 실패는 곧 죽음이니."

"존명!"

"존명!"

곧장 들려오는 대답에 복면인은 가만히 고개를 끄덕였다. 이내 다른 복면인들은 어디론가 사라져 버렸다. 홀로 남은 복면인은 천천히 몸을 일으켜 주위를 밝히고 있는 촛불을 손바람으로 꺼버렸다.

순식간에 창고 안이 어둠으로 가득 들어찼다. 번들거리는 복면인의 묵빛 눈동자에는 시산혈해(屍山血海)를 이룬 화산의 모습이 비치는 것만 같았다.

*   *   *

화산비검회의 개최일이 가까워질수록 화산파의 장로들은 하루가 멀다 하고 회의실에 모였다. 사실 준비는 모두 끝난 것이나 마찬가지였지만, 몇 가지 해결되지 않은 문제들이 남아 있기 때문이었다.

그런 문제들 중 하나는 소림의 봉문과 관련된 일이었다.

정보력으로는 둘째가라면 서러운 개방과 하오문을 동원해 사정을 알아보려고 했지만 아직까지 제대로 된 정보를 얻지 못했다.

그저 소림의 봉문 전에 무언가 큰 사건이 있었다는 것만 하오문에서 대략적으로 전해왔을 뿐이었다. 좀 더 정확한 정보를 기대했던 개방에서는 별다른 소식이 없었다.

그저 마도의 세력과 관련이 있을지도 모른다는 추측성 정보만 떠돌 뿐이었다.

구파일방의 수좌를 차지하는 소림의 봉문은 정도무림의 일대 사건이 아닐 수 없었다. 무엇보다 화산비검회를 앞두고 벌어진 일이라 사건의 중요도는 훨씬 높았다.

"아직도 개방이나 하오문에서는 아무 소식이 없소이까?"

"일전에 보내온 것 말고는 없었습니다. 소림의 속가제자들을 은밀히 접촉해 보았지만, 소림에서 무슨 말을 들은 것인지 아무 말도 하지 않는다고 하더이다."

"허어, 큰일이로구려. 최고의 정보망을 자랑하는 개방과 하오문에서도 진상을 알 수 없었다니. 도대체……."

"이러다 비검회에도 영향을 미치는 것은 아닌지 걱정되는구려. 안 그래도 본산 아래가 잦은 다툼으로 시끄럽다고 하던데. 참여 문파나 무인들의 뒷조사는 어떻게 되어가고 있는 게요?"

걱정 가득한 얼굴로 한숨을 푹 내쉬는 대장로의 물음에 회의실 맨 끝에 앉은 가장 젊은 장로가 대답했다.

"개방의 정보력과 하오문의 뒷조사를 통해 혹시 모를 불상

사를 대비하고 있습니다. 아직까지는 크게 수상한 인물은 없었습니다만……."

말꼬리를 흐리는 젊은 장로의 말에 대장로가 고개를 갸웃했다.

"그런데?"

"몇몇 무소속 무인 중에 출신이 조금 의심되는 자들이 있습니다. 하오문에서 철저하게 뒤를 캐고 있긴 합니다만 아직 자세한 내용은 밝혀지지 않았습니다."

"사파인인가?"

"정파의 인물도, 사파의 인물도 있습니다. 물론 정사지간의 인물도 있더군요. 전 무림에는 아니지만 각자 활동 지역에서는 꽤나 이름을 알리고 있는 자들이었습니다. 다행히 초청장을 받은 이는 아무도 없었습니다."

잠시 생각에 잠긴 대장로는 이내 천천히 입을 열었다.

"그자들의 위치는 제대로 파악하고 있겠지?"

"물론입니다. 하오문에서 사람을 붙여두어 은밀히 감시 중이라고 알고 있습니다. 혹시라도 무슨 문제가 있는 자라면 바로 처리할 수 있게 하오문과의 비밀 연락망을 구축해 두었습니다."

"어떤 식으로 처리를 한단 말인가?"

"무공을 폐하고 가둬놓을 구금 시설을 은밀히 준비해 두었습니다. 최대 백오십 인까지 한꺼번에 구금할 수 있습니다."

"흐음, 그 정도면 충분히 대응책을 마련한 것 같군. 하지만 미심쩍은 자들에 대한 신원 확인은 최대한 빨리 해야 한다네. 비검회가 바로 코앞이라는 것을 명심하시게."

"알겠습니다, 대장로."

젊은 장로의 대답에 대장로는 가만히 고개를 끄덕이더니 이내 다른 장로들을 쳐다보며 천천히 입을 열었다.

"다들 잘 아시겠지만 본 파의 명예를 위해서라도 이번 비검회는 무사히 치러져야 한다네. 어떤 잡음도 있어서는 안 될 것이야. 다들 각자 맡은 바 소임을 다해주시기 바라오."

"명심하겠습니다, 대장로."

대장로의 말에 다른 장로들이 일제히 대답했다. 대장로는 미소를 지으며 천천히 말을 이었다.

"그럼 다음 안건으로 넘어가겠소. 비검회를 목전에 둔 시기라……."

그렇게 화산 장로들의 회의는 그 후로 두 시진이나 계속되었다.

*　　　　*　　　　*

저 멀리 운무(雲霧)에 둘러싸인 화산이 보이기 시작했다. 걸음을 멈춘 남궁사혁은 손을 들어 손날을 눈썹 위에 가져다 대며 휘파람을 불었다.

"휘유~! 이젠 뭐 기어가도 하루면 충분히 도착하겠구만. 화산 바로 아래까지 갈 거지?"

사진량은 대답 대신 가만히 고개를 끄덕였다. 가까이 다가온 장일소가 대신 대꾸했다.

"그나저나 머물 곳이 남아 있을지가 걱정이로군요. 화산에서 꽤나 거리가 있는 이곳까지 이렇게 사람들이 많은 것을 보니 말입니다."

"그래도 빈 방 하나 정도는 있겠죠, 뭐. 아니면 그냥 허름한 창고라도 빌릴 수밖에요."

남궁사혁의 대답에 장일소는 저도 모르게 나직이 한숨을 푹 내쉬었다. 아무래도 머물 곳을 찾기 힘들 것 같은 예감이 들었다.

"우와! 저게 화산입니까? 중원 오악입네, 어쩌네 하는 말만 들었는데 직접 보게 되다니 감격입니다요, 남궁 형님!"

오귀에게 모든 짐을 떠맡기고 한결 홀가분해진 관지화가 히죽거리며 말했다.

"시꺼, 인마! 혹시 무슨 일이 있을지 모르니까 그 남궁 형님 소리는 좀 자제해라. 알겠냐?"

혹시라도 비검회에 참가하는 남궁세가의 사람들과 만난다면 무슨 난감한 일이 생길지도 모르는 일이라 남궁사혁은 살짝 인상을 쓰며 관지화에게 대꾸했다. 하지만 그런 사정을 알 리 없는 관지화는 고개를 갸웃거렸다.

"왜요?"

"그런 게 있어, 인마. 자세히 알려고 하지 마라, 다친다. 니들도 내가 됐다고 하기 전까지는 남궁이란 성씨는 절대 입에 담지 마라. 알겠냐?"

남궁사혁은 짐짓 으름장을 놓으며 고태와 오귀를 흘끔 쳐다보았다. 고태는 특유의 순박한 미소를 지으며 고개를 끄덕였다.

"알겠수, 소협."

스스로 남궁사혁의 종복임을 자처한 오귀는 과장되게 무릎을 꿇으며 소리쳤다.

"명심하겠습니다, 주군!"

두 사람의 대답에 남궁사혁은 만족스러운 미소를 지으며 고개를 끄덕였다. 묵묵히 그 모습을 지켜보고 있던 사진량이 조용히 입을 열었다.

"여기서부터는 흩어져서 가는 게 좋을 것 같군."

"응? 갑자기 그게 무슨 소리냐?"

"무슨 말씀이십니까, 소공?"

남궁사혁과 장일소가 동시에 물었다. 사진량은 두 사람을 쳐다보지도 않고 천천히 입을 열었다.

"놈들의 눈에 띄지 않기 위해서다."

짧은 대답이었지만 남궁사혁과 장일소는 이내 그 말이 뜻하는 바를 깨달았다. 남궁사혁은 알겠다는 듯 미소를 지으며 입을 열었다.

"아항? 놈들도 잔뜩 경계하고 있을 거다, 이거냐?"

사진량은 대답 대신 고개를 끄덕였다. 장일소가 조심스레 끼어들었다.

"일행을 나누는 것은 좋은 생각이십니다만 나중에 어떻게 다시 모이실 생각입니까?"

"모든 일이 끝나도 흩어져 있다면 화산 아래의 호월객잔을 찾아라. 나름 이름이 알려진 곳이니 금방 찾을 수 있을 터. 딱 반나절만 기다리겠다."

"일이 끝난다라……. 기준이 애매하군. 화산도 소림과 비슷한 일이 벌어질 거라고 생각하는 거냐? 그것도 무림인들이 많이 모여 있는 화산비검회 기간 동안에?"

남궁사혁의 물음에 사진량은 확답을 하지 않고 말꼬리를 흐렸다.

"글쎄……."

"만약 아무 일도 일어나지 않는다면 어쩔 생각이십니까?"

잠시 생각하던 장일소가 다시 질문을 던졌다. 사진량의 대답이 기다렸다는 듯 곧장 들려왔다.

"화산비검회의 마지막 날, 유시 말까지 호월객잔에서 만나도록 하지."

"알겠습니다, 소공. 말씀대로 하지요."

"그럼 먼저 가보겠다."

말을 마치자마자 붙잡을 틈도 없이 사진량은 그대로 화산을 향해 몸을 날렸다.

파팍!

순식간에 시야에서 사라져 가는 사진량의 모습에 당황한 장일소가 버럭 소리치며 뒤를 쫓기 시작했다.

"소, 소공! 혼자 가시면 아니 되십니다!"

"으익! 사, 사부님!"

덩달아 장일소의 뒤를 쫓아가려던 관지화는 몇 걸음 나가지 못하고 남궁사혁에게 뒷덜미를 꽉 붙잡혔다.

"인마, 너까지 쫓아갈 필욘 없어."

"으앗!"

달려 나가는 기세 그대로 뒷덜미를 잡히는 바람에 관지화의 몸이 허공에 붕 떴다가 바닥에 곤두박질쳤다. 엉덩이를 부딪친 관지화는 짧은 신음을 터뜨렸다.

남궁사혁은 엉덩이를 문지르는 관지화와 고태, 그리고 오귀를 번갈아 바라보며 말했다.

"니들은 나랑 같이 간다. 불만 있냐?"

당연히 있을 리가 없었다.

* * *

중원오악 중 하나인 화산에는 연화봉에 자리를 잡은 화산파 외에도 크고 작은 도관(道觀)이 많이 있었다.

하지만 정도무림의 주축인 화산파의 위용에 밀려 사람들에게 널리 알려진 곳은 거의 없었다. 오래되거나 낡아 버려진 도관도 있긴 했지만 대부분은 속세와 연을 끊고 도를 닦으며 수련하는 도인들이 기거하고 있었다.

"흐음, 오늘 따라 뭔가 달라진 것 같군, 허허. 사람들이 많이 모여든 탓이련가?"

조양봉 기슭의 작은 암자(庵子)에서 수도를 하고 있던 중년 도인은 주위를 거닐다 고개를 갸웃거렸다. 왠지 내딛는 걸음이 어제와는 달리 조금 무거워진 것 같은 기분이 들었다.

입산수도를 시작한 이래, 산을 내려가지 않고 초근목피(草根木皮)로 연명을 하고 있었지만 화산비검회가 열린다는 것쯤은 잘 알고 있는 중년 도인이었다.

걸음이 무겁게 느껴지는 것은 화산비검회 때문에 수많은 무인이 인근에 몰려온 탓이리라. 비교적 화산파가 있는 연화봉과는 거리가 있고, 인적이 드문 깊은 산 속에 있는 암자라 크게 영향은 없었지만 산의 변화를 느낄 수는 있었다.

중년 도인은 미소를 머금은 채 뒷짐을 지고 천천히 암자 주위를 맴돌았다. 그러다 문득 빠른 속도로 다가오는 인기척을 느끼고는 중년 도인은 고개를 갸웃했다.

"으응? 이런 곳에 어찌 인기척이……?"

산짐승의 기척도, 다른 도인의 기척도 아니었다. 무언가 알 수 없는 불길한 느낌에 중년 도인은 저도 모르게 뒤로 한 걸음 물러났다.

파팟!

수풀을 헤치는 소리와 함께 시커먼 인영 몇 명가 불쑥 튀어나왔다. 움찔 놀란 중년 도인은 뒤로 물러나려다 균형을 잃고 엉덩방아를 찧었다. 하지만 신음을 토해낼 틈도 없었다. 갑작스레 달려든 시커먼 인영 하나가 순식간에 중년 도인의 목을 갈라 버린 탓이었다.

파슉!

가로로 길게 갈라진 중년 도인의 목에서 핏줄기가 터져 나와 허공을 붉게 물들였다. 중년 도인은 찢어져라 눈을 크게 치켜뜬 채 그대로 풀썩 쓰러졌다. 뿜어져 나온 피가 바닥을 흥건하게 적셨다.

"시작하라."

중년 도인의 목을 벤 흑의 인영이 검을 회수하며 낮은 음성으로 말했다. 함께 나타난 다른 흑의 인영들이 바쁘게 움직이기 시작했다.

쿠르릉!

순식간에 암자를 허문 흑의 인영들은 땅을 깊이 파고 굵은 말뚝을 땅속에 박아 넣기 시작했다. 채 반각이 지나기도 전에 작업을 끝낸 흑의 인영들은 이내 다른 곳으로 서둘러 걸음을 옮겨갔다.

화산비검회 개최 닷새 전.

화산파가 있는 연화봉을 제외한 다른 봉우리에 있는 암자와 도관에서 같은 일이 벌어지고 있었다.

*   *   *

"왜 그러십니까, 소공?"

사진량이 갑자기 걸음을 멈추자 조용히 뒤를 따르던 장일소가 고개를 갸웃했다. 사진량은 굳은 얼굴로 찬찬히 주위를 둘러보았다.

전조 119

자신을 은밀히 탐색하는 수많은 시선이 느껴졌다. 뿐만 아니라 길을 오가는 수많은 사람에게서 희미한 마기를 느낄 수 있었다.

'확실히… 화산에서 크게 일을 벌이려고 하는 것 같군.'

사진량은 속으로 나직이 중얼거렸다. 다른 무림인이라면 눈치채지 못할 정도로 마기를 철저히 감추고 있었지만, 누구보다 마기에 민감한 사진량의 감각을 속일 수는 없었다.

화산 인근에 도착하면서부터 느껴진 마기는 수십, 아니, 수백여 개가 넘었다. 생각 같아서는 당장 처리하고 싶었지만 참아야 했다. 단숨에 모두를 처리할 수 있는 방법이 없으니 어쩔 수 없는 노릇이었다.

자칫하다간 아무것도 모르는 사람들이 말려들어 희생될 수도 있는 일이었으니.

"소공?"

나직이 한숨을 내쉬는 사진량의 모습에 장일소가 조심스레 다가왔다. 사진량은 이내 고개를 살짝 내저었다.

"아무것도 아니다."

사진량은 다시 걸음을 옮기기 시작했다. 연신 고개를 갸웃거리던 장일소는 사람들 사이로 모습을 감추는 사진량의 뒤를 허겁지겁 쫓기 시작했다.

남궁사혁의 얼굴이 왈칵 일그러졌다. 끼니때가 되어 객잔에 들어온 것이 실수였다. 눈치라고는 눈곱만큼도 없는 관지화가 대뜸 가장 비싼 음식을 여러 접시 주문해 버린 것이다.

가문을 뛰쳐나올 때, 꽤나 넉넉하게 들고 나온 비상금이 여비에 보태고도 꽤나 많이 남아 있긴 했지만, 왠지 모르게 아깝게 느껴졌다.

"응? 혀임모 욤 흐헤효(형님도 좀 드세요)."

자신을 향한 남궁사혁의 시선을 눈치챈 관지화가 입안 가득 음식을 쑤셔 넣은 채 쩝쩝대며 말했다. 씹다 만 음식 조각이 튀자 남궁사혁은 미간을 찌푸린 채 저도 모르게 주먹을 꽉 움켜쥐었다.

이쯤 되면 분위기를 파악할 법도 하건만, 관지화는 그저 먹을 것에 집중하고 있었다. 고태가 긴장한 얼굴로 슬쩍 신호를 줬지만 관지화는 전혀 알아채지 못했다.

참다못한 남궁사혁이 그대로 주먹을 관지화에게 날리려는 순간!

콰장창!

남궁사혁의 등 뒤에서 그릇과 탁자가 박살 나는 파열음이 터져 나왔다. 주먹을 질끈 그러쥔 채 몸을 일으키던 남궁사혁은 멈칫했다.

그제야 남궁사혁의 주먹을 본 관지화가 들고 있던 삶은 닭다리를 슬며시 내려놓고, 입안 가득 든 음식을 단숨에 꿀꺽 삼켰다. 그러곤 흘끔 남궁사혁의 눈치를 살폈다.

"혀, 형님?"

막 주먹을 내지르려는 엉거주춤한 자세로 멈춰 서 있던 남궁사혁은 천천히 고개를 돌렸다.

"너 이 새끼! 당장 나와! 대가리에 피도 안 마른 애송이 새끼가 갑자기 기습을 해?"

덩치가 관지화보다 조금 커 보이는 험상궂은 인상의 사내가 국수 그릇을 머리에 뒤집어쓴 채 부서진 탁자 사이에서 몸을 일으키고 있었다.

남궁사혁은 덩치 사내의 시선을 따라 고개를 돌렸다. 덩치 사내가 있는 방향으로 주먹을 내뻗은 자세로 앉아 있는 앳된 인상의 청년이 보였다. 눈 아래까지 가려지는 방립(方笠)을 쓰고 있어 얼굴을 제대로 알아볼 수 없었다.

하지만 청년을 본 남궁사혁은 못 볼 것이라도 본 것처럼 급히 고개를 돌렸다.

'에이 쌍! 저 자식이 왜 여기 있는 거야?'

남궁사혁은 속으로 구시렁거리며 왈칵 인상을 찌푸렸다. 방립 청년과 얼굴을 마주한다고 해서 꿀릴 것은 없었다. 하지만 괜한 소란을 피워 다른 사람들의 눈에 띄고 싶지 않았다.

앞으로 무슨 일이 생길지 모르는 상황이라 최대한 눈에 띄는 행동은 삼가야 했다. 급히 몸을 일으킨 남궁사혁은 아직 한참 식사 중인 일행을 향해 말했다.

"야, 적당히 처먹고 빨리 나가자."

남궁사혁의 표정이 심상치 않아 보이자 고태과 오귀는 별다른 말 없이 젓가락을 내려놓았다. 하지만 관지화는 반이 넘게 남은 음식을 쳐다보며 고개를 갸웃거렸다.

"왜 그러십니까, 형님? 아직 많이 남았는데요."

"맞고 나갈래, 그냥 나갈래?"

주먹을 쥐어 보이며 으름장을 놓는 남궁사혁의 모습에 움찔한 관지화는 아쉬운 얼굴로 몸을 일으켰다. 남궁사혁은 품속의 전낭에서 은자 몇 냥을 꺼내 탁자 위에 내려놓고는 소리쳤다.

"주인장! 여기 계산하고 나가오."

대답이 들려오기도 전에 남궁사혁은 곧장 바람처럼 객잔을 나섰다. 고태와 오귀도 말없이 그 뒤를 쫓았다. 입맛을 다시던 관지화는 손을 뻗어 남은 닭다리 하나를 손에 들고 허겁지겁 따라 나왔다.

콰장창! 챙그랑!

일행이 막 객잔을 빠져나온 순간, 덩치 사내와 방립 청년이 싸우기 시작했는지 그릇이 깨지는 소리와 파열음이 연이어 터져 나왔다. 하지만 남궁사혁은 더 이상 관심을 두지 않고 빠른 걸음으로 객잔에서 멀어졌다.

"잠깐, 내가 무슨 죽을죄를 지은 것도 아닌데 왜 그 자식을 피해야 하는 거지?"

한참을 걸어가던 남궁사혁은 문득 걸음을 멈추고 고개를 갸웃했다. 서둘러 객잔을 나선 자신의 행동이 과했다는 생각이 문득 든 탓이었다.

"아니지. 똥이 무서워서 피하냐, 더러워서 피하지. 암, 더러워서 피하는 거야."

그렇게 스스로를 납득시킨 남궁사혁의 모습에 오귀가 조심

전조 123

스레 다가오며 물었다.

"도대체 무슨 일입니까, 주군?"

"아무것도 아냐. 자세히 알려고 하지 마라. 다친다."

"넵!"

남궁사혁이 고개를 내젓자 오귀는 더 이상 묻지 않고 입을 다물었다. 고태도 내심 궁금한 눈치였지만 굳이 말을 하지는 않았다. 관지화는 객잔을 나설 때 들고 나온 닭다리를 뜯어 먹고 있었다.

그 모습에 어이가 없어진 남궁사혁은 그대로 관지화의 뒤통수를 후려갈겼다.

빠악!

"우켁!"

관지화는 낮은 신음을 터뜨리며 물고 있던 닭다리를 바닥에 떨어뜨렸다. 밀려오는 통증에 뒤통수를 부여잡은 관지화는 아까워하는 눈빛으로 흙이 잔뜩 묻은 닭다리를 멍하니 쳐다보았다.

"그렇게 아까우면 그냥 주워 먹지 그러냐? 흙만 털어내면 먹을 만할 거야."

관지화의 눈치 하나 없는 행동에 남궁사혁은 심사가 뒤틀린 듯 날선 음성으로 말했다. 그제야 제대로 분위기를 파악한 관지화는 부어오른 뒷머리를 매만지며 고개를 숙였다.

"죄, 죄송합니다, 형님."

남궁사혁은 신세를 한탄하듯 깊은 한숨을 푹 내쉬었다. 그러곤 막 입을 열려는 찰나.

"혹시나 했는데 역시나 네 녀석이었군."

등 뒤에서 들려오는 낮은 목소리에 남궁사혁은 어깨를 움찔했다. 저도 모르게 고개를 돌린 남궁사혁의 눈에 조금 전 객잔에서 보았던 방립 청년이 보였다.

천천히 다가오는 방립 청년은 남궁사혁에게서 너덧 걸음 정도 떨어진 곳에서 멈춰 섰다. 남궁사혁은 움찔거리며 한 걸음 뒤로 물러났다. 남궁사혁의 표정은 마치 똥이라도 씹은 것처럼 구겨져 있었다.

가만히 남궁사혁을 쳐다보던 청년은 손을 들어 천천히 방립을 벗었다. 갓 소년의 티를 벗어난 듯 앳되어 보이는 곱상한 인상의 청년이었다.

그런데 이상했다.

어쩐지 청년의 얼굴이 남궁사혁과 닮아보였다. 선이 굵은 미남형인 남궁사혁과는 전혀 다른 얼굴이었지만 두 사람이 풍기는 분위기가 묘하게 비슷하게 느껴졌다.

"어, 어라……?"

그것을 가장 먼저 눈치챈 오귀가 두 사람을 번갈아 쳐다보며 고개를 갸웃거렸다. 뒤이어 고태도 휘둥그레 눈을 뜨고 두 사람을 쳐다보았다. 이상한 분위기에 눈치를 보던 관지화도 이내 놀란 눈을 치켜떴다.

오귀와 고태, 그리고 관지화의 시선이 일제히 남궁사혁에게 향했다. 여전히 똥 씹은 표정을 하고 있던 남궁사혁이 신음하듯 나직이 중얼거렸다.

"네가 여긴 어쩐 일이냐?"

"그건 내가 물어야 할 것 같은데? 제 발로 가문을 뛰쳐나간 놈이 화산에는 무슨 일이냐?"

방립 청년은 냉기 가득한 눈빛으로 남궁사혁을 노려보며 싸늘히 물었다. 남궁사혁은 못 볼 꼴을 봤다는 얼굴을 한 채로 말했다.

"아놔, 이럴 줄 알고 피한 건데 괜히 쫓아와서는 시비냐? 그리고 너 아까부터 말이 짧다? 분명히 내가 두 살 형님이라고 했을 텐데?"

"가문을 버린 놈이 무슨 헛소리냐!"

노기가 느껴지는 방립 청년의 외침에 남궁사혁은 띠껍다는 표정으로 삐딱하게 고개를 꺾었다. 그러곤 손을 들어 약지로 귀를 후벼 파며 말했다.

"거참, 언제 봐도 가정교육 하난 참하게 받은 놈이라니까."

남궁사혁의 방약무인(傍若無人)한 태도에 방립 청년의 얼굴이 왈칵 일그러졌다. 분노를 억누르는 듯 낮게 끓는 음성이 방립 청년의 입에서 흘러나왔다.

"남궁사… 혁!"

"왜? 덤벼보시게? 아서라. 넌 죽었다 깨어나도 나한테 안 돼, 인마."

남궁사혁은 이죽거리며 고개를 절레절레 내흔들었다. 방립 청년은 눈빛만으로도 사람을 죽일 수 있을 것처럼 칼날 같은 눈빛으로 남궁사혁을 노려보며 입을 열었다.

"지금의 난 그때와 다르다."

방립 청년은 금방이라도 뽑아낼 것처럼 허리춤의 검병을 가볍게 그러쥐었다.

"어이쿠, 이렇게 보는 눈이 많은 곳에서 한판 해보자는 거냐? 가문의 후계자가 시정잡배처럼 길바닥에서 쌈질이나 하고 다녔다는 걸 어르신들이 알면 참 좋아하시겠다, 그지?"

남궁사혁은 불난 집에 부채질을 하듯 입꼬리를 말아 올린 채 계속 이죽거렸다. 방립 청년의 얼굴이 금방이라도 폭발할 것처럼 시뻘겋게 달아올랐다.

고태와 오귀, 그리고 관지화 세 사람은 바짝 날 선 대화를 주고받는 남궁사혁과 방립 청년을 번갈아 쳐다보며 눈치를 보고 있었다.

주위를 오가던 사람들도 무림인들 간의 다툼이 생긴 것을 보고 조금 떨어진 곳에서 구경을 하거나 겁을 집어먹고 후다닥 걸음을 서두르고 있었다.

뿌득!

방립 청년이 소리가 날 정도로 이를 꽉 깨물었다. 검병을 움켜쥔 손이 분노를 참지 못하고 부르르 떨렸다. 그 순간 어느새 방립 청년에게 바짝 다가간 남궁사혁이 귓가에 속삭였다.

"자신 있으면 어디 한번 뽑아보시든가?"

남궁사혁이 다가오는 것을 눈치채지 못한 방립 청년의 눈이 찢어져라 크게 치켜떠졌다. 고작 다섯 걸음 정도에 지나지 않는 짧은 거리였지만, 남궁사혁의 움직임을 전혀 볼 수 없었던 것이다. 그렇다는 것은 남궁사혁의 무공이 자신보다 훨씬 강하다는 것과 마찬가지였다.

방립 청년은 차마 검을 뽑지 못하고 저도 모르게 어깨를 부르르 떨었다. 남궁사혁은 씨익 미소를 지으며 손을 들어 방립 청년의 어깨를 툭툭 두드렸다.

"그래. 잘 생각했다. 되지도 않는 무공 갖고 깝죽거려 봐야 너만 다치지, 안 그러냐?"

남궁사혁은 피식 미소를 지으며 방립 청년을 스쳐지나 일행에게 다가왔다. 긴장한 얼굴로 상황을 지켜보던 일행의 모습에 남궁사혁은 대수롭지 않다는 듯 말했다.

"니들 뭐 하냐? 일 끝났으니까 가자."

남궁사혁은 그대로 걸음을 옮기기 시작했다. 도무지 어떤 상황인지 알 수 없던 세 사람은 남궁사혁의 뒷모습을 멍하니 쳐다보다가 퍼뜩 정신을 차리고 뒤를 쫓기 시작했다.

"반드시… 반드시 네놈을 따라잡고 말 테다!"

순간 방립 청년이 버럭 소리쳤다. 사람들 사이로 걸음을 옮기고 있던 남궁사혁은 돌아보지도 않고 성의 없이 말했다.

"뭐, 그러시던가."

방립 청년은 그 자리에 돌처럼 굳은 채로 한참이나 남궁사혁이 사라진 방향을 날카로운 눈빛으로 쳐다보았다.

"저기… 방금 그자는 누굽니까, 형님?"

남궁사혁의 눈치를 살피며 관지화가 조심스레 물었다. 한동안 말없이 걸음을 옮기던 남궁사혁은 별 대수롭지 않다는 듯 대답을 툭 던졌다.

"남궁강."

"남궁… 아항! 어쩐지 형님이랑 좀 닮았다 싶더라니."

관지화는 그제야 알겠다는 듯 고개를 끄덕였다. 순간 남궁사혁이 발끈하며 소리쳤다.

"뭐, 인마? 누가 저딴 비리비리한 놈이랑 닮았다고!"

"으익! 죄, 죄송합니다아!"

움찔 놀라며 뒷걸음질 치던 관지화는 멍하니 서 있던 오귀와 부딪쳤다. 고개를 돌린 관지화의 눈에 찢어져라 눈을 치켜뜨고 있는 오귀의 모습이 보였다.

'아까 그자가 남궁세가의 소가주란 말인가!'

방립 청년의 정체를 알게 된 오귀가 경악한 눈으로 남궁사혁을 쳐다보았다.

남궁사혁과 남궁강이 잠시 대치하고 있던 거리.

커다란 등짐을 지고 길을 지나던 중년 사내 하나가 쓰러질 듯 비틀거렸다. 맞은편에서 길을 지나던 청년이 황급히 다가오며 중년 사내를 부축했다.

중년 사내가 자신을 부축해 일으키는 청년의 귓가에 나직이 속삭였다.

"남궁세가의 소가주 남궁강. 위치 확인. 또한 정체불명의 고수를 확인했다. 요주의 인물. 제대로 확인할 필요가 있다."

전조 129

말을 마친 중년 사내는 소매 안에서 작게 말아 놓은 종이를 꺼내 재빨리 청년에게 건넸다.

"아이구, 고맙수다. 큰일 날 뻔했는데 말이오."

"뭘요. 조심하십쇼, 어르신."

두 사람은 언제 그랬냐는 듯 상황에 맞춘 대화를 하며 그대로 서로를 스쳐 지나쳤다. 짧은 순간 보인 두 사람의 수상쩍은 행동을 눈치챈 사람은 아무도 없었다.

第四章

이변(異變)

 허름하지만 손님으로 꽉 찬 객잔의 한쪽 구석에 자리한 두 중년 무림인이 술잔을 나누고 있었다. 머리가 살짝 벗겨진 중년 사내가 문득 생각이 난 듯 입을 열었다.
 "이보게, 그 얘기 들었나?"
 "무슨 얘기?"
 맞은편에 앉아 있는 머리가 희끗희끗한 중년 사내가 고개를 갸웃거리며 반문했다. 머리 벗겨진 사내가 얼굴을 가까이 내밀며 조용히 말했다.
 "어제 저녁에 갑자기 참마검(斬魔劍) 고준후가 모습을 감췄다는구먼."
 "뭐, 또?"

반백 사내가 놀란 눈으로 말했다. 최근 며칠 사이에 갑자기 행방불명된 무림인이 벌써 스물이 넘었다.

그런데 또 운남(雲南) 지역에서 무명(武名)을 알린 고수 참마검 고준후가 사라졌다니. 반백 사내가 놀라는 것은 당연했다. 머리 벗겨진 사내는 고개를 끄덕이며 나직이 한숨을 내쉬었다.

"화산비검회가 이제 하루 앞인데 이게 도대체 무슨 괴변(怪變)인지 원……"

"화산파에서 무슨 조치를 취하고 있지 않나?"

"다른 구파의 지원을 받아 야간 순찰을 좀 더 강화한다고 하긴 하더군."

"순찰 강화로 해결될 문제가 아닌 것 같은데."

"화산비검회가 내일부터 시작이니 어쩔 수 없지 않겠나? 그쪽에 좀 더 신경이 쓰일 수밖에……"

"그건 그렇긴 하네만."

"스스로 좀 더 조심하는 수밖에 없지. 안 그런가?"

반백 사내는 대답 대신 고개를 끄덕였다. 머리 벗겨진 사내는 빈 술잔을 채우며 말을 이었다.

"괜한 말을 해서 심란하게 만들었나 보군. 술이나 계속하세나."

"그러세."

두 사람은 채워진 술잔을 들고 이전처럼 주거니 받거니 술을 마시기 시작했다.

조금 떨어진 곳에서 두 사람의 이야기를 듣고 있던 남궁사혁은 고개를 갸웃거렸다. 화산비검회 때문에 수많은 무림인이 모여 있는 화산에서 실종 사건이라니. 그것도 무림에서 나름 이름을 알린 고수들이 흔적도 없이 사라졌다는 것이 믿어지지 않았다.

하지만 그런 소식을 한두 번 들은 것이 아니기 때문에 믿을 수밖에 없었다. 남궁사혁이 주워들은 것만 해도 열 명이 넘었다.

"화산파의 영역에서 무림인의 실종이라니. 희한한 일이로군요."
"제 발로 사라진 거거나 아니면 누가 손을 쓴 것이거나. 둘 중 하나겠지, 뭐."

남궁사혁은 대수롭지 않다는 듯 그렇게 대꾸하긴 했지만 속으로는 깊은 생각에 잠겨 있었다.

'이름을 알린 고수들의 실종이라……. 놈들이 움직이기 시작한 건가, 아니면……. 어찌 됐든 화산에서 큰일을 벌이려는 것은 틀림없는 것 같군그래. 게다가…….'

남궁사혁은 아무렇지도 않은 듯, 한쪽 구석을 흘낏 쳐다보았다. 다른 손님들과 마찬가지로 술과 안주를 먹고 있는 초립을 쓴 사내의 모습이 보였다.

좁은 자리에 혼자 앉아 주위를 전혀 신경 쓰지 않는 모습으로 보였지만 남궁사혁은 진작부터 눈치채고 있었다. 초립 사내가 아까부터 계속 몰래 곁눈질을 하며 자신들을 지켜보고 있다는 것을.

'달라붙은 꼬리가 몇 시진 단위로 계속 바뀌고 있단 말야.

내가 그렇게 눈에 띄는 행동을 했던가? 귀찮은데 그냥 몰래 확 처리해 버릴까?'

하지만 이내 남궁사혁은 고개를 휘휘 내저었다. 감시자가 주기적으로 바뀌고 있다는 것은 상당한 숫자가 뒤에 버티고 있다는 뜻이었다. 지금의 감시자를 처리한다면 오히려 더 크게 눈에 띄어 무슨 일이 생길지 모르는 일이었다.

자신을 감시하고 있는 자들과 무림인들의 실종과 어떤 관계가 있을지도 모르니 최대한 몸을 사려야 했다. 게다가 정보가 너무 부족했다. 나직이 한숨을 내쉬며 고개를 내젓는 남궁사혁의 모습에 오귀가 의아한 얼굴로 물었다.

"무슨 일이십니까, 주군."

"아무것도 아냐. 잠깐, 그러고 보니……"

갑자기 무언가 생각이 난 듯 남궁사혁은 오귀를 흘끗 쳐다보았다. 자신을 향한 남궁사혁의 눈빛에 왠지 모를 불안함을 느낀 오귀는 어깨를 움찔했다.

"왜 그러십니까?"

남궁사혁은 씨익 미소를 지으며 천천히 입을 열었다.

"너 아마 개방 출신이었지?"

"그, 그렇습니다만……"

"갔다 와라."

"어, 어딜 말입니까?"

"갔다 오라고."

"도대체 어딜……?"

답을 알고 있으면서도 오귀는 애써 모른 척했다. 남궁사혁은 입꼬리를 말아 올린 채 조용히 말했다.

"말로 할 때 갔다 오는 게 좋을 텐데?"

얼굴은 웃고 있었지만 눈빛은 날카롭기 그지없었다. 오귀는 저도 모르게 어깨를 움찔하며 벌떡 일어났다.

"어라? 어디 가냐, 종복 놈아?"

막 객잔에 들어와 남궁사혁에게 다가오는 관지화가 갑자기 벌떡 일어나는 오귀를 보고 말했다. 오귀는 그대로 돌아서서 어딘가로 걸음을 옮기기 시작하며 남궁사혁에게 말했다.

"다, 다녀 오겠습니다, 주군."

"오냐."

객잔을 나서는 오귀의 모습에 남궁사혁은 흡족해하는 얼굴로 씨익 미소를 지었다. 관지화가 빈자리에 앉으며 고개를 갸웃거렸다.

"저거 왜 저럽니까, 형님?"

"그건 알 필요 없고, 당분간 묵을 방은 구했냐?"

남궁사혁의 질문에 고태가 먼저 대답했다.

"어후, 사람이 워낙에 많아서 그런지 빈방이 거의 없었구먼유. 그래도 간신히 허름하긴 하지만 방 두 개를 구했수. 뭐, 좀 멀긴 해도 길바닥에서 노숙하는 것보단 나을 거구먼유."

히죽 미소를 짓는 고태의 순박한 모습에 남궁사혁은 피식 웃으며 고개를 끄덕였다.

"잘됐군. 수고 많았다. 배고플 텐데 밥이나 먹어라."

"넵! 점소이, 여기!"

 기다렸다는 듯 냉큼 대답한 관지화가 점소이를 불러 여러 가지 음식을 주문했다. 그러는 사이 간헐적으로 흘끔거리며 남궁사혁을 살펴보던 초립 사내가 몸을 일으켜 객잔을 나섰다.

 '역시 또 사람이 바뀌는 거로군.'

 그럴 줄 알았다는 듯 속으로 나직이 중얼거리며 남궁사혁은 나직이 한숨을 내쉬었다. 초립 사내가 사라진 직후, 곧장 중년 사내 하나가 객잔으로 들어왔다. 중년 사내는 조금 전까지 초립 사내가 앉아 있던 자리에 태연하게 앉아 음식을 주문했다. 그러곤 역시나 다른 사람들의 눈에 띄지 않게 남궁사혁이 있는 쪽을 흘끔거리기 시작했다.

*　　　　*　　　　*

 저벅, 저벅!

 객잔과 주루가 즐비한 번화가에는 아직까지 불이 꺼지지 않아 대낮처럼 훤히 밝았지만 민가가 있는 외곽의 좁은 골목은 어두컴컴했다.

 밤늦은 시간이라 사람이 거의 다니지 않는 어두운 골목길을 허리에 커다란 월도를 찬 무인 하나가 조용히 걷고 있었다. 얼굴이 새빨갛게 달아오른 것이 취기가 올라 숙소로 돌아가고 있는 것 같았다.

 이상한 것은 무인의 걸음걸이였다. 골목에 아무도 보이지 않으면 똑바로 걷다가 인기척이 느껴지면 많이 취한 척 비틀거리고 있었다.

지금도 그랬다.

아무렇지도 않게 걷다가 맞은편에서 다가오는 미세한 인기척이 느껴지자 월도를 찬 무인은 갑자기 비틀거리기 시작했다.

"끄어어! 취한다, 취해."

월도 무인은 취기 오른 목소리까지 연기해 보이며 취한 척했다. 이내 맞은편 골목에서 인영 하나가 모습을 드러냈다. 허리에 검을 찬 사내였다. 월도 무인은 혀 꼬인 음성을 토해내며 비틀비틀 사내에게 다가갔다. 하지만 사내는 그 자리에서 움직이지 않고 멈춰 섰다.

"취한 척은 적당히 그만두시지."

순간 싸늘한 음성이 월도 무인의 귓가에 날아들었다. 월도 무인은 움찔하며 그 자리에 멈춰 섰다. 고개를 들자 어둠 속에서 빛을 발하는 사내와 눈이 마주쳤다.

"뭐, 뭐 하는 놈이냐?"

월도 사내가 낮게 소리쳤다. 그 순간 어느새 검을 뽑아 든 사내가 달려들어 월도 사내를 단숨에 베어버렸다.

"컥!"

짧은 신음과 함께 월도 사내가 털썩 무릎을 꿇었다. 길게 베인 목덜미에서 피가 뿜어져 나왔다. 월도 사내의 목을 벤 사내는 피 한 방울 묻지 않은 검을 회수하며 천천히 돌아섰다. 그러곤 아직 쓰러지지 않은 월도 사내의 귓가에 나직이 속삭였다.

"그냥 지나치려고 해도 네놈이 풍기는 마기가 자꾸 신경을 거슬리게 하더군."

사내의 말을 들은 월도 사내의 눈이 찢어져라 크게 치켜떠졌다.

"어, 어떻……! 크르륵?!"

월도 사내의 말은 이어지지 않았다. 목구멍을 타고 역류한 피거품이 뿜어져 나와 목소리를 막은 탓이었다. 이내 월도 사내는 그대로 풀썩 쓰러졌다. 미약하게 이어지던 월도 사내의 숨은 금세 끊어졌다.

스슥!

가만히 죽은 월도 사내의 시신을 내려다보는 사내의 귓가에 무언가 다가오는 소리가 들렸다. 고개를 돌리자 골목 안쪽에서 조심스레 노인 하나가 다가왔다.

"끝나셨습니까, 소공?"

노인 장일소의 물음에 사내, 사진량은 고개를 끄덕였다. 이내 사진량은 월도 사내의 시신을 어깨에 들쳐 업고는 장일소에게 말했다.

"뒤처리를 부탁하지."

사진량은 대답도 듣지 않고 그대로 어디론가 몸을 날렸다. 그 모습을 멍하니 쳐다보던 장일소는 저도 모르게 길게 한숨을 푹 내쉬었다.

이내 장일소는 혹시나 사람이 올까 싶어 주위를 살피며 바닥에 뿌려진 핏자국을 서둘러 지우기 시작했다.

파팟!

사진량은 사람들의 눈에 띄지 않게 최대한 기척을 지운 채 움직이고 있었다. 은밀히 시체를 처리하기 위해서였다. 지난 며칠간 사진량은 마기를 숨기고 있는 자들 중 상당한 수준에 이른 자들을 위주로 조용히 제거하고 있었다.

처음에는 흑야가 화산에서 계획하고 있는 일을 알아내기 위해 소천일도(小泉一刀) 복일산이라는 무인을 은밀히 납치했었다.

하지만 무슨 금제라도 걸려 있는 것인지 복일산이 말을 하려는 찰나, 갑자기 심맥(心脈)이 끊어져 절명하고 말았다.

그 후로 몇 명을 더 잡아봤지만 대답을 듣기도 전에 죽어버렸다. 사인(死因)은 역시 심맥 파열이었다.

철저한 금제가 걸려 있는 것을 확인한 사진량은 아예 생각을 바꿨다. 계획을 알아낼 수 없으니 최대한 은밀히 방해를 하려고 작정한 것이다. 그 방법으로 선택한 것이 마기가 느껴지는 자들 중, 다른 이들보다 강한 자들을 제거하는 것이었다. 그렇게 제거한 것이 조금 전의 월도 사내를 포함해 도합 스물셋이었다.

며칠 사이 사람들의 입에서 입으로 전해지는 무림인의 실종은 바로 사진량이 벌인 일이었다.

짧은 시간에 꽤나 많은 마인을 제거하긴 했지만, 그리 큰 영향을 끼친 것 같지는 않았다. 아직도 남은 마인이 너무 많았다. 혼란을 막기 위해 은밀히 움직일 수밖에 없다 보니 어쩔 수 없는 일이었다.

 시체를 들쳐 업고 화산을 오른 사진량은 사람의 발길이 닿지 않는 깊은 수풀 사이에서 걸음을 멈췄다.

 팍! 파팍!

 시체를 아무렇게나 내려놓은 사진량은 맨손으로 땅을 파기 시작했다. 내공을 두른 탓에 단단히 굳어 있는 땅을 손쉽게 파낼 수 있었다.

 순식간에 허리까지 들어가는 깊은 구덩이를 판 사진량은 밖으로 나와 시체를 구덩이 안으로 밀어 넣었다. 원래대로 흙을 덮고 발로 여러 번 밟아 지면을 단단하게 만든 후에야 사진량은 산을 내려가기 시작했다.

 타닷!

 빠른 속도로 산을 내려가는 사진량의 코끝에 문득 희미한 비린내가 전해졌다. 조금 전 자신이 시체를 묻은 방향은 아니었다. 걸음을 멈춘 사진량은 내공을 끌어 올리며 모든 감각을 최대한 넓게 퍼뜨렸다.

 '피비린내… 인가?'

 미풍에 실려 전해오는 냄새는 바로 옅은 혈향이었다. 사진량은 곧장 혈향이 전해진 방향으로 몸을 날렸다.

 타타닷!

 산 중턱을 막 지날 무렵, 사진량의 눈에 허물어진 작은 암자가 보였다. 많이 낡은 암자이긴 했지만, 한눈에 보기에도 누군가가 일부러 부순 것 같은 흔적이 가득했다.

사진량은 그 자리에 멈춰 선 채 찬찬히 주위를 살폈다. 이내 암자 뒤쪽에서 땅을 판 것 같은 흔적이 눈에 들어왔다. 그리고 몇 걸음 떨어진 곳에서 잔인하게 살해당한 도인의 시신도 발견할 수 있었다.

사진량은 먼저 도인의 시신을 살폈다. 저항도 한 번 제대로 하지 못하고 일검에 목을 베여 절명한 것 같았다. 죽은 지 며칠이 지났는지 바닥에 흐른 피는 시커멓게 변해 있었고, 시신도 조금 부패한 것 같았다.

"고혼일검(孤魂一劍)… 흑야의 짓이로군."

목에 난 검흔으로 초식을 유추해 낸 사진량은 나직이 중얼거리며 몸을 일으켰다. 땅을 판 흔적이 남아 있는 곳에 다가간 사진량은 한쪽 무릎을 꿇고 오른 손바닥을 활짝 펼쳐서 바닥에 가져다댔다. 그러곤 땅과 맞닿은 손바닥에 모든 감각을 집중했다.

두근! 두근!

땅속 깊은 곳에서 마치 심장이 뛰는 것 같은 미약한 진동이 느껴졌다.

하지만 이상했다.

화산처럼 맑은 기운이 가득 찬 영산(令山)은 지맥(地脈)이 규칙적이고 안정적이어야 했다. 하지만 지금 손바닥을 타고 느껴진 것은 미약하게 조금씩 균형이 어그러져 있었다.

"설마……."

사진량의 머릿속에 문득 얼마 전에 소림에서 있었던 일이 떠올랐다. 당시 소림에 은밀히 잠입한 마인들은 숭산에 커다란 말뚝을 박아 넣고 있었다. 그들 중 하나가 죽기 직전에 남긴 말이 머릿속을 맴돌고 있었다.

"숭산의 용맥을 자극해 소, 소림을 무너……."

소림에서 있었던 일이 화산에서도 벌어질 거라는 생각이 들었다. 그렇다면 이곳만이 아닌 다른 곳에도 비슷한 흔적이 남아 있을 것이다. 천천히 몸을 일으킨 사진량은 내공을 끌어 올리며 최대한 감각을 넓게 퍼뜨렸다.
이내 또 다른 곳에서 전해지는 혈향을 느낄 수 있었다. 사진량은 곧장 몸을 날렸다.
파팟!

모두 서른두 곳.
인위적으로 부서진 채 남아 있는 도관과 암자의 숫자였다. 모두 화산파가 있는 연화봉이 아닌 다른 봉우리 쪽에 위치한 곳이었다. 그곳에 머무르던 도인들은 모두 일검에 죽어 있었다. 지맥도 처음 발견한 암자처럼 균형이 어그러져 있었다.
모두 일이 생긴 지 상당한 시일이 지난 것 같았다. 그동안 아무도 이변을 눈치채지 못한 것은 도관과 암자의 위치가 보통 사람은 다가갈 엄두도 내지 못한 곳에 있기 때문이었다.
화산비검회가 얼마 남지 않아 화산파가 있는 연화봉에 사람들의 이목이 집중된 탓도 있었다. 화산파의 도인들과는 달리 외부와 교류하지 않고 도를 닦는 도인들의 성향도 한몫했다. 사진량이 아니었다면 아마 화산비검회가 끝날 때까지 아무도 모르는 일이었을 것이다.

사진량은 소림에서처럼 연화봉과 조양봉을 제외한 다른 봉우리 근처를 수색해 볼까 잠시 생각해 보았다. 하지만 이내 고개를 내저었다. 소림에서와는 상황이 조금 달랐다.

사진량이 조양봉에서 발견한 흔적들은 적어도 사흘 이상 지난 것들이었다. 아마도 흑야의 마인들은 화산비검회의 일정에 맞춰서 계획을 실행하고 있을 것이다. 최대한의 효과를 노리기 위해서. 그렇다는 것은 다른 연화봉을 제외한 다른 곳의 기본 작업도 모두 마무리되었다고 보는 것이 옳았다.

화산비검회의 개최일은 앞으로 이틀.

본격적인 사태는 아마도 수많은 사람이 운집할 연화봉에서 생길 터였다.

그동안 사진량이 확인한 마인들의 존재는 어림잡아 칠백 이상이었다. 그들 중 크게 눈에 띄는 몇몇을 지난 며칠 동안 제거하긴 했지만 소수일 뿐이었다.

남은 대부분이 비검회를 구경 온 평범한 무림인으로 위장하고 있으니, 그들이 화산에 오르는 것을 막을 수는 없었다. 아무리 사진량이 강하다고는 해도 그 많은 숫자를 홀로 감당할 수는 없었다.

아니, 그럴 자신은 있었지만 상황이 여의치 않았다. 애꿎은 사람들의 희생을 막을 방도가 없었다. 아무래도 적당한 방법이 떠오르지 않았다. 사진량은 해결책을 찾지 못한 채 조용히 산을 내려왔다.

어느새 시간이 많이 흘렀는지 저 멀리 동이 터 올라 어둠을 밀어내고 있었다.

"늦으셨군요, 소공."

숙소에서 기다리고 있던 장일소가 돌아오는 사진량을 반기며 다가왔다. 방 안으로 들어온 사진량은 조용히 입을 열었다.

"뒤처리는?"

"흔적은 깔끔하게 지웠습니다. 웬만해서는 알아볼 수 없을 겁니다."

"그렇군."

짧게 고개를 끄덕인 사진량은 이내 아무런 말 없이 자리에 앉았다. 사진량의 표정을 살피던 장일소가 조심스레 물었다.

"무슨 고민이라도 있으십니까?"

"글쎄······."

말꼬리를 흐리며 잠시 고민하던 사진량은 이내 천천히 말을 이었다.

"아무래도··· 놈들이 소림에서와 비슷한 일을 이곳에서도 벌일 생각인 것 같다. 산에서 놈들이 남긴 흔적을 여럿 발견했다.

"소림에서의 일이라면··· 설마!"

사진량의 말에 장일소는 놀라움을 감출 수 없었다. 소림에서 흑야의 마인들은 모종의 수단으로 탑림을 주저앉히지 않았던가.

그에 준하는 일이 화산에서 벌어진다면……. 소림에서보다 더욱 큰 일대 사건이 될 것은 틀림없었다. 수천이 넘는 무림인들이 화산비검회를 위해 이곳에 모여들었다.

그들이 한자리에 있을 때 일이 생긴다면 엄청난 인명 피해가 생길 터였다. 뿐만 아니라 무림의 기틀이 크게 흔들리게 될 것이다. 비검회에 초청받은 각 대문파의 수뇌들이 상당수였으니.

난감한 상황이었다.

혼자서는 도저히 그것을 막을 방법이 없었다. 당장에 코앞으로 다가온 화산비검회를 취소시킬 수도 없는 일이었으니.

"소공, 아무래도 우리들만으로는 불가능합니다."

고민하는 사진량의 귓가에 장일소의 조심스러운 음성이 들려왔다. 사진량이 고개를 들자 짐짓 심각한 얼굴을 하고 있는 장일소의 모습이 보였다.

"무슨 방법이라도 있나?"

사진량의 질문에 잠시 망설이는 얼굴을 하던 장일소는 이내 나직이 한숨을 내쉬며 천천히 말을 이었다.

"다른… 방법이 없을 것 같군요. 화산파의 협조를 바라는 수밖에는……."

"화산파의?"

"그렇습니다. 무슨 일이 생길지 모르는 일이니 어느 정도 대비는 할 수 있게 귀띔을 해주어야 하지 않겠습니까?"

"흐음……."

사진량은 팔짱을 끼며 나직이 한숨을 내쉬었다. 장일소가 다시 말을 이었다.

"며칠 사이에 소공께서 확인한 마인들의 숫자만 칠백이 넘지 않습니까? 그 정도 숫자라면 소림에서보다 훨씬 큰 규모의 일을 벌일 겁니다. 저희만으로는 절대 막을 수 없을 것입니다, 소공."

"하나 흑야에 대한 것은……."

"그런 것까지 자세히 알릴 필요는 없습니다. 소공께서 인연이 닿은 화산파의 인물이 있지 않습니까? 그분께 은밀히 사정을 전하시면 될 것입니다."

장일소의 말에 사진량은 오래전 화산비검회에서 만났던 노도인의 얼굴을 떠올렸다.

검제(劍帝) 교운학.

화산파의 선대 장문인이자 천하제일검으로 추앙받는 존재였다. 스스로 장문직을 내려놓고 초야로 돌아간 인물이었지만, 그가 화산파에 미치는 영향력은 아직까지 전혀 줄어들지 않았다.

물론 교운학 본인은 화산파의 일에는 일체 간섭도 하지 않고 은거한 채 지내고 있었지만 그가 나선다면 능히 화산파를 움직일 수 있었다.

하지만 쉽게 결정을 내릴 수 없었다. 교운학은 충분히 믿을 수 있었다. 하지만 직접 화산파를 움직이는 자들을 믿을 수 없었다. 언제, 어느 곳에 흑야의 인물이 잠입해 있을지 모르는 일이었다. 특히나 마공을 수련하지 않고 포섭된 자라면 사진량으로서는 도저히 알아낼 방도가 없었다.

천의문에서도 흑야는 혈독고를 사용해 무림인들을 포섭하려 하지 않았던가. 이미 그렇게 포섭된 자가 화산파에 없을 거라는 보장이 없었다.

게다가 포섭된 자가 화산파의 중추에 있을 경우는 문제가 더욱 심각해진다. 타초경사(打草驚蛇)의 우를 범하게 될지도 모른다.

사진량은 고민에 고민을 거듭했다. 중요한 일이니만큼 쉽게 결정을 내려서는 안 된다.

한참을 그렇게 고민하던 사진량은 무언가 결정을 한 듯 길게 한숨을 내쉬었다.

"날이 저물기 전에… 다녀오지."

결국 교운학을 만나보기로 어렵사리 결심한 사진량이었다.

*   *   *

파사사사―!

먼 곳에서 불어오는 바람이 나뭇가지를 흔들었다. 기분 좋은 미풍이 간질이듯 나뭇잎 사이를 오갔다. 무성한 넝쿨로 입구가 가려진 작은 동굴 안에서 노인이 천천히 밖으로 나왔다.

흰 무명으로 만든 낡은 도복을 입고, 머리와 수염이 하얗게 샌 선풍도골(仙風道骨)의 노인이었다. 막 동굴 밖으로 나온 노인은 허리를 쭉 펴며 기지개를 폈다.

"으어어어! 거참, 오랜만에 밖에 나왔구만. 온몸이 다 찌뿌드드하네."

노인은 허리를 이리저리 돌리며 몸을 풀더니 이내 뒷짐을 지며 천천히 동굴 주위를 가볍게 거닐었다.

휘이이! 파삭!

시원한 산바람이 불어와 노인의 긴 머리칼을 어지러이 휘날렸다. 노인은 기분 좋은 듯 미소를 지으며 천천히 고개를 들었다. 산새 무리가 봉우리 쪽으로 푸드득 날아가는 것이 눈에 들어왔다. 노인은 산새 무리와 함께 움직이는 구름을 가만히 쳐다보며 중얼거렸다.

"허허, 아무래도 반가운 손님이 올 것 같군. 손님 맞을 준비를 해야겠어."

시간이 흘러 어느 새 주위가 저녁노을로 붉게 물들었다. 노인은 밖으로 나와 볏짚 깔개를 동굴 입구에 깔고 그 위에 작은 소반을 놓고 찻주전자와 찻잔을 내려놓았다. 찻주전자에는 차가운 물이 가득 채워져 있었다.

노인은 찻주전자 뚜껑을 열고 손잡이를 잡았다. 내공을 끌어 올려 찻주전자에 주입하자 이내 물이 끓기 시작했다.

부글부글!

내공으로 인한 열기로 데워진 물이 허연 김과 거품을 뿜어냈다. 적당히 물이 데워지자 노인은 내공을 거둬들었다. 그러곧 잘 마른 찻잎을 깨끗한 무명 주머니에 넣고 주전자에 넣었다. 뚜껑을 닫고 잠시 눈을 감은 채 차가 우러나기를 기다리던 노인의 귓가에 수풀이 스치는 소리가 저 멀리서 들려왔다.

스파팍!

빠른 속도로 가까워지는 소리에 노인은 천천히 눈을 뜨며 입을 열었다.

"어서 오시게. 차를 준비해 뒀다네."

그때 짙은 수림(樹林)을 헤치고 누군가 모습을 드러냈다. 사진량이었다. 노인의 말에 사진량은 천천히 다가와 고개를 숙이며 포권을 취했다.

"오랜만에 뵙습니다, 노사."

조용히 차를 따르던 노인의 눈이 이채가 어렸다. 이내 노인은 사진량을 바라보며 빙긋 미소를 지었다.

"허허, 정말 귀한 손님이 오셨군. 이럴 줄 알았으면 좀 더 좋은 차를 준비해 둘 걸 그랬어. 어서 앉으시게. 차가 식겠네."

사진량은 조용히 노인의 맞은편에 앉았다. 찻잔 두 개를 가득 채운 노인은 하나를 사진량에게 슥 내밀었다. 따듯한 김이 피어오르며 진한 다향이 코끝을 간지럽혔다. 향으로 보아 노인의 말과 달리 상당한 고급 찻잎을 쓴 것 같았다.

"여전하시군요."

"등선(登仙)만 기다리고 있는 노구(老軀)에게 무어가 그리 달라질 것이 있겠나. 그나저나 어인 일로 이리 힘든 걸음을 하셨을꼬?"

"교 노사께 긴히 전할 이야기가 있습니다."

"전할 말이라……. 자네가 은거를 깨고 나올 정도라면 자못 심각한 일이겠지. 하나 난 이미 모든 것을 내려놓고 세속을 떠난 사람일세. 그리 듣고 싶지 않은 일이로군. 차나 한잔하세나."

노인 교운학은 조용히 찻잔을 들어 한 모금 마셨다. 그 모습을 가만히 지켜보던 사진량은 나직이 한숨을 내쉬며 천천히 입을 열었다.

"그러실 줄 알았습니다. 하지만 노사의 사문인 화산파와 관련된 문제입니다. 굳이 무엇을 해달라고 하는 것은 아니니 이야기라도 들어주시지 않겠습니까?"

"본 파의 문제라?"

차를 마시던 교운학이 관심을 보이는 것 같자 사진량은 가만히 고개를 끄덕이며 말을 이었다.

"그렇습니다. 어쩌면 화산파가 크게 휘청일 수도, 아니, 무너질지도 모르는 일입니다. 들어보시겠습니까?"

사진량은 곧장 본론으로 들어가지 않고 쐐기를 박기 위해 슬쩍 미끼를 던졌다. 교운학은 아무렇지도 않은 듯 무표정한 얼굴로 찻잔을 내려놓았다. 하지만 눈동자가 한순간 살짝 떨리는 것을 감지한 사진량은 속으로 미소를 지었다.

'됐군.'

푸드득!
무언가에 놀라 산새가 하늘 높이 날아올랐다. 어느새 주위는 어둑어둑해져 가고 있었다. 반도 마시지 못한 찻잔 속의 차는 차갑게 식어 있었다. 하지만 그것도 알아채지 못할 만큼 교운학은 사진량의 이야기에 집중하고 있었다.

"…때문에 노사를 찾아온 겁니다."

이윽고 사진량의 이야기가 끝났다. 아직 날이 밝을 때 시작되었지만 해가 지고 나서야 끝날 정도로 긴 이야기였다. 사진량이 은거를 깨고 나선 후부터가 아닌 마라천과의 일부터 차근차근 이야기를 한 탓이었다. 사진량은 나직이 한숨을 내쉬며 교운학을 쳐다보았다.

얼마나 깊이 빠져 있던 것인지 교운학은 이야기가 끝난 것을 전혀 눈치채지 못하고 있었다. 사진량은 조심스레 교운학을 불렀다.

"노사."

그제야 교운학은 어깨를 움찔하며 정신을 차렸다.

"으, 으음! 얘긴 다 끝난 건가?"

"그렇습니다."

사진량의 말에 교운학은 팔짱을 끼더니 길게 한숨을 푹 내쉬었다. 한참 무언가 생각을 하는 듯하던 교운학은 천천히 입을 열기 시작했다.

"내 석년(昔年)에 마도와 마주친 적이 있었네만……. 그자들의 배후에도 더 큰 세력이 있는 것 같았었네. 그게 자네가 말한 흑야라는 자들인가 보군."

"아마도 그럴 겁니다. 수백, 수천 년 전부터 마도천하를 위해

이변 153

암약해 왔다고 하니……."

"그런 자들이 이번에는 본 파 화산을 노린단 말이지?"

사진량이 고개를 끄덕이며 말꼬리를 흐리자, 곧장 교운학이 질문을 던졌다. 사진량은 다시 한 번 고개를 끄덕였다.

"이미 연화봉을 제외한 다른 봉우리의 도관, 암자들이 놈들에게 당한 것을 확인했습니다. 소림의 일을 보면 남은 것은 화산파입니다."

"흐으으음……."

교운학의 한숨이 더욱 길어졌다. 여전히 팔짱을 끼고 있는 교운학의 고민도 그와 함께 길어지기만 했다.

검제 교운학, 그가 화산파의 장문직을 내려놓고 일선에서 완전히 물러난 것은 벌써 이십여 년 전의 일이었다. 게다가 지금껏 단 한 번도 화산파에 연락을 한 적도, 모습을 드러낸 적도 없었다. 그러던 중 사진량과 만난 것은 그야말로 우연에 우연이 겹친 결과였다.

아마도 화산에서는 자신이 이미 등선했을 거라고 알고 있을 것이다. 갑자기 그가 나타난다면 큰일을 앞둔 화산파에 오히려 예기치 않은 혼란을 불러올 수도 있었다. 그렇다면.

결정을 내린 듯 교운학은 길게 한숨을 푹 내쉬며 천천히 입을 열었다.

"알겠네. 내 본 파에 알릴 방도를 마련해 보겠네. 하지만 직접 나서지는 않을 걸세. 알겠나?"

"그 정도면 충분합니다, 노사."

교운학의 말에 사진량은 그럴 줄 알았다는 듯 고개를 끄덕였다. 교운학은 피식 미소를 지으며 반쯤 남은 찻잔을 들었다.
 "이제 차나 한 잔… 이런, 다 식어버렸군. 이리 주시게. 다시 데울 터이니."
 "괜찮습니다."
 사진량은 한참 전에 차갑게 식어버린 찻잔을 가져가려는 교운학을 막았다. 그러곤 조용히 손을 뻗어 찻잔을 잡았다.
 부글부글!
 금세 내공으로 인한 열기로 찻잔이 붉게 달아오르며 식은 차가 끓기 시작했다. 적당히 김이 피어오를 정도가 되자 사진량은 찻잔을 들어 올렸다.
 "허헛! 새로 준비하려 했는데 이거야 원……."
 "이걸로도 충분합니다."
 멋쩍은 듯 미소를 짓는 교운학의 모습에 사진량은 피식 미소를 지으며 찻잔을 비워갔다.

 화산파의 장문인 매화산인(梅花山人) 엽인후는 깊은 밤까지 잠을 이루지 못하고 있었다. 날이 밝으면 시작될 화산비검회에 대한 걱정 때문이었다. 그동안 시간을 들여 준비를 철저히 하긴 했지만 수많은 무림인이 모인 자리라 무슨 예기치 못한 사태가 벌어질지 모르는 일이었다.
 억지로라도 자려고 눕기는 했지만 도저히 잠이 올 것 같지는 않았다. 결국 엽인후는 길게 한숨을 내쉬며 천천히 몸을 일으켰다. 닫힌 창을 열자 차가운 공기가 훅 안으로 불어 들어왔다. 엽인후는 수많은 별이 반짝이는 밤하늘을 가만히 올려다보았다.

"이그, 너도 많이 늙었구나. 밤잠이 없는 걸보니."

갑자기 바로 옆에서 누군가의 목소리가 들려왔다. 움찔 놀란 엽인후가 소리가 들린 방향으로 고개를 돌렸다. 창 옆의 기와지붕에 누군가 앉아 있었다.

"누, 누구……!"

"어허! 소란을 피워서 다들 깨울 셈이더냐?"

저도 모르게 버럭 소리치려는 엽인후에게 어느새 가까이 다가온 인영이 입을 막았다. 엽인후는 놀란 눈을 치켜뜬 채 다가온 인영을 쳐다보았다.

오랜만에 보는 것이긴 하지만 익히 알고 있는 얼굴이었다. 놀란 엽인후의 눈이 차츰 원래대로 돌아오자 인영은 입을 막은 손을 떼어냈다.

"사, 사부님을 뵙습니다."

엽인후는 그대로 무릎을 꿇으며 고개를 숙였다. 엽인후의 앞에 나타난 인영은 바로 검제 교운학이었다.

교운학은 자신의 앞에 무릎을 꿇은 엽인후의 모습을 내려다보며 빙긋 미소를 지었다. 창을 통해 방 안으로 들어온 교운학은 천천히 입을 열었다.

"그리 예의 차릴 필요 없으니, 어서 몸을 일으키거라."

엽인후는 고개를 들지 않은 채 조심스레 몸을 일으켰다. 엽인후는 차마 교운학과 눈을 마주치지 못하며 입을 열었다.

"그, 그동안 아무런 소식도 없으셔서 이미 선로(仙路)에 드신 줄 알았습니다."

"예끼, 이놈! 내가 그리 빨리 갔으면 좋겠더냐?"

"아, 아닙니다. 설마 제가 그럴 리가 있겠습니까?"

"에잉! 농담이다, 녀석아. 어째 넌 어릴 때부터 농담을 알아듣질 못하는 게냐? 쯧!"

교운학은 자신의 농담에 진지하게 반응하는 엽인후의 모습에 마뜩찮다는 듯 혀를 찼다. 엽인후는 여전히 고개를 숙인 채 죄스러운 표정을 하고 있었다.

"죄송합니다, 사부님."

그 모습에 교운학은 피식 미소를 지었다. 정도무림의 주축, 구파일방의 하나인 화산파의 장문인인 엽인후였지만, 교운학의 눈에는 수십 년 전 처음 보았던 때와 그리 달라지지 않아 보였다. 오래전 일을 떠올리며 미소 짓던 교운학의 귓가에 조심스러운 엽인후의 목소리가 흘러들었다.

"그런데 어쩐 일이십니까?"

그동안 생사를 알 수 없을 정도로 단 한 번도 모습을 보이지 않은 교운학이었다. 그런 그가 이렇게 수십 년 만에 갑자기 나타났으니 놀라는 것은 당연한 일이었다. 옛 생각에 잠겨 있던 교운학은 그제야 퍼뜩 정신을 차렸다.

"아, 참! 중요한 볼일이 있었지. 깜빡했구나."

이내 교운학의 얼굴에서 웃음기가 사라졌다. 자못 진지한 분위기를 느낀 엽인후는 고개를 숙이며 말했다.

"말씀하십시오. 세이경청(洗耳傾聽)하겠습니다."

교운학은 혹시나 누가 엿들을 새라 천리전음(千里傳音)의 수법으로 이야기를 시작했다.

시간이 지날수록 엽인후의 얼굴은 경악으로 물들어갔다.

"그, 그것이 정녕 사실입니까?"

이야기를 모두 들은 엽인후가 저도 모르게 질문을 던졌다. 교운학은 가만히 고개를 끄덕였다.

"그러니 내가 널 찾아온 것이 아니겠느냐? 앞으로 무슨 일이 생길지 모르니 잘 대비해야 할 게다."

교운학은 그대로 천천히 돌아섰다. 엽인후는 화급히 잡으려 했지만 교운학은 이미 어둠 속으로 모습을 감춘 뒤였다. 엽인후는 한참을 멍하니 교운학이 사라진 어둠을 쳐다보다가 길게 한숨을 내쉬었다.

"내게 맡겨진 짐이 너무도 무겁구나. 하나… 모두 감당해야 하겠지."

교운학이 다녀간 지 반각 후.

엽인후는 다른 누구에게도 알리지 않고 은밀히 화산의 장로 몇 사람을 찾아가 긴 이야기를 나누었다. 닭이 우는 이른 새벽이 되어서야 자신의 거처로 돌아온 엽인후는 도저히 잠자리에 들 수 없었다.

불안한 마음을 떨쳐 버리려고 차를 마셔보았지만 도무지 진정이 되지 않았다. 그렇게 엽인후는 동이 터 날이 밝을 때까지 잠도 자지 못하고 뜬 눈으로 시간을 보내야만 했다.

　　　　　　*　　　　*　　　　*

 날이 밝았다.
 마침내 화산비검회의 아침이 다가온 것이다. 화산비검회의 시작을 축복하듯 날씨는 맑고 쾌청하기만 했다. 날이 밝기도 전부터 수많은 무림인이 화산을 올랐다. 화산비검회가 시작되는 시간은 점심 무렵이었다. 하지만 미리부터 자리를 잡으려는 무림인들이 많았다.
 화산비검회는 크게 두 가지로 나뉘었다.
 하나는 앞으로 무림을 이끌 젊은 동량지재(棟梁之材)들의 무공을 겨누는 창룡대전(蒼龍大戰)이었다. 다른 하나는 참가 연령의 제한이 없지만 주로 사십 세 이상의 성인들이 출전하는 개천대전(開天大戰)이다.
 이십오 세 이하의 무림인만 참가가 가능한 것으로 연화봉의 중턱에 마련된 비무장에서 치러지는 창룡대전은 인기가 굉장했다. 무공이 아직 완성되지 않은 젊은이들의 비무인 만큼 피가 튀고, 격렬한 탓이었다.
 그에 반면 연화봉 꼭대기 근처의 비무장에서 치러지는 개천대전은 다소 심심하다 싶을 정도로 빠르게 승부가 결정되곤 했다. 그 참가자가 대부분 상당히 이름을 알린 고수 및 무림의 명숙들로 이루어진 탓이었다.

하지만 그만큼 개천대전의 참가자는 무공이 뛰어나다는 것을 반증하는 것이었다. 때문에 개천대전의 우승자는 무림의 최강자라 칭송받기도 했다.

사실 처음 화산비검회가 시작되었을 때에는 창룡대전은 없었고, 당대의 검객들로만 대상을 한정한 것이었다. 하지만 회를 거듭할수록 그 규모가 점점 커져 전 무림에 크게 영향을 끼치는 대회가 되었다.

그러다 보니 구파일방에서 돌아가며 준비를 맡게 되었고, 신진 무림인들을 위한 창룡대전까지 생기게 되었다. 간혹 자신의 실력을 과신하는 청년이 개천대전에 참가하는 만용을 부릴 때가 있긴 하지만, 그런 이들은 대부분 초장에 탈락하고 만다. 하지만 간혹 제 나이를 뛰어넘은 무시무시한 무공을 지닌 청년이 나타나기도 했다.

오래전의 사진량도 그런 젊은 무림인 중 하나였다. 당시 사진량은 갓 약관에 이른 나이로 무당의 검룡진인과 우승을 다투었다. 비록 일초반식의 차이로 패배하기는 했지만, 그 일로 사진량의 무명은 전 무림에 알려지게 되었다.

십수 년 전의 그 일을 떠올리며 사진량은 사람들의 틈바구니에 섞여 화산을 오르고 있었다.

"올해 개천대전은 누가 우승할 것 같은가?"

"글쎄? 아무래도 구파일방의 인물 중 하나가 아니겠나? 난 그보다 창룡대전이 더 기대가 된다네. 이번에는 어떤 기재가 출전할지 궁금하구만."

"어이구, 그러니 자네가 삼류의 벽을 넘지 못하는 거야. 그러지 말고 개천대전을 보러 가세. 새로운 세계를 맛볼 수 있을 게야."

"그, 그런가?"

산을 오르는 무림인들의 대화가 귓가에 들려왔다. 사진량의 얼굴이 살짝 굳었다. 장일소가 고개를 갸웃거리며 조심스레 물었다.

"왜 그러십니까, 소공?"

"글쎄……."

사진량은 대답을 제대로 하지 않고 말꼬리를 흐렸다. 하지만 무언가 이상했다. 이전까지와는 달리 창룡대전보다 화산파의 본산에서 치러지는 개천대전에 사람들이 몰리는 것 같았다. 들려오는 이야기의 대부분이 개천대전에 대한 이야기였다.

본래 개천대전은 절정고수들의 경합으로 웬만한 수준의 무인이 아닌 한 어떻게 승부가 결정 나는지 알아볼 수 없을 정도였다. 때문에 직관적이고 피를 들끓게 하는 창룡대전에 더욱 사람들이 몰리는 것이었다.

그런데 이번에는 오히려 개천대전 쪽으로 사람들이 몰리고 있었다. 게다가 개천대전으로 사람들을 유도하는 자들 중 몇몇에게서 마기의 흔적이 느껴졌다. 그렇다는 것은.

'역시 화산파 본산이 놈들의 목적이라는 거로군.'

사진량은 자신의 예상이 옳았다는 것을 확인하고는 이내 천천히 입을 열었다.

"무슨 일이 생길지 모르니 대비해 둬야 할 거다."

장일소에게 조용히 경고하고는 사진량은 천천히 걸음을 옮기기 시작했다.

*　　　　*　　　　*

"젠장! 이 망할 제자 놈은 도대체 어떻게 된 게야!"

홍영은 연신 투덜거리며 부지런히 걸음을 옮기고 있었다. 개봉의 총타를 떠난 지 벌써 보름이 지난 지금, 홍영은 막 화산에 도착한 참이었다.

가장 중요한 오귀로부터의 소식을 기다리다 못해 직접 화산까지 나선 것이다. 다른 개방도들이 말리려 했지만, 홍영은 끝끝내 고집을 피워 총타를 떠났다. 화산에서 좋지 않은 일이 생긴다면 현장에서 그것을 직접 보고, 상황에 대처해야 한다고 우긴 게 먹혀든 것이었다.

화산비검회까지 남은 시간이 워낙에 빠듯한 탓에 호위를 준비해야 한다는 방도들의 말도 뿌리쳤다. 전력을 다해 내달린 덕에 다행히 늦지 않게 도착할 수 있었다.

도착하자마자 홍영은 곧장 개방도들을 찾았다. 화산파의 인근이라 대놓고 분타를 세울 수는 없었지만, 그래도 상황이 상황이다 보니 비밀리에 임시 분타를 조직해 두었다.

"헉! 바, 방주님?"

홍영이 막 허름한 초막에 들어서자 그 안에 있던 거지들이 화들짝 놀라며 벌떡 몸을 일으켰다. 이내 거지들이 일제히 홍영의 앞에 무릎을 꿇었다. 안에 있던 십여 명의 거지 중, 가장 나이가 많아 보이는 중년 거지가 화급히 다가와 홍영의 바로 앞에 무릎을 꿇었다.

"오, 오신다는 소식은 들었습니다만……."

"자네가 여기 분타주인가?"

홍영은 고개를 삐딱하게 둔 채 중년 거지를 내려다보았다. 중년 거지는 고개를 깊이 숙이며 대답했다.

"그렇습니다. 사결 제자인 오구개(汚狗丐) 공우열이리 합니다."

"오호, 자네가 그 더러운 개[汚狗]였구만. 소문은 익히 들어 잘 알고 있… 아니, 이게 아니지. 내가 총타를 나선 사이에 무슨 상황이라도 있었더냐?"

습관적으로 쉰 소리를 하려던 홍영은 이내 휘휘 고개를 내저으며 공우열에게 질문을 던졌다. 공우열은 무릎을 꿇은 자세 그대로 입을 열었다.

"이미 총타에도 서신을 보냈지만, 요 며칠 사이에 이상한 일이 있었습니다."

"무슨 일이냐?"

"화산비검회에 참가하기 위해 온 무인 중 나름대로 무명이 알려진 몇몇이 갑자기 행방불명되었습니다."

공유열의 말에 홍영의 눈이 크게 치켜떠졌다.

"그게 사실이냐!"

이변 163

"네, 그렇습니다. 함께한 일행이 있는 자도 있고, 그렇지 않은 자도 있었습니다. 최대한 방도들을 동원해 사라진 자들을 찾고는 있지만 도무지 흔적을 찾을 수 없더군요. 짐을 모두 남겨두고 사라진 것으로 보아 스스로 모습을 감춘 것은 아닌 것 같습니다만……."

"사라진 건 모두 얼마나 되는 게냐?"

"수라도(修羅刀) 곽균을 시작으로 지금까지 확인된 것은 모두 스물일곱입니다."

"수라도 곽균이라면 요녕(遼寧)의 그 미친놈 말이냐? 그런 자가 흔적도 없이 사라졌다고?"

"그 외에도 추풍검(追風劍) 전태부, 일보패권(一步覇拳) 양후덕, 장백고검(長白古劍) 호경주, 금안철선(金眼鐵扇) 가현덕……."

공유열의 입에서 쉬지 않고 이어지는 무명을 들은 홍영의 눈은 경악으로 물들었다. 모두 다 각자의 지역에서는 강자라 널리 알려진 자들이지 않은가. 그런 자들이 흔적도 남기지 않고 사라졌다는 것은 심각한 사태였다.

"어, 언제부터 그런 일이 생겼던 게냐? 어찌 그런 일이 총타에 알려지지 않은 건가?"

"수라도 곽균이 사라진 것은 닷새 전이었습니다."

"다, 닷새 전이라고?"

"그렇습니다."

홍영이 총타를 떠나 한참 이곳으로 향해 달려오던 중에 벌어진 일이었다. 혼자서 최대한 서둘러 이동하던 홍영은 도중에

한 번도 분타에 들르지 않았으니 소식을 들을 틈도 없었던 것이다.

"허어, 화산파에서는 그 일에 대해 어찌 대처하였나?"

"야간 순찰을 강화하고, 될 수 있으면 혼자서 다니지 말라고 공고를 했었습니다만, 별다른 효과는 없었습니다."

"그렇군……."

홍영은 가만히 고개를 끄덕이며 생각에 잠겼다. 사라진 자들의 흔적의 거의 남아 있지 않다니 별다른 방도가 없었을 것이다. 그런 일에 특화된 개방도마저 추적이 힘들다고 말할 정도였으니.

그러다 홍영은 퍼뜩 오귀의 얼굴을 떠올렸다. 사실 홍영이 화산까지 오게 된 것은 절반 이상이 오귀 때문이었다. 홍영은 무림인 실종 사건에 대한 것은 머릿속에서 밀어내며 공유열에게 물었다.

"그나저나 망할 제자 놈에 대한 소식은 없는가?"

"그게……."

공유열은 섣불리 대답하지 못하고 말꼬리를 흐렸다. 뭔가 숨기고 있음을 직감한 홍영은 한쪽 눈썹을 치켜 올리며 공유열에게 다가갔다.

"뭔가? 괜찮으니 말해보시게."

"그, 그것이……."

"어서 말해보라니까."

목소리는 조용했지만 왠지 모를 위압감에 공유열은 저도 모

이변 165

르게 어깨를 움찔하며 슬며시 고개를 들었다. 입은 웃고 있었지만 눈은 쌍심지를 켜고 있는 홍영의 모습이 눈에 들어왔다.

"사실… 엊그제 임시 분타에 침입자가 있었습니다. 그동안 수집한 정보를 도둑맞았는데……."

"그런데?"

"막 분타로 돌아오던 어린 방도 하나가 도둑을 보았다고 합니다."

"그래서?"

점점 가까이 다가오는 홍영의 얼굴에 공유열은 저도 모르게 슬금슬금 뒷걸음질 쳤다.

"그, 그 인상착의가 방주님의 막내 제자인 듯했습니다."

"무어라! 그게 사실이냐!"

공유열의 말에 홍영은 눈을 부릅떴다. 분노가 담긴 홍영의 목소리에 공유열은 후다닥 뒤로 물러났다. 홍영은 부르르 어깨를 떨며 분노를 삼키고 있었다. 공유열은 차마 대답도 하지 못하고 잔뜩 긴장한 얼굴로 홍영의 눈치를 살폈다. 이내 홍영의 말이 이어졌다.

"녀석이… 어디로 갔는지는 알아냈느냐?"

"그, 그것은 아직……."

"알겠다. 너희들은 하던 일을 계속하거라. 화산비검회도 시작되었으니 더 바쁘게 뛰어다녀야 할 게야. 녀석을 찾는 것은 내가 할 터이니."

"며, 명심하겠습니다."

공유열의 대답도 듣지 않고 홍영은 휙 하니 돌아서서 어디론가 걸음을 옮기기 시작했다.

"망할 녀석 같으니. 도대체 어디서 무슨 짓거릴 하고 다니는 게야!"

역정을 부리는 홍영의 짜증 가득한 음성이 주섬주섬 몸을 일으키는 공유열의 귓가에 들려왔다.

긁적긁적!

오귀는 갑자기 귀가 가려워 인상을 살짝 찌푸리며 새끼손가락으로 귀를 후비적거렸다.

"에이, 누가 내 욕이라도 하나?"

"뭐 해, 인마? 빨리 안 따라와?"

갑자기 걸음을 멈춘 오귀의 모습에 남궁사혁이 살짝 인상을 찌푸리며 버럭 소리쳤다. 움찔한 오귀가 후다닥 걸음을 옮기기 시작했다.

"가, 갑니다, 주군."

그 모습을 쳐다보며 남궁사혁은 마치 한탄을 하듯 한숨을 푹 내쉬며 중얼거렸다.

"으이그, 저걸 어디다 쓰냐, 어디다 써?"

나름 개방 출신이라고 해서 정보 수집을 시켜보았지만 별다른 소득 없이 시간만 보낸 것에 그저 한숨만 흘러나왔다. 오귀가 다시 움직이자 남궁사혁은 이내 돌아서서 다른 사람들을 따라 산을 오르기 시작했다.

웅성웅성!

수많은 사람이 모여 있는 자리라 사람들이 떠드는 소리가 주위 가득했다.

화산비검회 창룡대전이 펼쳐지는 화산 연화봉의 중턱에는 얼핏 보기에도 수백 명이 넘는 사람이 모여 있었다. 비무대의 크기에 비해 상당히 많은 숫자였지만 지난 창룡대전에 비하면 그리 많지 않은 숫자였다. 대부분의 무림인들이 개천대전으로 향한 탓이었다.

워낙에 참가자가 많은 창룡대전이라 무작위로 비무대에 올라 다른 참가자 십 인을 쓰러뜨리는 것으로 예선을 치렀다. 처음 이틀은 예선을 치르고 사흘째부터 그때까지 예선 통과자들을 대상으로 본선이 시작된다.

해가 중천에 떠오른 정오가 되자 진행을 맡은 화산파의 당대제자, 매화검수(梅花劍手)가 천천히 비무대 위에 올라, 창룡대전의 시작을 알렸다.

"우와아아!"

기다렸다는 듯 수많은 사람이 커다란 함성을 토해냈다. 주위가 지진이라도 난 것처럼 크게 진동했다. 예선이 시작되자 누가 먼저랄 것도 없이 젊은 무인들이 앞다퉈 비무대 위에 뛰어올랐다.

이내 사람들의 함성과 함께 병장기를 부딪치는 소리가 주위를 뒤흔들기 시작했다. 이전에 비해 구경꾼들의 숫자는 절반 이하로 줄어들었지만 그래도 비무대 주위에 모여든 사람들의 함성은 충분히 시끄러웠다.

"에이 씨, 더럽게 시끄럽네."

수많은 사람들 사이를 지나며 남궁사혁은 인상을 쓰며 한 손으로 귀를 막았다. 남궁사혁은 애송이에 불과한 후기지수들의 창룡대전에는 아무런 관심이 없었다.

그리고 흑야에서 무슨 일을 꾸민다면 연화봉 중턱이 아닌 화산파를 노리고 있을 터. 이런 곳에서 시간 낭비하고 있을 틈이 없었다.

부지런히 걸음을 옮기고 있던 남궁사혁의 눈에 누군가를 기다리고 있는 것 같은 사진량의 모습이 보였다. 남궁사혁은 고개를 갸웃거리며 사진량에게 다가갔다.

"어라? 뭐냐? 혹시 나 기다리고 있었던 거냐?"

"넌 여기 있는 게 좋을 것 같다. 아무래도 놈들이 양쪽 다 노리고 있는 것 같다."

사진량은 대답 대신 대뜸 용건부터 말했다. 남궁사혁은 저도 모르게 왈칵 인상을 찌푸렸다.

"왜, 인마? 난 핏덩이들이나 보살피고 있으라는 거냐?"

사진량은 조용히 다가가 남궁사혁의 귓가네 나직이 속삭였다.

"여기 있는 삼 할이 놈들이다. 다들 제 기운을 잘 감추고 있지만 언제 본색을 드러낼지 몰라. 아마 저 위도 마찬가지겠지."

"뭐, 삼 할이나?"

남궁사혁은 움찔 놀라며 저도 모르게 뒤를 돌아보았다. 얼핏 보기에도 이곳에 모여 있는 사람은 오백이 넘어 보였다. 그런데 그중 삼 할이라면 적어도 백오십은 넘는다는 소리였다. 마음만 먹는다면 이 자리의 모두를 일시에 전멸시킬 수도 있는 숫자였다.

"그러니 네게 맡기마. 이쪽도 놈들의 계획에는 중요한 장소일 것 같으니."

"알겠다. 아쉽긴 하지만 어쩔 수 없지, 쩝."

남궁사혁은 아쉬움 가득한 얼굴로 입맛을 다셨다. 사진량은 피식 웃으며 손가락으로 남궁사혁의 등 뒤를 가리켰다.

"어차피 다 같이 위로 가긴 힘들었을 것 같군."

"그건 또 무슨 소리……?"

사진량이 가리킨 곳으로 고개를 돌리던 남궁사혁은 자신의 눈에 들어온 광경에 저도 모르게 왈칵 인상을 찌푸렸다. 자신의 바로 뒤에 있는 고태와 오귀와는 달리 관지화는 비무대 위에서 막 열 사람째를 쓰러뜨린 후, 헤죽 미소를 짓고 있었다.

갑자기 머리가 지끈거렸다. 남궁사혁은 저도 모르게 주먹을 꽉 움켜쥐었다. 역시나 눈치 없는 관지화는 비무대 위에서 내려와 후다닥 남궁사혁이 있는 쪽으로 달려왔다.

"형니임! 예선 통과했습니다아—!"

자랑스럽게 소리치며 달려오는 관지화의 모습을 본 남궁사혁의 이마에 불끈 실핏줄이 돋아났다. 이내 남궁사혁은 천천히 주먹을 들어 올렸다. 하지만 예선 통과의 기쁨에 젖어 있는 관지화에게는 남궁사혁의 꽉 그러쥔 주먹이 보이지 않았다.

"저거 반쯤 조져놔도 되겠습니까, 장노?"

남궁사혁은 가만히 관지화를 쳐다보며 사진량의 옆에서 아무런 말 없이 가만히 서 있는 장일소에게 물었다. 장일소는 대답 대신 고개를 돌리며 헛기침을 했다.

"커험험."

"그럼 허락하신 걸로 알고……."

남궁사혁은 그러쥔 주먹에 내공을 약간 주입했다. 어느새 가까이 다가온 관지화에게 남궁사혁은 일말의 망설임도 없이 주먹을 날렸다.

"어? 사부님도 계셨습… 우켁!"

가까이 다가오던 관지화가 장일소를 발견하고 말을 걸려는 순간, 남궁사혁의 주먹이 그대로 관지화의 아래턱에 작렬했다.

빠각!

둔탁한 타격음과 함께 관지화는 그대로 허공으로 튀어 올라 팽이처럼 핑그르르 회전하다가 바닥에 떨어졌다. 바닥에 떨어진 관지화는 허옇게 눈을 까뒤집고 입에는 거품을 문 채 기절해 버렸다. 그래도 기분이 풀리지 않는지 남궁사혁은 씩씩거리며 축 늘어진 관지화에게 다가가 마구잡이로 두드려 패기 시작했다.

퍽! 퍼퍽!

주먹을 휘두르는 남궁사혁의 기세가 워낙에 흉흉해 누구도 말리는 사람이 없었다. 오귀만이 그럴 줄 알았다는 눈빛으로 일방적인 구타를 당하고 있는 관지화를 가만히 내려다보고 있었다.

'하여튼 눈치 없는 놈들은 몸이 고생한다니깐.'

평소 자신을 하대하고 마구 부려먹던 관지화가 당하는 꼴을 보니 고소하기만 한 오귀였다.

第五章
스러지는 매화

"와아아아!"

수많은 사람의 내지르는 함성이 연화봉을 떠나라가 크게 뒤흔들었다. 연화봉 정상 바로 아래의 비무장에서 치러지는 개천대전에 예상 이상으로 많은 사람이 모인 탓에 비무대 주위는 한 걸음 옮길 빈틈도 없이 꽉 차 있었다.

진행을 맡은 매화검수들이 질서를 유지하기 위해 진땀을 쏟아내고 있었지만, 워낙에 사람들이 많아 제대로 통제할 수가 없었다. 그나마 간신히 비무대 부근의 접근을 막고 있을 뿐이었다.

사진량과 장일소가 막 도착했을 때에는 이미 수많은 사람이 자리를 잡고 있어, 끼어들 틈이 보이지 않았다. 하지만 애초

스러지는 매화 175

에 구경할 생각은 전혀 없었던 사진량은 사람들이 운집한 곳에서 벗어나 주위 전체를 한눈에 살펴볼 수 있는 곳을 찾고 있었다.

제대로 시야를 확보하려면 연화봉 정상 쪽으로 가야 할 것 같았다. 정상으로 향한 길목에도 수많은 사람이 있어서 장일소와 함께 이동하는 것은 조금 힘들 것 같았다.

"혼자 다녀오겠다."

장일소가 무어라 대꾸하기도 전에 사진량은 그대로 몸을 날렸다.

파파팍!

사진량은 조금의 틈도 없어 보이는 사람들의 사이를 매끄럽게 빠져나가 순식간에 모습을 감춰 버렸다. 장일소는 차마 뒤를 쫓을 엄두도 내지 못하고 그저 멍하니 사진량이 사라진 방향을 쳐다볼 뿐이었다.

"조심하셔야 합니다, 소공……"

나직이 중얼거리며 장일소는 사진량의 안위를 빌었다.

연화봉 정상까지 단숨에 올라간 사진량은 사람들의 시선이 닿지 않고 시야를 확보할 수 있는 장소를 찾았다. 커다란 바위에 뿌리를 내린 수백 년 묵은 노송(老松)이 적당해 보였다.

사진량은 허공을 박차고 뛰어올라 노송의 중간쯤에 있는 굵은 가지에 착지했다. 사방으로 뻗어 나온 가지에 매달린 솔잎이 사진량의 모습을 완벽하게 숨겨주었다.

사진량은 노송의 둥치에 등을 기댄 채 솔잎 사이로 비친 광경을 가만히 지켜보았다.

"언제 시작할 생각이냐, 흑야……."

    *   *   *

"사형! 거기서 빈둥거리지만 말고 좀 도와줘요! 이걸 어떻게 저 혼자 다 하란 거예요!"

체구가 자그마한 도복 차림의 소년이 한쪽 구석에서 빈둥거리고 있는 청년을 쳐다보며 볼멘소리로 투덜거렸다. 사형이라 불린 청년은 처마 아래에 쭈그려 앉아서 귀찮아 죽겠다는 얼굴을 하고 있었다.

"으하암! 인마, 빨래가 많아 봤자 얼마나 된다고 구시렁거리냐? 나 어렸을 땐 그 세 배가 넘는 것도 혼자 다 빨았다고. 하여튼 요즘 어린것들은 근성이 없어요, 근성이……."

"우씨! 다 거짓말인 거 알아요! 접때 종 사숙님이 그러셨어요. 사형은 입만 떼면 다 거짓말이라고."

혀까지 차며 고개를 절레절레 흔드는 청년의 모습에 약이 오른 소년이 바락 소리쳤다. 그 모습이 귀엽기 짝이 없어 청년은 피식 미소를 지으며 벌떡 몸을 일으켰다.

이내 웃음기를 지우고 화가 난 척 인상을 쓰며 소년에게 다가간 청년은 손을 뻗어 소년의 어깨에 팔을 턱, 두른 후 더벅머리를 마구 헝클었다.

스러지는 매화

"뭐가 어쩌고 어째? 너 인마, 평소에 그렇게 잘해줬는데 날 거짓말쟁이 취급하는 거냐? 우오, 섭섭하다, 섭섭해."

"우악! 이거 놔요. 빨리 빨래해야 한단 말이에요."

소년은 비명을 지르며 청년의 손아귀를 빠져나가려고 버둥거렸다. 하지만 청년은 소년을 놓아주지 않고 오히려 더욱 꽉 붙잡았다.

"장난이 지나치구나, 소아야. 적당히 하거라."

소년의 옆구리를 쿡쿡 찌르며 간질이던 청년의 귓가에 낮은 음성이 흘러들었다. 청년은 움찔 놀라며 소리가 들려온 방향으로 고개를 돌렸다.

소매에 매화 문양이 그려져 있는 도복을 입고 있는 당대의 화산 제자, 매화검수 중 하나였다. 청년은 언제 그랬냐는 듯 품에 꼭 붙잡고 있던 소년을 놓아주었다.

"화, 화 사숙! 여긴 어쩐 일이십니까? 다른 사숙들처럼 비검회에 가 계신 것 아니셨습니까?"

"아무리 그래도 본 파를 비우는 것은 말도 안 되는 일이지. 나 말고도 사형들 몇 분이 와 계실 거다."

"그, 그렇습니까?"

윗어른들이 비검회 일정 때문에 자리를 비워 제 세상이 된 양 게으름을 피우던 청년의 얼굴이 사색이 되었다. 그 모습에 매화검수는 피식 미소를 지었다.

"그러니까 그렇게 게으름 피우다가 사형들께 들키지 말고, 부지런히 일하는 게 좋을 게다. 후후."

"네엡! 명심하겠습니다!"

기운 찬 대답과 함께 청년은 작은 체구의 소년이 혼자서 들고 있던 산더미 같은 빨랫감을 번쩍 들어 올렸다. 그러곤 소년에게 낮게 호통을 쳤다.

"뭘 그렇게 넋 놓고 있어? 빨리 따라와, 인마."

청년은 그대로 성큼성큼 어딘가를 향해 걸음을 옮기기 시작했다. 조금 전까지 게으름 피우더니 언제 그랬냐는 듯 바지런을 떠는 청년의 모습에 소년은 그저 황당하기만 했다.

"너도 어서 가보거라."

매화검수가 손짓하자 소년은 꾸벅 고개를 숙인 후, 먼저 나선 제 사형의 뒤를 쫓기 시작했다.

"같이 가요, 사형!"

자신의 시야에서 멀어져 가는 두 사람의 모습을 가만히 지켜보던 매화검수는 천천히 돌아섰다. 돌아선 매화검수의 눈빛은 조금 전까지와는 전혀 다른 섬뜩한 한기가 느껴지는 날카로운 눈빛이었다.

전 무림을 들끓게 만든 화산비검회에 제자들이 동원된 탓에 화산파 경내는 이전과는 달리 한산하기 이를 데 없었다. 남은 것은 입문한 지 얼마 지나지 않는 어린아이들과 약관이 채 지나지 않은 제자들, 그리고 그들을 인솔하기 위한 매화검수 몇 사람이 전부였다.

워낙에 경내가 비어 있어 불안할 법도 하건만, 남은 화산 제

스러지는 매화 179

자들은 조금도 그런 기색이 없었다. 어차피 비검회가 열리는 곳과 지척이라 본산에 무슨 일이 생겨도 금세 달려올 거라는 안도감이 강했다. 게다가 누가 감히 화산파에서 큰일을 벌일 거라는 생각은 조금도 할 수 없었다.

정도무림의 주축, 구파일방의 하나인 화산파를 범하는 간 큰 자가 무림에 있을 거라고는 상상도 할 수 없는 일이었다.

교운학의 경고 때문에 장문인인 엽인후가 가장 신뢰하는 장로 세 사람과 함께 은밀히 준비한 경계 수단도 있긴 했다. 물론 그것을 아는 자는 엽인후를 포함한 당사자 네 사람밖에는 아무도 없긴 했지만.

텅빈 경내의 순찰을 위한 매화검수도 최소한의 숫자이긴 했지만 스물이 넘게 배치되어 있었다. 경내에 남은 매화검수들은 구석구석을 돌아다니며 어린 제자들을 단속하거나, 비검회를 구경하려다가 간혹 길을 잘못 든 사람들을 안내하고 있었다.

우와아아!

개천대전이 열리고 있는 방향에서 쉬지 않고 들려오는 함성에 전각이 부르르 떨릴 정도였다. 주위를 거닐던 매화검수들은 함성이 크게 들려올 때마다 움찔하며 그쪽으로 고개를 돌리곤 했다.

몇몇 매화검수는 당장에라도 달려가 보고 싶은 충동을 억누르느라 심력을 소모하기도 했다. 창룡대전이라면 모를까, 개천대전은 고수들끼리의 비무를 견식(見識)하는 것만으로도 자신의 무공을 발전시킬 수 있는 기회이기도 했다.

도문이기는 하지만 무파에 더 가까운 화산파이기에 그만큼 제자들은 무공에 대한 관심이 높았다. 마음 같아선 당장에라도 달려가고 싶었지만 맡은 바 임무가 있기에 매화검수들은 충동을 억누르고 있었다.

"후우, 교대 시간은 아직 멀었나?"

막 입문한 어린 제자들이 주로 사용하는 소연무장을 지나던 매화검수 하나가 나직이 한숨을 내쉬며 중얼거렸다. 제비를 잘못 뽑는 바람에 이렇게 본산에 남겨지게 된 것이 그저 아쉬울 뿐이었다. 앞으로 두 시진 동안은 가고 싶어도 가지 못하는 신세였다.

아쉬움을 뒤로한 채 매화검수는 나직이 한숨을 내쉬며 천천히 소연무장을 거닐었다. 그러다 무료해진 것인지 소연무장 한쪽 구석에 진열된 목검 하나를 집어 들었다.

누군가의 손에서 잘 길들여져 손자국이 뚜렷하게 남아 있는 목검의 검병을 움켜쥐고 매화검수는 천천히 검무(劍舞)를 펼치기 시작했다.

훙! 후우웅!

천지일기공(天地一氣功)을 바탕으로 한 매화자전검(梅花紫電劍)이었다. 내공을 거의 담지 않고 초식만을 펼쳐 낸 것이긴 하지만 묵직한 파공성이 어지러이 흩날렸다.

아무도 없는 소연무장에서 그렇게 한참 동안 검무를 추던 매화검수는 이마에 땀이 송골송골 맺힐 무렵에야 천천히 호흡을 고르며 목검을 바닥으로 늘어뜨렸다.

짝짝짝!

등 뒤에서 누군가의 박수 소리가 들려왔다. 움찔 놀란 매화검수가 고개를 휙 돌렸다. 같은 차림을 한 다른 매화검수가 미소를 띤 채 연무장 입구에서 자신을 쳐다보고 있었다.

"오, 오 사형! 언제부터 지켜보고 계셨던 겁니까?"

오 사형이라 불린 매화검수가 천천히 다가오면서 입을 열었다.

"방금 막 도착했어. 왠지 조금 들뜬 것 같아 잠시 검을 휘둘러 볼까 하고……, 근데 곤 사제가 먼저 와 있더군. 괜히 방해하기 싫어서 끝날 때까지 조용히 있었지."

"하하, 그러셨군요. 저도 몸이 좀 달아올랐나 봅니다. 이제 좀 시원하네요."

곤 사제라고 불린 매화검수는 멋쩍은 듯 미소를 지으며 뒷머리를 긁었다. 오 사형은 피식 미소를 지으며 말했다.

"그나저나 전에 봤을 때보다 훨씬 성취가 높아진 것 같더군. 일 초 일 초에 담긴 마음이 느껴지는 것 같았어."

"과찬 이십니다, 사형."

어느새 코앞까지 다가온 오 사형의 얼굴에서 순간 미소가 싹 사라졌다. 폐부를 찌르는 것 같은 섬뜩한 느낌에 곤 사제는 움찔하며 뒤로 물러났다.

"하지만 안타깝군. 더 이상은 검을 쥘 수 없을 테니."

"그, 그게 무스… 컥!"

처음 보는 사형의 싸늘한 눈빛에 저도 모르게 던진 질문은 짧은 신음과 함께 더 이상 이어지지 않았다. 어느새 뽑아 든 오 사형의 검이 자신의 심장을 꿰뚫은 탓이었다.

주륵!

심장을 꿰뚫은 검을 타고 한 줄기 붉은 피가 흘러내렸다. 오 사형은 천천히 다가가 곤 사제의 귓가에 나직이 속삭였다.

"그래도 다행인 줄 알아. 화산이 무너지는 모습을 보진 못할 테니."

죽어가는 곤 사제는 그 말을 듣고 눈을 부릅떴다. 하지만 아무런 목소리도 낼 수 없었다. 검면을 타고 흘러내리는 피와 함께 몸의 기운과 생명력이 급속도로 빠져나가는 것이 느껴졌다.

"대, 대체……?"

경악한 곤 사제의 입에서 신음하듯 물음이 흘러나왔다. 어릴 때부터 함께 화산파에서 자라온 사형이 어찌 자신을 죽이려 한단 말인가. 게다가 화산이 무너진다니. 도무지 이해할 수 없는 말이었다.

오 사형은 대답하지 않고 입꼬리를 살짝 말아 올리며 곤 사제의 심장을 꿰뚫은 검을 그대로 회수했다.

푸슉!

대량의 피가 한꺼번에 터져 나와 주위를 적셨다. 곤 사제는 그대로 풀썩 무릎을 꿇더니 그대로 쓰러졌다.

쿵!

그대로 절명해 버린 곤 사제의 시신을 가만히 내려다보던 오 사형은 무표정한 얼굴로 천천히 돌아섰다.

저벅, 저벅!

자신이 죽인 동문 사제의 시신을 내버려 둔 채 소연무장을 나서는 발걸음 소리는 을씨년스럽기 짝이 없었다.

"오랜만에 뵙는구려, 엽 장문인. 그간 별고 없으시었소?"

사람들의 시선이 비무대에 집중되어 있는 틈을 타 은밀히 엽인후에게 다가간 홍영은 지나가듯 인사를 건넸다. 주위가 워낙에 사람들의 함성으로 시끄러워 그 말을 들은 사람은 없었다. 게다가 홍영이 은신으로 모습을 감추고 있는 터라, 누구도 두 사람의 대화를 눈치채지 못했다.

"방주께서 직접 나설 줄은 몰랐소이다. 그나저나 부탁한 것은 어찌 되었소?"

"사방에 눈을 붙여 두긴 했소만… 도대체 무슨 일인데 그러시는 게요?"

"본 파의 안위와 관계된 일이라 자세히 설명할 수 없음을 양해해 주시오. 무리한 부탁을 들어주셔서 그저 감읍할 따름이오."

"별말씀을 다 하시는구려. 그럼 혹, 무슨 일이 생기면 다시 찾아오겠소."

"부디 아무 일이 없길 바랄 뿐이오."

쓸쓸한 미소를 지으며 엽인후는 가만히 개천대전이 한창인 비무대를 내려다보았다. 이내 등 뒤에서 느껴지던 홍영의 존재감이 사라졌다. 엽인후는 저도 모르게 한숨을 푹 내쉬며 속으로 나직이 중얼거렸다.
 '아무래도… 비검회가 끝나기 전까진 잠도 제대로 못 자겠군 그래.'

*　　　*　　　*

 캉! 카캉!
 날카로운 금속성과 거친 숨소리, 허공에 튀는 피가 창룡대전의 격렬함을 말해주는 듯했다. 막 세 사람째를 쓰러뜨린 방립을 쓴 무인은 검에 묻은 피를 허공에 털어내며 천천히 주위를 둘러보았다.
 "다음은 누구냐……?"
 방립 사내의 서슬 퍼런 음성에 누구 하나 섣불리 비무대를 오르지 않았다. 조금 전까지 보인 사내의 압도적인 무위와 자비심 없는 냉혹한 손속 때문이었다. 방립 아래로 보이는 얼굴은 약관이 되지 않은 듯 앳되어 보였지만 결코 어리다고 무시할 수 없는 무공이었다.
 "아무도 나서지 않을 건가?"
 방립 사내는 주위를 둘러보며 다시 한 번 싸늘히 입을 열었다. 예선 참가자들은 웅성거리면서도 여전히 자신 있게 나서지 못하고 있었다. 방립 사내의 입꼬리를 살짝 말아 올리며 말했다.
 "다들 그렇게 겁먹은 개처럼 꼬리를 말고 있을 텐가? 형편없는 작자들이로군."

 방립 사내의 그 말에 발끈한 몇몇이 버럭 소리치며 비무대 위로 뛰어 들었다.

 "뭐야? 감히 날 모욕하다니!"

 "애송이 놈이 하늘 높은 줄 모르고 날뛰는구나! 내 본때를 보여주마!"

 "그 말 당장 취소하시오! 그렇지 않으면 가만두지 않겠소!"

 비무대로 오른 사람은 모두 셋이었다.

 저마다 흥분으로 얼굴이 시뻘겋게 달아올라 있었다. 그중 하나는 금방이라도 방립 사내를 씹어 삼킬 것처럼 흉흉한 표정을 짓고 있었다.

 "셋뿐인가……? 훗, 뭐, 아쉽지만 어쩔 수 없지."

 좌중을 향한 강한 도발에도 셋밖에 나서지 않은 것이 방립 사내는 그저 아쉽기만 했다. 방립 사내는 천천히 검을 들어 올려 기수식을 취했다.

 창! 스룽!

 비무대로 오른 세 사람도 약속이나 한 듯 각자의 병장기를 뽑아 들었다. 가장 흥분한 덩치 사내의 손에는 단숨에 두 조각 내버릴 것 같은 대부를 들고 있었다. 그 옆의 뱁새눈 사내는 호리호리한 인상처럼 얇고 가는 유엽도를 양손에 그러쥐었다. 마지막 사내는 고지식해 보이는 인상에 어울리는 검을 뽑아 들었다.

 "간다! 빌어먹을 애송이 놈아!"

대부 사내가 버럭 소리치며 방립 사내에게 달려들었다. 방립 사내는 싸늘한 미소를 지으며 내공을 끌어 올리기 시작했다.

"저 녀석, 제법 실력은 늘었네? 그래 봤자 내 상대는 안 되지만."

 남궁사혁은 피식 미소를 지으며 비무대를 쳐다보았다. 세 사람과 한꺼번에 손속을 주고받고 있는 방립 사내는 바로 남궁강이었다. 지금까지의 참가자들 중에는 단연코 눈에 확 띄는 무공을 선보이고 있었다.

 하지만 남궁사혁은 그저 대수롭지 않게 흘끗 쳐다보았을 뿐이었다. 자신이 가문을 뛰쳐나올 때에 비해 많이 강해진 남궁강이었지만, 그게 다였다. 남궁강 정도의 실력이라면 얼마든지 한꺼번에 수십 명이라도 상대할 자신이 있었다.

 남궁강이 비무대에 오르자 혹시나 싶어 슬쩍 구경해 보았지만 역시나였다. 남궁사혁은 이내 남궁강에 대한 관심을 끊고 가만히 좌중의 움직임을 지켜보았다.

 아직까지는 별달리 눈에 띄는 특이한 점은 없었다. 다들 그저 눈앞에서 펼쳐지는 화려한 비무에 눈이 쏠린 것처럼 보였다. 하지만 마냥 그렇게 볼 수는 없었다.

 이곳을 차지한 절반 이상의 마인들.

 그들은 오늘이 지나기 전에 무슨 일을 벌일 터. 조금의 수상한 움직임이라도 미리 감지해야 했다. 남궁사혁은 날카로운 눈빛으로 마치 수색하듯 주위를 천천히 훑었다.

스러지는 매화

"끄응……."

남궁사혁의 집중력을 흩뜨리는 낮은 신음이 들려왔다. 눈치 없이 굴다가 남궁사혁에게 몰매를 맞은 관지화가 깨어나고 있었다.

남궁사혁은 눈썹을 찌푸리며 고개를 돌렸다. 고태가 관지화를 부축해 일으키고 있었다.

"괜찮으슈, 관 동생?"

누군지 못 알아볼 정도로 얼굴이 부어터진 관지화의 모습에 고태가 걱정스레 말을 걸었다. 관지화는 무어라 말을 하고 싶었지만 입안이 너무 부어서 제대로 소리가 나오지 않았다. 그저 낮은 신음만 흘러나올 뿐이었다.

"그냥 내버려 둬. 워낙 튼튼한 놈이라 좀 쉬면 금방 괜찮아질 거야."

남궁사혁은 싸늘하게 중얼거리며 관심 없다는 듯 고개를 휙 돌렸다. 순간 남궁사혁의 눈에 사람들 사이를 뚫고 다가오는 오귀의 모습이 보였다. 오귀는 미꾸라지처럼 요리조리 몸을 움직여 빠르게 다가왔다. 어느새 가까이 다가온 오귀가 조심스레 고개를 숙였다.

"다녀왔습니다, 주군."

"그래, 어떻디?"

"여전히 산을 오르는 사람이 많았습니다. 개중에는 개방도도 상당수 있더군요."

"개방도? 니들 원래 이런 거에 관심 없지 않았나?"

의외라는 듯 남궁사혁은 고개를 갸웃거리며 물었다. 구파일방의 한 자리를 차지하고 있긴 하지만 개방의 무공은 상대적으로 다른 구파에 비해 모자람이 있는 편이었다. 그 차이를 개방에서는 수많은 방도의 숫자와 정보력으로 메꾸고 있었다.

간혹 개방에서도 구파에 꿇리지 않는 절세 고수라 칭할 만한 방도가 나타나기도 했다. 하지만 그 빈도가 낮은 편이라 개방은 화산비검회에 직접 참가하는 것보다는 후방 지원을 주로 맡았다. 한데 그런 개방도들이 산을 오르고 있다는 것은……

"무슨 일이라도 생긴 건가? 자세히 알아보긴 했냐?"

"그게… 나름 알아보려고 했슙니다만……"

오귀는 면목 없다는 듯 고개를 숙이며 말꼬리를 흐렸다. 남궁사혁은 미간을 살짝 찌푸리며 혀를 찼다.

"쯧쯧! 하여튼 중요한 일에는 전혀 쓸모가 없어요, 쓸모가. 지난번에 가져온 정보도 그렇고……. 너 인마, 개방주 제자라는 거 다 뻥이지?"

오귀는 말문이 턱 막혔다. 어쩌다 보니 자신의 신상 내력을 소상히 말한 적이 있었는데, 그것에 약점이 잡힐 줄은 생각지도 못한 오귀였다. 억지로 일행에 합류하며 개방과는 완전히 인연을 끊었다고 생각했었으니.

"며, 면목 없습니다, 주군."

오귀는 가타부타 변명하지 않고 그저 사죄했다. 괜히 억울하다느니 어쩌느니 하며 눈치 없이 굴어봤자 관지화처럼 몰매나 맞기 십상이었다. 그저 납작 엎드려 남궁사혁의 심기를 거스르는 행동은 삼가야 했다.

오귀는 고개를 숙인 채 흘낏 관지화를 쳐다보았다. 하도 심하게 얻어맞아 얼굴을 알아볼 수 없을 만큼 팅팅 부어 있었다. 심약한 사람이 봤다면 괴물이라도 본 것처럼 비명을 질렀으리라.

'저 꼴이 될 순 없지.'

오귀는 속으로 중얼거리며 남궁사혁의 눈치를 살폈다. 남궁사혁은 연신 혀를 차며 한숨을 내쉬었다.

"됐다. 네놈한테 뭘 기대한 내가 잘못이지."

남궁사혁의 말에 오귀는 안도의 한숨을 나직이 내쉬었다. 그제야 오귀는 슬그머니 뒤로 물러나 관지화를 부축하고 있는 고태에게 다가갔다.

남궁사혁은 이내 오귀에 대해 관심을 끊고 다시 예리한 눈빛으로 주위를 둘러보기 시작했다. 비무대 위의 남궁강은 어느새 예선 통과 기준인 십 인의 상대를 쓰러뜨리고 무표정한 얼굴로 검을 검갑에 회수하고 있었다.

가만히 주위를 둘러보던 남궁사혁의 눈이 한순간 의혹으로 물들었다. 오귀와 몇 마디 나누는 사이에 무언가 주위의 분위기가 미세하게 변한 것 같았다.

'뭐지? 이 느낌……'

피부 사이로 벌레 같은 것이 스멀스멀 기어 다니는 것 같은 느낌이었다. 남궁사혁은 날카로운 눈빛으로 주위의 미세한 움직임까지 집중해서 살폈다.

이상했다.

조금 전까지는 대부분의 사람이 비무대 위에 모든 시선을 집중하고 있었다. 하지만 지금은 달랐다. 분명 격렬한 예선이 치러지고 있는데도, 몇몇 사람의 시선이 다른 곳으로 향해 있었다. 아니, 눈은 비무대를 보고 있었지만 초점이 먼 곳을 바라보고 있는 것처럼 보였다.

금방이라도 무슨 일이 생길 것 같았다. 남궁사혁은 긴장한 얼굴로 내공을 끌어 올려 오감을 최대한 널리 퍼뜨렸다. 어디서든 수상한 일이 생기면 곧장 대응할 수 있도록 대비했다.

"왜 그러십니까, 주군?"

남궁사혁의 이상한 기색을 느낀 오귀가 괴지화를 부축한 고태와 함께 조심스레 다가와 물었다. 남궁사혁은 온몸의 신경줄이 팽팽하게 당겨지는 것을 느끼며 말했다.

"긴장하고, 준비해. 아무래도 무슨 일이 곧 생길 것 같다."

거대한 노송 꼭대기 근처의 굵은 나뭇가지에 앉아 있는 사진량은 한순간도 눈을 떼지 않고 개천대전이 열리고 있는 장소를 가만히 내려다보았다. 수많은 사람이 비무대 주위를 감싸듯 모여 있었다.

각 문파를 대표하는 무인들이 비무대 위에서 무공을 겨누고 있었다. 하지만 피와 땀이 튀는 창룡대전 같은 격렬함은 거의 없었다. 대부분의 승부가 열 초식 이내로 순식간에 결판이 난 탓이었다. 그만큼 수준 높은 비무가 치러지고 있었다.

하지만 사진량은 비무에 관심을 두지 않고, 오로지 주위의

스러지는 매화 191

사람들의 움직임에 집중하고 있었다. 아직까지는 그리 수상한 움직임이 보이지는 않았다.

하지만 오늘이 분명했다. 안 그렇다면 저렇게까지 많은 마인이 잠입할 이유가 없었다. 이내 사진량은 자신의 생각이 옳았다는 것을 알 수 있었다.

움직였다.

많은 사람이 비무대에 집중하고 있는 동안, 은밀히 다른 방향으로 이동하는 사람들이 보였다. 인파에 묻혀 최대한 느리게 움직이고 있긴 하지만 틀림없었다.

얼핏 보기에도 이백여 명에 이르는 자들이 한 방향으로 움직이고 있었다. 화산파가 있는 방향이었다. 벌써 몇몇은 모습을 감춘 자도 있었다.

"시작이로군."

사진량은 벌떡 일어나 그대로 나뭇가지를 박차고 저 멀리 보이는 화산파의 전각을 향해 몸을 날렸다.

파팟!

* * *

"크윽! 종 사형! 도대체 무슨 짓입니까!"

핏물을 한 모금 왈칵 토해낸 매화검수가 눈에 핏발이 선 채로 버럭 소리쳤다. 몸에는 크고 작은 검흔이 새겨져 있었고, 입고 있는 도복은 여기저기 찢어져 피투성이가 되어 있었다. 검을 쥐고 있는 손은 부르르 떨리고 있었다. 금방이라도 쓰러질 것처럼 두 다리가 후들거리고 있었지만 억지로 버티고 있는 것 같았다.

그 앞에는 무표정한 얼굴을 한 다른 매화검수가 가만히 피투성이가 된 매화검수를 바라보고 있었다. 그가 들고 있는 검은 피로 흠뻑 젖어 있었다. 두 사람의 주위에는 십여 명의 화산 제자가 피를 흘리며 쓰러져 있었다.

매화검수만이 아니라 어린 제자들까지도.

"어, 어째서… 어째서 이런……!"

피투성이 매화검수가 다시 대답을 재촉하듯 소리쳤다. 여전히 무표정하기만 하던 상대 매화검수의 입꼬리가 살짝 말려 올라갔다.

"왜? 꿈이라도 꾸고 있는 것 같으냐?"

섬뜩하리만치 싸늘한 음성이 귓가로 날아들었다. 피투성이 매화검수는 찢어져라 눈을 크게 치켜떴다. 꿈이 아니었다. 모두 현실이었다. 사형제들이, 어린 사질들이 피투성이가 되어 죽은 것도 모두 사실이었다. 그것도 형제처럼 자란 사형의 손에 의해.

뿌득!

피투성이 매화검수는 부러져라 이를 악물었다. 어떻게 해서든 눈앞의 역도를 쓰러뜨리고 웃어른께 상황을 전해야 했다.

생각이 정리되자 몸이 저절로 움직여졌다. 내공을 쥐어짜낸 피투성이 매화검수는 조금의 망설임도 없이 눈앞의 상대를 향해 달려들었다.

파팍!

"마지막 발악이냐? 곧 푹 쉬게 해주마."

상대 매화검수는 싸늘하게 중얼거리며 자신을 향해 달려드는 피투성이 매화검수를 향해 검을 내리 그었다.

스파팍!

금방이라도 피투성이 매화검수를 두 조각 낼 것 같은 섬뜩한 파공성이 터져 나왔다. 피투성이 매화검수는 눈 하나 깜짝하지 않고 자신을 쪼개려는 검을 향해 달려들었다. 상대의 검이 막 몸에 닿으려는 순간, 피투성이 매화검수는 넘어지듯 자세를 낮춰 그대로 바닥을 굴렀다.

츠컥!

날아든 검은 아슬아슬하게 피투성이 매화검수의 등을 스쳐 지나쳤다. 등이 길게 찢어지며 통증이 밀려왔지만 피투성이 매화검수는 아랑곳하지 않고 바닥을 몇 바퀴 더 굴렀다.

완벽한 나려타곤(懶驢打滾)이었다. 일부 무림인에게는 수치라고 여겨지는 나려타곤의 수법을 피투성이 매화검수는 아무렇지도 않게 사용했다. 그대로 상대 매화검수를 스쳐 지나친 피투성이 매화검수는 바닥을 구르는 반동을 이용해 벌떡 몸을 일으켰다.

파카칵!

동시에 막 검을 회수하고 있는 상대 매화검수를 향해 전력을 다해 검을 휘둘렀다.

"우웃!"

피투성이 매화검수가 나려타곤을 쓸 거라고는 생각지 못한 상대 매화검수는 헛바람을 집어삼키며 다급히 몸을 회전시켜 공격을 피해냄과 동시에 검을 내리뻗었다.

하지만 피투성이 매화검수의 노림수가 바로 그것이었다. 공격을 성공시키는 것보다는 상대의 균형을 무너뜨리고, 그 힘을 이용해 달려 나갈 힘을 얻는 것이었다.

빠캉!

공력이 담긴 검과 검이 부딪치며 날카로운 금속성과 함께 강한 반탄력이 밀려왔다. 피투성이 매화검수는 강한 반탄력에 바닥을 박차는 힘을 더해 몸을 날렸다.

파파팍!

순식간에 피투성이 매화검수가 수십 장이나 내달렸다. 상대 매화검수가 낭패라는 듯 혀를 차며 급히 그 뒤를 쫓아 달려 나갔다.

"아래쪽의 동향이 심상치 않소이다, 장문인"

예상치 못한 순간, 갑자기 들려온 홍영의 목소리에 엽인후는 저도 모르게 어깨를 움찔했다. 하지만 이내 태연함을 가장하며 나직이 물었다.

"그게 무슨 말씀이시오?"

"아직 당장 일이 생긴 것은 아니지만 창룡대전 쪽에서 수상쩍은 움직임이 감지되었다고 하오."

"수상쩍은 움직임이라니?"

"정확한 숫자는 파악하지 못했지만, 다른 구경꾼들이나 참가자와 달리 묘한 동향을 보이는 자들이 상당수라더구려."

홍영의 대답에 엽인후의 얼굴이 살짝 어두워졌다. 이내 엽인후가 입을 열었다.

"수상쩍은 자들을 은밀히 억류할 수는 없겠소?"

"힘들 것 같소. 개방도들을 상당수 투입해 놓긴 했지만, 많은 이들이 모여 있는 상황이라……. 그래도 혹시나 모를 무력 사태에 대비하라고 미리 일러두었소."

이미 대답을 예상하고 있었는데도 엽인후는 저도 모르게 한숨을 푹 내쉬었다.

"후우, 알겠소. 무슨 일이 생기면 도움을 부탁드리겠소."

"그건 걱정 마시구려."

대답과 함께 홍영의 기척이 사라졌다. 엽인후는 거푸 한숨을 내쉬며 저도 모르게 흘끔 본산을 향해 고개를 돌렸다.

두근!

순간 갑작스레 밀려든 불길함에 가슴이 뛰었다. 교운학의 경고 때문에 은밀히 장문지령(掌門之令)을 내려 대비책을 마련해두었음에도 한 번 지펴진 불길함은 가시지 않았다. 엽인후는 휘휘 고개를 내저으며 억지로 불길함을 떨치려 했다.

그러다 문득 몇몇 사람이 본산 쪽으로 천천히 이동하는 것이 눈에 들어왔다.

"뭐지, 저건……?"

불길함은 사라지지 않고 더욱 배가 되었다. 당장에라도 달려가고 싶었지만, 개천대전이 한창 진행 중인 이곳을 화산의 장문인인 자신이 비울 수는 없는 노릇이었다.

'빌어먹을……!'

엽인후는 저도 모르게 아랫입술을 꽉 깨물었다. 부디 아무 일이 없기를 간절히 바랄 뿐이었다.

"멈춰라!"

날카로운 대성일갈(大聲一喝)이 주위를 크게 뒤흔들었다. 피투성이가 된 채 전력을 다해 내달리던 매화검수의 눈앞에 누군가의 흐릿한 형상이 보였다.

"사, 사숙!"

눈앞의 인영이 누군지 알아본 피투성이 매화검수는 저도 모르게 걸음을 멈췄다. 하지만 이내 움찔하며 뒷걸음질 쳤다. 믿고 따르던 사형이 자신을 죽이려 달려드는 상황이었다. 누구를 믿어야 할지 혼란스러웠다.

"은영단(隱映團)은 모두 나와 화산의 정기를 어지럽히는 역도를 참하라!"

피투성이 매화검수에게 사숙이라 불린 장년인이 버럭 소리쳤다. 내공이 담긴 장년인의 목소리가 주위를 크게 진동시켰다. 그 순간, 어디선가 매화 문양이 수놓아진 백색 복면을 쓴 인영 수십여 개가 모습을 드러냈다.

파파팟!

스러지는 매화 197

매화 복면 인영들은 곧장 피투성이 매화검수의 뒤를 쫓는 매화검수를 향해 달려들었다.

파캉! 카캉!

날카로운 금속성이 터져 나왔다. 매화 복면인들을 이끌고 나타난 장년인은 피투성이 매화검수에게 다가가며 조용히 입을 열었다.

"너무 늦게 와서 미안하구나. 이제 곧 정리될 테니 편안히 쉬고 있거라."

장년인은 손을 뻗어 피투성이 매화검수의 혈도를 점해 지혈을 한 후, 수혈(睡穴)을 눌렀다. 피투성이 매화검수는 눈앞이 흐려지는 와중에도 고개를 돌렸다. 희미한 시야에 막 매화 복면인에게 제압당해 쓰러지는 매화검수의 모습이 보였다.

'종 사형… 도대체 왜……?'

은영단을 이끌고 온 장년인의 얼굴은 어둡기만 했다. 본산을 지키라고 남겨둔 매화검수 중에 역도가 있었다니. 믿을 수 없는 일이었다. 사실 장문지령으로 화산파의 숨겨진 무력인 은영단을 소집할 때만 해도 이런 일이 생길 거라고는 생각지도 못한 장년인이었다. 그저 혹시나 모를 외부의 습격을 대비하는 것이라고만 생각했었다.

그런데 걱정하던 외부가 아니라 내부에서, 그것도 화산파를 대표하는 것과 마찬가지인 매화검수가 이리도 무도한 일을 벌이다니.

상황 판단이 조금 늦는 바람에 어린 제자들의 희생이 너무 컸다. 장년인은 피가 배어 나올 정도로 입술을 꽉 깨물었다.

"빌어먹을… 어찌 매화검수가……!"

자신이 맡은 곳에서만 벌써 세 명째였다. 아마 다른 곳도 그리 다르진 않을 것이다. 장년인의 심정은 참담하기 그지없었다.

"크윽!"

은영단원에 의해 사지를 제압당한 매화검수가 장년인의 앞으로 끌려왔다. 장년인은 싸늘한 눈빛으로 매화검수를 내려다보았다.

"종기영, 네놈이 무슨 짓을 저질렀는지 알고 있느냐?"

"크크큭!"

종기영이라 불린 매화검수는 장년인을 흘끔 쳐다보며 비웃듯 입꼬리를 비틀었다. 장년인은 분노를 감추지 못하고 버럭 소리쳤다.

"감히 사문을 어지럽히고, 동문을 해한 천인공노(天人共怒)할 죄를 짓고도 어찌 그리 뻔뻔하단 말이냐!"

"크, 크크큭! 애초에 내 사문은 화산이 아니었소."

싸늘한 미소를 지으며 말을 마친 종기영은 그대로 무언가를 깨무는 시늉을 했다. 으득, 하며 이빨이 깨지는 소리와 함께 은영단원에게 포박당한 종기영의 몸이 부풀어 오르기 시작했다. 순식간에 원래의 모습을 알아볼 수 없을 정도로 부푼 종기영의 몸은 시커먼 기운을 뿜어내며 그대로 폭발했다.

퍼엉!

스러지는 매화 199

황급히 뒤로 물러난 장년인과는 달리 미처 몸을 피하지 못한 은영단원 몇 명이 폭발에 휘말렸다.
 "크윽!"
 "컥!"
 폭발과 함께 사방으로 튀어 나가는 산산조각 난 살점과 핏덩어리가 피하지 못한 은영단원을 덮쳤다. 온몸을 강하게 두드리는 통증에 절로 신음이 터져 나왔다.
 예상치 못한 상황에 인상을 찌푸린 장년인이 내공을 끌어올리며 검을 뽑아 들었다.
 스릉! 파파팍!
 장년인은 곧장 검을 휘두르며 사방으로 튀는 파편들을 튕겨 냈다. 그 덕에 폭발에 휘말린 은영단원은 간신히 몸을 빼낼 수 있었다. 하지만 무사하지는 못했다. 비침을 온몸으로 받은 것처럼 피투성이가 된 채 두 사람의 은영단원이 풀썩 쓰러졌다.
 급히 쓰러진 은영단원의 혈도를 점해 지혈하며 장년인은 경악한 눈으로 피투성이가 된 종기영을 쳐다보았다.
 "이, 이건 마공!!"

 은영단.
 이백여 년 전 정체불명의 세력에 침탈당한 화산파가 절치부심(切齒腐心)해 은밀히 길러낸 무력 단체의 이름이었다. 무림에는 전혀 알려지지 않은 단체로, 화산파의 장문인에게만 대대로 비밀리에 전해지고 있었다.

대부분이 화산파의 속가제자로 이루어져 있고, 장문지령이 내려지지 않는 한 절대 자신의 정체를 드러내지 않는다. 뛰어난 무재에 성품, 그리고 화산파에 대한 절대적인 충심이 은영단의 절대 조건이었다.

게다가 은영단만이 익힐 수 있는 특별한 무공은 그 자체로 금제가 되어 장문지령을 절대 어길 수 없었다. 때문에 사문에 대한 배신은 절대로 있을 수 없었다.

매화검수가 화산파의 얼굴이라면 은영단은 화산파의 그림자라고 할 수 있는 존재였다. 화산파에 큰 위기가 닥치지 않는 한, 은영단의 존재가 드러날 일은 없었다.

하지만 이번에는 어쩔 수 없었다. 이미 수십 년 전에 은거한 검제 교운학이 나서서 화산파의 위험을 경고하지 않았던가. 화산비검회를 미룰 수는 없는 노릇이었으니, 어쩔 수 없는 일이었다.

그래도 그 덕분에 내부의 배신자들을 척결할 수 있었다. 하지만……

"피해가… 너무 크구나."

은영단을 이끈 세 장로 중 하나, 악청산은 비애가 가득한 눈빛으로 한자리에 모아놓은 어린 제자들의 시신을 가만히 쳐다보았다. 조금만 더 일찍 도착했다면 희생을 막을 수 있었을 거라는 생각에 그저 안타깝기만 했다.

믿고 있던 매화검수의 배신 또한 악청산의 마음을 아리게 했다. 어느 정도 수습이 되고는 있었지만 배신을 한 매화검수는 모두 기괴한 수법으로 몸을 폭발시켜 죽어버렸다. 배후가

스러지는 매화

있더라도 밝혀낼 수 없게 되었으니 그 또한 답답하기 짝이 없었다.

악청산은 눈가에 맺힌 눈물을 닦을 생각도 하지 않고 그저 연신 한숨만 푹 내쉬었다. 주위의 은영단원들은 시신을 수습하고 살아남은 어린 제자들을 돌보고 있었다.

"사형! 사혀엉! 으허헝!"

"육 사제! 이거 봐요! 육 사제가……!"

제 피붙이 같은 사형제를 잃은 어린 제자들의 절규가 아프게 귓전을 때려왔다. 차마 계속 그 자리에 있을 수가 없었다. 악청산은 질끈 입술을 깨문 채 천천히 돌아섰다.

"너희는 이곳을 정리하고 있거라. 내 장문인께 다녀오겠다."

말을 하는 악청산의 목소리가 미세하게 파르르 떨려왔다. 대답도 기다리지 않고 악청산은 걸음을 옮기기 시작했다.

그때였다.

파파팍!

날카로운 파공성과 함께 날아든 수십 자루의 비도가 악청산의 눈앞을 가득 메웠다. 그와 동시에 사방에서 흑의 복면인 수십 명이 튀쳐나왔다.

"뭐, 뭐냐 네놈들은!"

악청산은 버럭 소리치며 뒷걸음질과 동시에 검을 뽑아 들어 자신에게 날아드는 비도를 쳐냈다.

캉! 카카캉!

"컥!"

"크아악!"

"아악!"

곧장 흑의 복면인에게 달려들려는 찰나, 등 뒤에서 들려온 날카로운 비명에 악청산은 저도 모르게 고개를 휙 돌렸다. 어린 제자들을 수습하고 있던 은영단원들이 흑의 복면인의 손에 하나둘씩 쓰러지고 있었다.

어린 제자들은 겁에 질린 표정으로 아무것도 하지 못하고 벌벌 떨고만 있었다. 악청산은 내공을 끌어 올리며 노기에 가득 찬 일갈을 토해냈다.

"이 무슨 패악한 짓거리냐!"

악청산은 곧장 어린 제자들을 덮치려는 흑의 복면인을 향해 쏜살같이 달려들었다.

파칵!

자줏빛 검기가 서린 악청산의 검이 곧장 흑의 복면인 둘의 허리를 두 동강 내버렸다. 악청산은 그대로 휙 돌아서서 어린 제자들의 앞을 막아서며 소리쳤다.

"이 아이들에게 손을 대려면 날 쓰러뜨려야 할 것이다!"

죽기 전에는 한 발짝도 물러서지 않겠다는 의지가 느껴지는 외침이었다.

'젠장! 늦었나?'

사진량은 질끈 아랫입술을 깨물었다. 바람을 타고 전해지는 피비린내가 점점 짙어지고 있었다. 분명 일부 사람들의 수상쩍은 움직임을 보자마자 몸을 날린 사진량이었다. 이동한 사람들이 일을 벌일 시간은 거의 없었다. 하지만 코끝에 전해지는 피비린내는 이미 우려하던 일이 생겼다는 것을 말해주고 있었다. 그렇다는 것은.

'화산파 내부에도 놈들이 잠입해 있다는 뜻인가?'

그것밖에는 답이 없었다. 사진량은 무슨 일이 생겨도 금방 대응할 수 있도록 내공을 끌어 올리며 더욱 강하게 바닥을 박찼다. 이내 막 화산파의 담장을 훌쩍 뛰어넘는 흑의인들의 모습이 눈에 들어왔다. 사진량은 망설임 없이 검을 뽑아 들었다.

스릉!

낮은 검명과 함께 묵빛 검신이 모습을 드러냈다. 사진량은 그대로 바닥을 박차고 허공으로 뛰어올랐다.

파파팍!

마치 비조가 날아오르듯 사진량의 신형이 허공으로 높이 날아올랐다. 십여 장은 뛰어오른 사진량의 눈에 이미 화산파의 경내로 접어든 수십 명의 흑의인이 보였다.

캉! 카캉!

흑의인들에게 저항해 싸우는 자들도 보였다. 도복을 입은 것은 아니지만 얼굴을 가린 복면에 매화의 문양이 수놓아져 있는 것으로 보아 화산파와 관계있는 자들 같았다. 하지만 매화복면인 쪽이 압도적으로 불리해 보였다.

어느 쪽이 적인지 금세 파악한 사진량은 내공을 끌어 올리며 그대로 손에 쥔 검을 내던졌다.

피피핑—!

날카로운 파공성과 함께 사진량의 검은 묵빛 뇌전이 되어 뻗어 나갔다. 사진량이 내던진 검은 막 매화 복면인 하나를 베어 넘기고 다른 먹잇감을 찾아 주위를 둘러보던 흑의인의 허리를 두 동강 냈다.

스컥!

섬뜩한 파육음과 함께 허공에 피가 흩뿌려졌다. 한데 그것으로 끝이 아니었다. 맹렬히 회전하는 검은 흑의인 하나를 벤 것으로 만족하지 않고 마치 살아 있는 것처럼 근처의 흑의인들을 덮쳤다.

스컥! 파칵! 카가각!

회전하며 날아든 검은 순식간에 흑의인 셋을 더 베어 넘기고는 바닥에 깊이 틀어박혔다. 허공의 사진량은 그대로 천근추의 수법을 사용해 바닥에 착지했다.

갑작스레 날아든 검과 사진량의 모습에 흑의인과 매화 복면인들은 순간적으로 멈칫했다. 사진량은 가만히 바닥에 틀어박힌 검을 향해 손을 뻗었다.

우우웅!

사진량의 내공을 받은 검병이 낮은 검명을 토해내며 부르르 떨렸다. 이내 저절로 뽑힌 검이 사진량의 손에 빨려 들어갔다.

"겨, 격공섭물(隔空攝物)?"

누군가 놀란 음성을 토해냈다. 사진량은 아랑곳하지 않고 천천히 검을 들어 기수식을 취했다.

스러지는 매화 205

"자아… 시작해 보도록 하지."

    *   *   *

흠칫!

남궁사혁은 저도 모르게 어깨를 움찔했다. 갑작스레 느껴지는 엄청난 살기 때문이었다. 한두 곳이 아니었다. 사방에서 날카롭게 찌르는 것 같은 살기가 느껴졌다. 남궁사혁은 본능적으로 검을 움켜쥐었다. 그 순간.

스컥! 푸슉!

"크억!"

"커허억!"

창룡대전을 구경하고 있던 사람들 중 일부가 품속에서 비수를 꺼내 자신의 가까이에 있는 사람의 목에 찔러 넣었다. 섬뜩한 파육음과 함께 피가 튀고, 사방에서 비명이 터져 나왔다. 눈 깜빡할 사이에 수십 명이 피거품을 물고 쓰러졌다.

"뭐, 뭐냐!"

"이게 무슨 짓이냐!"

그나마 무공이 어느 정도 수위에 오른 무인들은 자신을 향한 갑작스러운 공격을 피해내고 버럭 소리쳤다. 하지만 비수를 든 자들은 아무런 대꾸도 하지 않고, 오로지 자신의 눈앞에 있는 상대의 목숨을 노렸다.

창! 차창!

공격을 받은 무인들은 저마다 병장기를 뽑아 들고 저항하기 시작했다. 하지만 워낙에 사람들이 많아 제대로 움직일 수 없었다. 그에 반면 짧은 비수를 든 자들은 작은 움직임으로도 치명적인 공격을 가하고 있었다.

"크아아악!"

"끄륵!"

또다시 수십 명이 피를 토해내며 쓰러졌다. 순식간에 기백이 넘는 사람들이 죽음에 이르렀다. 어느새 바닥은 죽은 사람들이 흘린 피로 흥건했다.

그나마 남궁사혁 일행은 조금 떨어진 곳에서 상황을 살피고 있던 터라 다른 이들에 비해 조금 여유가 있었다. 살기를 느끼자마자 남궁사혁은 급히 일행에게 경고를 하고는 곧장 검을 뽑아 들었다.

"죽어랏!"

비수를 든 몇 명이 버럭 소리치며 남궁사혁을 향해 달려들었다. 남궁사혁은 한 걸음 뒤로 물러나 공격을 피한 후, 곧장 검을 내리 그었다.

파칵!

가슴 언저리를 길게 베인 사내가 피를 토하며 쓰러졌다. 남궁사혁은 급히 주위를 둘러보았다. 고태와 오귀가 부상당한 관지화를 사이에 둔 채, 비수를 든 자들에게 저항하고 있었다. 상황을 보아하니 그리 위험해 보이지는 않았다.

상대를 제압하려면 시간이 좀 걸릴 것 같았지만, 의외로 두 사람의 손발이 잘 맞아 쉽게 당하지는 않을 것 같았다. 관지화는 한참 전에 정신을 차리기는 했지만 하도 얻어맞은 탓에 몸을 제대로 움직이지 못하고 있었다.

'쩝! 좀 적당히 두드릴 걸 그랬나?'

손 하나가 아쉬운 마당이었다. 하지만 이내 남궁사혁은 생각을 지웠다. 흉흉한 살기를 뿜어내며 달려드는 비수 사내들 탓이었다.

"너희 둘은 맘대로 나서지 말고 그 녀석이나 지키고 있어!"

"알겠구먼유!"

"맡겨주십시오!"

두 사람의 대답을 듣자마자 남궁사혁은 곧장 비수를 든 사내들을 향해 달려들었다. 그러는 사이에도 비수에 맞은 사람들은 쓰러져 갔다.

수많은 사람이 쓰러지자 움직일 공간이 많아졌다. 남궁사혁은 흥건한 피와 수많은 시신에도 아랑곳하지 않고 자유로이 몸을 움직였다.

파곽! 스카칵!

남궁사혁이 걸음을 내디딜 때마다 섬뜩한 파육음과 함께 비수 사내들이 쓰러져 갔다. 살아남은 무인들 중 일부는 비무대 위에 올라 서로 등을 맞댄 채 달려드는 비수 사내들을 상대하고 있었다. 뒤를 잡힐 일이 없으니 나쁘지 않은 대응책이었다.

대회 진행을 맡은 이십여 명의 매화검수는 둘씩 짝을 이뤄 차근차근 상대를 쓰러뜨려가고 있었다.

가장 눈에 띄는 것은 화려하고 웅장한 검술을 자랑하고 있는 남궁강이었다. 남궁세가의 직계, 그것도 가주와 소가주에게만 전해지는 독문 검법인 창궁무애검법이었다.

"크아악!"

"으컥!"

남궁강이 검을 휘두를 때마다 비수 사내들은 사지가 잘려 피를 토하며 쓰러졌다. 조금의 자비심도 없는 냉혹한 검이었다. 생각 같아서는 개천을 펼쳐 단숨에 모두 쓸어버리고 싶었지만, 애꿎은 사람들이 휘말릴 수도 있기 때문에 억지로 참고 있었다.

눈에 띄게 위력적이고 화려한 초식을 펼치는 남궁강과는 달리 남궁사혁은 힘을 들이지 않은 최소한의 움직임으로 비수 사내들을 쓰러뜨리고 있었다. 내공의 낭비가 전혀 없는 효율적인 검법이라 이대로라면 하루 종일 쉬지 않고 검을 휘두를 수 있었다.

남궁사혁과 남궁강, 두 사람의 활약으로 비수 사내들의 숫자가 비약적으로 줄어들었다. 그 덕에 남은 무림인들도 조금 여유가 생겨 이제는 쉽게 쓰러지지 않았다.

스컥!

마지막으로 남은 비수 사내를 남궁강이 달려들어 단숨에 목을 베자, 남은 무림인들이 크게 환호했다.

"빌어먹을! 이제 끝났군!"

"감히 어떤 미친놈들이 화산비검회에서 이런 짓거릴 한단 말인가!"

"남궁 소협 덕분에 이 정도로 그칠 수 있었소이다. 남궁가의 검은 역시 명불허전(名不虛傳)이로구려!"

남궁강 주위에 살아남은 사람들이 모여들었다. 자신을 칭송하는 말에도 남궁강은 무표정한 얼굴로 검에 묻은 피를 허공에 털어냈다.

검을 회수하며 남궁강은 조금 떨어진 곳에 있는 남궁사혁을 흘끔 쳐다보았다. 남궁사혁은 등을 보이고 있었다. 그 주위에는 비수 사내의 시신 수십이 널브러져 있었다.

쓰러뜨린 숫자는 자신과 그리 차이가 없는 것 같았다. 하지만 남궁강과는 달리 남궁사혁의 검에는 피가 전혀 묻어 있지 않았다. 그만큼 남궁사혁의 검이 빠르고, 정확했다는 뜻이었다. 남궁사혁을 향한 남궁강의 눈썹이 꿈틀했다.

'빌어먹을……'

"야, 니들은 괜찮냐?"

남궁강이 자신을 바라보는 눈빛을 눈치챘으면서도 남궁사혁은 그러거나 말거나 아무런 관심을 가지지 않고 고태와 오귀에게 물었다. 두 사람은 대답할 기운도 없는지 거친 숨을 몰아쉬며 고개를 끄덕였다. 두 사람 다 온몸이 피투성이가 되어 있었지만 다행히도 큰 상처는 없는 것 같았다.

"저, 저흰 괜찮구먼유……"

한참 호흡을 고르던 고태가 이마를 흠뻑 적신 땀을 닦아내며 힘겹게 대답했다. 남궁사혁은 피식 미소를 지으며 검을 회수했다.

"대충 끝난 거 같긴 한데……."

남궁사혁은 말꼬리를 흐리며 천천히 주위를 둘러보았다. 살아남은 사람들은 자신들을 포함해 이백이 조금 넘어 보였다. 습격자를 빼면 백 명이 넘는 무고한 사람이 이 자리에서 목숨을 잃은 것이다.

"왜 그러십니까, 주구… 헉!"

남궁사혁의 이상한 기색에 오귀가 조심스럽게 다가왔다. 그러다 무엇을 본 것인지 저도 모르게 헛바람을 집어삼키며 급히 고개를 숙였다.

"잉? 갑자기 왜 그러냐?"

"그, 그것이 아는 얼굴이 있어서……."

오귀는 최대한 얼굴을 보이지 않으려 애쓰며 대답했다. 하도 정신이 없어서 몰랐는데 살아남은 자들 중 절반 정도가 개방도였다. 그중 몇몇은 개봉의 총타에서 본 적이 있는 얼굴도 있었다.

'서, 설마 사부께서도 화산에……?'

오귀는 긴장한 얼굴로 침을 꿀꺽 삼켰다. 그 모습에 남궁사혁은 피식 미소를 지었다. 이내 웃음기를 지운 남궁사혁은 좀 전에 떠오른 생각을 다시 끄집어냈다.

뭔가 이상했다.

화산비검회를 노린 것치고는 비수 사내들의 무공이 너무 약했다. 소림에서 상대했던 자들에 비하면 절반 정도의 수준도 되지 않는 무공이었다. 이런 자들로 수많은 무림인이 모여 있는 화산을 노린다는 것은 어불성설(語不成說)이었다.

"설마 다른 노림수가 있는……!"

나직이 중얼거리던 남궁사혁은 말을 끝내지 못했다. 갑자기 지진이라도 난 것처럼 바닥이 한 차례 크게 진동한 탓이었다.

쿠르릉!

"컥! 장 대협, 어찌 이런……!"

"미안하오. 잘 가시오."

사방에서 터져 나오는 고통과 경악에 가득 찬 음성이 주위를 뒤흔들었다. 개천대전을 치르고 있던 장소는 순식간에 피로 홍건히 물들었다.

죽은 자들은 바로 조금 전까지 바로 옆에서 함께 떠들던 상대가 흉수라는 것을 알고 눈을 부릅뜬 채로 쓰러졌다. 개천대전에 참가한 절정고수들도 마찬가지였다.

평소 교분을 나누고 지낸 상대의 갑작스러운 공격에 미처 대응하지 못하고 쓰러진 자들이 부지기수였다. 채 반각도 지나지 않은 시간 사이, 주위는 적아를 구분하지 못할 정도로 혼란스러운 상황이 이어졌다.

'이, 이게 대체!'

화산파의 장문인 엽인후는 눈앞에서 펼쳐지고 있는 상황을 믿을 수 없었다. 도대체 언제, 어떻게 시작된 것인지 전혀 눈치채지 못한 사이에 십수 명의 절정고수가 쓰러지고 순식간에 혼란이 찾아들었다.

특히나 놀란 것은 개천대전 참가자 중 몇 명이 살육에 동참했다는 것이었다. 그중에는 무림 전체에 널리 무명을 알린 자도 있었다.

"정신 차리시오, 엽 장문인!"

엽인후는 자신의 목을 노리고 날아드는 예기를 알아채지 못할 정도로 놀란 얼굴이었다. 누군가 등 뒤에서 화급히 외치지 않았더라면 그대로 목이 잘렸을 것이다. 퍼뜩 정신을 차린 엽인후는 자하진기(紫霞眞氣)를 끌어 올렸다. 보랏빛 기운이 뿜어져 나와 순식간에 엽인후의 몸을 감쌌다.

파캉!

언제 검을 뽑아 든 것인지 엽인후는 자신에게 날아드는 월도를 쳐냈다. 동시에 상대의 품속으로 파고든 엽인후는 망설임 없이 검을 내리 그었다.

스컥!

상대의 왼쪽 어깨가 길게 갈라지며 왈칵 피를 뿜어냈다. 월도를 휘두른 자는 개천대전의 참가자 중 가장 무위가 떨어진다 평가를 받는 거력패도(巨力覇刀) 막일산이었다.

"끄읍……! 고, 고맙소. 차라리 이렇게 죽는 것이……!"

막일산은 검붉은 피를 토해내며 억지로 입을 열었다. 하지만 더 이상 말을 잇지 못하고 그대로 벌렁 뒤로 누웠다. 엽인후는 막일산의 말을 이해할 수 없었다. 하지만 그것에 대해 생각할 틈도 없이 다음 상대가 들이닥쳤다.

스러지는 매화

막일산과는 달리 두 눈에서 시퍼런 살광(殺光)을 뿜어내는 자였다. 상대의 서슬 퍼런 눈빛에도 엽인후는 조금도 동요하지 않으며 버럭 소리쳤다.

"감히 대화산의 영역에서 이런 패악질이라니! 결코 용서하지 않으리라!"

하늘을 쩌렁쩌렁 울리는 엽인후의 외침에 달려들던 사내가 저도 모르게 움찔했다. 그 기회를 놓치지 않고 엽인후는 그대로 검을 뻗어냈다.

콰드득!

심장 어림을 파고드는 검첨의 느낌이 검병을 쥔 손아귀에 전해졌다. 곧장 검을 뽑아내자 대량의 피가 왈칵 뿜어져 나와 시야를 가렸다. 엽인후는 손을 들어 얼굴에 튀는 피를 막았다. 쓰러지는 상대의 피가 손에 닿은 순간!

치지직!

마치 뜨겁게 끓는 물에 데기라도 한 듯 화끈한 통증과 함께 검은 연기가 피어올랐다. 엽인후는 다급히 손을 움직여 피를 털어냈다. 피에 닿은 부위가 화상이라도 난 듯 빨갛게 달아올랐다.

"이건……!"

놀란 음성을 토해내는 엽인후의 눈에 검은 연기와 함께 핏물이 되어 녹아내리고 있는 막일산의 시신이 보였다. 마치 강력한 화골산(化骨酸)이라도 뿌린 것 같았다. 뿜어져 나오는 검은 연기는 절로 인상이 찌푸려질 정도로 지독한 악취가 났다.

"크악!"

"커어억! 눈이! 눈이……!"

사방에서 들려오는 비명에 귓가가 어지러웠다. 다급히 주위를 둘러보자, 살초를 펼치는 상대를 베고 난 후 몸에 튄 피 때문에 고통스러워하는 무인들이 보였다. 엽인후는 내공을 담아 버럭 소리쳤다.

"모두 흉수의 피를 조심하시오! 그 피에 뭔가가 있소이다!"

다들 엽인후의 외침을 들은 것인지 흉수를 상대하는 움직임이 조금 달라진 것 같았다. 검을 고쳐 쥔 엽인후의 눈길이 저도 모르게 본산으로 향했다. 이곳이 이렇게 난장판이리면 본산이라고 멀쩡할 리가 없었다. 본산에 생각이 닿자 마음이 조급해졌다.

"화산문하는 들으라! 화산의 명예와 매화의 긍지를 걸고, 반드시 흉수들을 모두 쓰러뜨려라!"

"매화는 서릿발을 뚫고 피어나니!"

"이는 곧 꺾이지 않는 화산의 정신이라!"

엽인후의 외침이 마치 신호라도 된 듯 매화검수들이 일제히 사기충천한 우렁찬 외침을 토해냈다. 하지만 그들 중 몇몇이 갑자기 돌변했다. 바로 옆에 있는 사형제를 덮친 것이다.

"크악!"

"유, 유 사제! 어째서! 크헉!"

그 모습을 본 엽인후의 눈에 핏발이 섰다. 엽인후는 분노를 참지 못하고 버럭 소리치며 달려들려 했다.

스러지는 매화 215

"네놈들이 어찌 감히!"

하지만 배신한 매화검수에게 달려들 수 없었다. 자신의 눈앞을 막아선 자 때문이었다.

파천검룡(破天劍龍) 금천규.

당금 무림의 최강자라 일컬어지는 사람 중 하나였다. 금천규를 알아본 엽인후의 눈이 찢어져라 크게 치켜떠졌다.

"여길 지나가려면 날 쓰러뜨려야 할게요, 엽 장문인."

금천규의 말에 엽인후는 신음하듯 나직이 중얼거렸다.

"그, 금 대협! 그대가 어찌……!"

"굳이 입 아프게 말로 할 필요가 있겠소? 그럼 내가 먼저 가리다."

말을 마침과 동시에 금천규가 몸을 날렸다. 움찔한 엽인후가 급히 눈으로 금천규를 좇았다. 어느새 바로 옆까지 다가온 금천규가 검을 휘둘렀다.

쉬익!

섬뜩한 파공성이 터져 나왔다. 엽인후는 자하진기를 극성으로 끌어 올리며 금천규의 공격을 맞받아쳤다.

파캉!

낮은 파열음이 터져 나왔다. 두 사람은 서로 검을 교차한 채 그 자리에 멈춰 섰다. 금천규는 피식 미소를 지으며 감탄하듯 중얼거렸다.

"역시 대화산의 장문인. 대단하시구려. 이런 식이 아니라 정식으로 대결해 보고 싶었소."

왠지 모르게 쓸쓸함이 느껴지는 말투였다. 하지만 깊이 생각할 틈이 없었다. 금천규를 쓰러뜨리지 않으면 아무것도 할 수 없었으니.

엽인후는 자하진기를 대주천시키며 검을 그러쥐었다.

우우웅!

자하진기에 반응해 검이 낮게 울었다. 동시에 금천규도 내공을 끌어 올렸다. 두 사람은 약속이나 한 듯 서로의 검을 겨눠 들였다. 엽인후가 먼저 움직이려 한 순간!

쿠르릉!

갑자기 땅이 크게 진동했다.

대혼전이었다.

조금 전까지 한자리에서 무(武)와 예(藝)를 나누던 자들이 서로 원수라도 된 양 살초를 나누고 있었다. 게다가 가장 충격적인 것은 매화검수 중 몇몇도 사형제를 향해 검을 겨누었다는 것이었다.

'대체 이게……!'

홍영은 자신의 눈앞에서 펼쳐진 광경을 도무지 믿을 수가 없었다. 몸이 절로 부르르 떨렸다. 마치 지옥도의 한가운데에 서 있는 것 같은 기분이 들었다. 홍영은 반쯤 넋을 놓은 채 멍하니 살육의 현장을 지켜보았다.

차마 나설 수는 없었다. 누가 적이고 누가 아군인지 도무지 구분할 수가 없었다. 홍영은 은신술로 몸을 감춘 채, 넋 나간

스러지는 매화 217

얼굴로 상황을 지켜보고만 있었다. 상황은 악화일로로 치닫고 있었다. 그나마 화산파 장문인 엽진후가 직접 나선 덕에 조금은 국면이 달라진 것 같았지만, 그래도 수많은 무인이 피를 흘리며 쓰러지고 있었다.

엽진후의 모습에 홍영은 어느 쪽에 가담할지를 결정했다. 홍영이 내공을 끌어 올리며 은신을 해제한 순간.

쿠르릉!

강한 진동이 주위를 뒤흔들었다. 막 뛰쳐나가려던 홍영은 순간적으로 균형을 잃고 비틀거렸다.

다른 이들도 마찬가지였다. 갑작스러운 진동에 한참 공방을 주고받던 사람들도 한순간 휘청거렸다. 이내 진동은 가라앉았지만 왠지 모를 불길한 예감이 머릿속을 스쳤다.

그때였다.

"컥!"

"크륵!"

갑자기 사방에서 신음이 터져 나왔다. 홍영이 고개를 돌리자 수많은 무인이 피거품을 토하며 쓰러지고 있었다. 공격을 당한 것은 아니었다. 게다가 피를 토하며 쓰러지는 자들은 먼저 살수를 펼친 자들이었다.

푸쉬이! 파사사!

피를 토하며 쓰러진 무인들은 순식간에 한 줌의 핏물이 되어 녹아내렸다.

"헉! 뭐, 뭐야 이건!"

갑작스러운 상황에 깜짝 놀란 무인들이 소리쳤다. 하지만 누구도 이유를 아는 자는 없었다. 도무지 상황이 어떻게 되어가고 있는지 알 수 없었다.

"크윽!"

엽인후의 앞에 선 금천규도 다른 이들과 마찬가지였다. 진동이 멈춘 후, 채 일검을 내지르지 못하고 신음을 토해냈다. 입가로 한 줄기 검붉은 피가 주룩 흘러내렸다. 금천규는 그대로 들고 있던 검을 바닥에 떨어뜨렸다.

챙강!

축 늘어진 어깨를 한 채 금천규는 몸을 부르르 떨었다. 금방이라도 쓰러질 것 같아 보였다. 엽인후는 놀란 눈으로 금천규를 쳐다보았다.

"그, 금 대협… 당신 같은 사람이 왜 이런……?"

엽인후는 저도 모르게 신음하듯 나직이 질문을 던졌다. 금천규는 비틀거리면서도 피식 미소를 지었다. 입을 열자 왈칵, 검게 죽은피가 한 됫박은 터져 나왔다.

"쿠, 쿨럭! 쿨럭! 크, 크큭! 결국 이렇게 이용만 당할 것을……. 미, 미안하오, 장문인… 쿠, 쿨럭 쿨럭!"

금천규는 더 이상 말을 잇지 못하고 계속 검게 죽은피를 토해냈다. 간신히 버티고 서 있는 두 다리가 부들부들 떨렸다.

이내 금천규의 한쪽 무릎이 꺾였다. 한 차례 몸을 크게 휘청거린 금천규는 그대로 앞으로 쓰러졌다.

턱!

스러지는 매화 219

무릎을 꿇은 채 두 손으로 바닥을 받쳐 간신히 완전히 쓰러지는 것을 막은 금천규는 힘겹게 고개를 들었다. 이미 흐릿해진 그의 시야에 엽인후의 모습이 보였다. 금천규는 씁쓸한 미소를 지으며 입을 열었다.

"먼저… 가서 기다리겠소. 내 죄는 저승에서 갚으리다… 컥!"

말을 마친 금천규는 짧은 단말마의 비명을 토해내며 그대로 허물어졌다. 마치 얼음이 강한 열에 녹아내리듯 금천규의 신형은 그대로 검붉은 핏물로 화했다.

"이, 이건……!"

멀쩡한 사람이 산채로 녹아내리는 장면은 참혹하기 그지없었다. 한순간 넋을 놓은 엽인후는 파르르 떨리는 눈으로 그것을 쳐다보았다.

피시식!

바로 조금 전까지 금천우였던 검붉은 핏물은 시커먼 연기를 뿜어내고 있었다. 사방이 어느샌가 검은 연기로 가득했다. 사람이 녹아내린 핏물이 뿜어내는 검은 연기에서 풍기는 지독한 악취가 코끝을 자극해 왔다.

너무도 지독한 악취에 저도 모르게 인상이 찌푸려졌다. 그제야 퍼뜩 정신을 차린 엽인후는 다급히 본산을 향해 고개를 돌렸다. 본산 쪽이 왠지 모르게 흐릿하게 보였다. 엽인후는 남은 매화검수들을 향해 소리쳤다.

"매화검수는 들으라! 절반은 이곳에 남아 사후 처리를 하고, 나머지는 나와 함께 본산으로 간다! 서둘러라! 본산에도 무슨 일이 생겼을지도 모르는 일이니!"

 말을 마친 엽인후는 곧장 본산을 향해 몸을 날렸다. 금방 조를 나눈 매화검수들도 엽인후의 뒤를 쫓기 시작했다.

 스컥!

 사진량의 검이 마지막 흑의인의 허리를 스쳤다. 섬뜩한 파육음과 함께 피가 터져 나왔다. 사진량은 상대의 죽음을 확인하지도 않고 휙 돌아서며 검을 회수했다.

 철컥!

 검갑으로 빨려 들어간 검이 낮은 금속성을 토해냈다. 그것이 신호라도 된 듯 사진량의 등 뒤에 있는 흑의인이 허리가 갈라져 그대로 쓰러졌다.

 "후우."

 사진량은 낮은 한숨을 토해냈다. 매화 복면인을 이끈 중년 사내가 사진량에게 다가와 포권을 취했다.

 "귀하의 도움에 감사드리오. 그런데……."

 중년 사내는 말꼬리를 흐리며 천천히 고개를 들었다. 사진량은 아무런 말 없이 중년 사내와 마주했다.

 중년 사내의 눈빛에 이채가 어렸다. 혹시나 모종의 속셈을 품고 있는 것이 아닌가 의심했지만 사진량에게서는 아무런 의도도 느껴지지 않았다. 중년 사내는 길게 한숨을 내쉬며 고개를 내저었다.

 "아, 아무것도 아니오."

사실 사진량에게서 수상한 기색이 느껴지면 바로 은영단에게 명을 내려 사로잡을 생각이었다. 어쩌면 자신들이 쓰러뜨린 흑의인과 깊은 관계가 있을지도 모르는 일이었으니.

하지만 중년 사내는 금세 그런 생각을 머릿속에서 지웠다. 사진량의 흔들림 없는 굳은 성정을 느낀 탓이었다.

중년 사내는 문득 사진량의 정체가 궁금해졌다. 물어보고 싶었지만 어쩨 사진량의 표정이 아무것도 묻지 말라는 것 같았다.

사진량은 자신을 향한 중년 사내의 시선에도 아랑곳하지 않고 천천히 주위를 둘러보았다. 사방이 흑의인들의 시신으로 가득 했다. 얼핏 보기에도 오십은 넘어 보였다. 하지만.

'숫자가 너무 적군.'

화음현에 도착한 이후 주위를 돌아다니며 느낀 마기의 숫자에 비해 이곳에서 죽은 자들의 숫자가 너무 적었다. 창룡대전과 개천대전에 남아 있는 숫자를 더한다 해도 자신이 느낀 것에 비하면 모자란 것 같았다.

"어쩐지 너무 쉽더라니……."

사진량은 저도 모르게 나직이 중얼거렸다. 그것을 들은 중년 사내가 고개를 갸웃거리며 물었다.

"응? 그, 그게 무슨 소리요?"

그 순간 사진량은 땅속 깊은 곳의 용맥이 크게 꿈틀거리는 것을 느꼈다.

쿠르릉! 콰릉!

곧장 어마어마한 진동이 주위를 크게 뒤흔들었다.

*   *   *

화산의 가장 높은 봉우리인 낙안봉(落雁峰).

그 꼭대기에서 가만히 아래를 내려다보는 한 흑의 인영이 있었다. 흑의 인영의 시선은 수많은 사람이 운집해 있는 연화봉으로 향해 있었다.

아무런 말 없이 날카로운 눈빛으로 연화봉을 내려다보던 흑의 인영의 입가에 싸늘한 미소가 생겨났다. 연화봉 인근에 모여 있는 사람들의 혼잡한 모습을 본 탓이었다. 거리가 상당했지만 피를 토하며 쓰러지는 사람들의 모습이 흑의 인영의 눈에는 선명하게 보였다.

"크, 크크. 그렇지. 그렇게 서로를 잡아먹는 거다. 너희들의 피가 모든 일을 이룰 것이니."

흑의 인영의 입에서는 쇠를 긁는 것처럼 거친 음성이 흘러나왔다. 서로가 서로에게 칼을 겨누고, 서로를 쓰러뜨리고 있는 장면이 흑의 인영에게는 마치 아름다운 무희의 춤처럼 보였다.

혼란에 빠진 연화봉이 어느새 검은 안개 같은 것으로 뒤덮이기 시작했다. 미소를 지으며 그것을 내려다보던 흑의 인영은 천천히 품속에서 새끼손가락만 한 크기의 원통을 꺼내들었다. 구멍이 몇 개 난 것이 피리 같아 보였다.

"이제… 마무리다."

말을 마친 흑의 인영은 원통을 입에 물었다. 그러고는 내공을 담아 힘껏 피리를 불었다. 아무런 소리도 들리지 않았다. 아무 소리도 나지 않는 피리를 한 호흡 길게 분 흑의 인영은 입꼬리를 말아 올리며 피리를 품속으로 회수했다.

그 순간!

쿠르릉! 콰릉!

화산 전체가 지진이라도 난 듯 크게 진동했다.

* * *

"뭐, 뭐야 이건!"

한 차례의 진동 이후, 갑자기 들이닥친 엄청난 지진에 남궁사혁은 몸을 휘청거리며 소리쳤다. 주위를 둘러보자 갑작스러운 지진에 당황한 사람들이 비틀거리다가 바닥에 흥건한 피 웅덩이에 쓰러졌다.

몇몇은 억지로 버티고 있었지만 지진이 점점 강해지고 있었다. 마치 화산 전체를 무너뜨릴 것 같은 엄청난 지진이었다. 땅이 갈라지고 뿌리 깊은 나무가 쓰러지고 있었다.

쿵! 쿠쿵!

"크아악! 사, 살려 줘!"

"으아악!"

갑자기 갈라진 땅속으로 빠진 수많은 사람의 비명이 사방에 가득 찼다. 도무지 정신을 차릴 수 없는 대혼란 속에서 남궁사혁은 저도 모르게 입술을 꽉 깨물었다.

'젠장! 소림에서보다 훨씬 대규모로군!'

소림에서는 탑림의 지반이 주저앉았을 뿐이었다. 하지만 지금은 화산 전체가 뒤흔들리는 것 같았다. 어쩔 수 없었다는 것을 알지만, 좀 더 일찍 도착했다면 막을 수 있었을지도 모른다는 생각이 들었다.

막을 수 없었으니 최대한 할 수 있는 일을 해야 했다. 남궁사혁은 날카로운 눈빛으로 빠르게 주위를 훑었다. 강한 지진으로 흔들리는 남궁사혁의 시야에 삼십여 장 밖의 거대한 바위가 보였다. 거대한 노송이 뿌리 뽑힐 정도로 엄청난 지진 속에서도 거대한 바위는 약간의 흔들림 빼고는 멀쩡한 것 같았다.

타탓!

발아래가 불안정하기는 했지만 남궁사혁은 힘껏 바닥을 박차고 뛰어올랐다. 오 장 정도 높이에서 정점에 닿은 남궁사혁은 거대한 바위를 향해 고개를 돌렸다. 흔들림이 사라지자 좀 더 뚜렷하게 바위를 볼 수 있었다.

안전해 보였다. 수십, 아니, 최소 일이백은 거뜬히 오를 수 있을 것 같았다. 천천히 하강하기 시작한 남궁사혁은 내공을 발끝으로 밀어내며 그대로 허공을 박찼다.

파팍!

그대로 몇 장 더 상승한 남궁사혁은 내공을 끌어 올리며 혼란에 빠진 아래쪽을 향해 소리쳤다.

"모두 들으시오! 여유가 있는 자들은 그렇지 못한 자들을 수습해 저쪽의 바위로 향하시오! 단단한 바위 위가 더 안전할 것이오!"

남궁사혁의 외침이 주위를 쩌렁쩌렁하게 뒤흔들었다. 지진에 휘말리지 않게 아우성을 치느라 그 말을 들은 사람은 그리 많지 않았다. 하지만 몇몇 무인이 바위를 향해 움직이기 조금씩 움직이기 시작했다. 몇몇 무인은 정신을 차리지 못하는 사람들을 이끌고 바위로 향했다.

사람들이 움직이는 것을 확인한 남궁사혁은 저도 모르게 나직이 안도의 한숨을 내쉬었다. 하지만 안심하기에는 일렀다. 지진을 멈춰야만 했다. 하지만 도무지 방법이 없었다. 어떻게 해야 할지 막막하기만 했다.

'젠장! 도대체 어떻게 하라는 거야!'

속으로 불평을 토해내던 남궁사혁의 눈에 문득 저 멀리 산 아래에서 밀려드는 검은 기운이 보였다.

"저, 저건······!"

불길함이 가득 담긴 검은 기운.

마기였다.

쿠르릉! 콰쾅!

커다란 진동과 함께 땅이 갈라지고 커다란 나무가 뿌리째 뽑혀 쓰러졌다. 본산을 향해 내달리던 엽인후는 제대로 몸을 가누지 못하고 비틀거렸다. 그래도 심후한 내공을 바탕으로 엽인후는 조금씩 전진하고 있었다. 하지만 그 뒤를 따르는 매화검수들은 걸음을 제대로 옮기지 못했다.

쩍! 쩌저적!

오로지 본산만을 쳐다보며 내달리던 엽인후의 귓가에 무언가 갈라지는 소리가 들려왔다. 엽인후는 더 이상 앞으로 나가지 못하고 걸음을 멈출 수밖에 없었다. 지진으로 길게 갈라진 땅이 눈에 들어왔다. 마치 본산으로 향하는 엽인후를 막은 것만 같았다.

평소라면 경공으로 충분히 뛰어넘을 수 있는 간격이었다. 하지만 발밑이 불안한 탓에 제 경공의 반도 펼쳐낼 수 없는 상황이었다. 엽인후는 조금의 망설임도 없이 바닥을 박차고 뛰어나가려 했다.

쿠르릉!

그 순간 발밑이 무너져 내려 엽인후는 뒷걸음질 칠 수밖에 없었다.

"빌어먹을! 이게 도대체 어찌 된 일인가!"

본산을 눈앞에 두고도 가지 못하는 엽인후의 분노한 대갈일성(大喝一聲)이 터져 나왔다.

쿠르릉! 콰쾅!

땅속 깊은 곳에서 벽력탄(霹靂彈)이 터진 것 같은 진동이 사방을 뒤덮었다. 제대로 서 있을 수조차 없는 강한 진동에 다들 이리 비틀, 저리 비틀거렸다.

"으아아!"

"아악!"

특히나 한자리에 모여 있던 어린아이들은 진동을 감당하지 못하고 쓰러졌다. 한쪽 방향으로 쓰러진 탓에 바닥에 깔린 아이들이 고통에 찬 비명을 질러댔다.

"이, 이런! 모두 괜찮으냐!"

매화검수들과 매화 복면인, 은영단원들이 다급히 소리치며 아이들에게 달려갔다. 하지만 진동이 워낙 강해 제대로 움직일 수 없었다. 간신히 도착한 몇몇이 쓰러진 아이들을 부축해 일으켜 안전한 곳을 찾아 주위로 흩어졌다.

하지만 안전한 곳은 어디에도 없었다. 땅바닥이 쩍 갈라질 정도로 강한 지진에 주위 전각이 굉음을 내며 무너지기 시작했다.

쿠콰쾅!

사방으로 건물이 무너진 파편이 튀었다. 바닥이 진동해 제대로 움직여 피할 수가 없었다. 매화검수들과 은영단원들은 아이들을 품에 안고 최대한 몸을 둥글게 말았다.

팍! 파파팍!

전각이 부서진 파편이 등을 후려쳤다. 절로 신음이 터져 나왔지만 아이들을 끌어안은 자들은 그 자리에서 꼼짝도 하지 않았다.

"크윽!"

내공으로 몸을 보호하긴 했지만 뾰족한 파편까지 튕겨낼 수는 없었다. 아이들을 감싸 안은 자들의 등은 파편이 박혀 고슴도치 같은 꼴이 되었다.

붉은 피로 등이 흠뻑 젖었지만, 그들은 자신의 고통에는 아랑곳하지 않고 아이들을 지켰다. 아이를 둘이나 끌어안은 매화검수는 불안에 떨며 우는 아이들에게 조용히 속삭였다.

"괜찮다. 괜찮을 거야. 그러니 너무 겁먹지 말거라."

하지만 정작 자신도 불안하기만 했다. 수백 년의 역사를 자랑하는 화산파가 이렇게 지진으로 무너지게 될 줄은 전혀 생각지도 못했었다. 악몽 같았다. 눈을 감았다가 뜨면 모두 사라져 버릴 허상이기를 바랐다.

두 아이를 안은 매화검수는 질끈 두 눈을 감았다. 제발 이 모든 것이 꿈이기를 바라고, 또 바라며.

쿠쿠쿵! 파콰쾅!

그 순간 가까이 있던 전각이 완전히 내려앉으며 부서진 커다란 기둥이 날아들었다. 하지만 등을 보인 채 두 아이를 끌어안고 있는 매화검수는 자신에게 날아드는 커다란 기둥을 볼 수 없었다.

전각이 무너진 충격으로 튕겨 나간 기둥 파편이 매화검수를 덮치려는 순간, 갑자기 한 인영이 달려들어 그 앞을 막았다.

사진량이었다. 사진량은 강한 지진과 전각이 무너지는 충격 속에서도 두 다리로 굳건히 버티고 선 채 검을 내리 그었다.

촤좌좌촥!

커다란 기둥 파편이 마치 나무젓가락처럼 반으로 쩍 갈라져 좌우로 튕겨 나갔다. 사진량은 그 자리에 서서 튕겨 나오는 커다란 파편을 모조리 잘라냈다.

파카카캉!

검은빛이 번뜩일 때마다 산산조각 난 건물 파편이 바닥이 후두둑 떨어졌다. 사진량은 무표정한 얼굴로 쉬지 않고 검을 휘두르며 생각했다.

자연적으로 발생한 지진은 절대 아니었다. 분명 소림에서처럼 놈들이 인위적으로 일으킨 지진일 것이다. 정확한 방법을 알 순 없었지만 모종의 수단으로 용맥을 자극해 균형을 뒤틀어 지진을 유도하는 것이리라. 혈도를 점해 혈맥의 흐름을 막았다가 풀었을 때 혈류가 빨라지는 것과 비슷한 이치일 것이다. 그렇다는 것은.

'용맥을 막아 진정시킨다!'

인위적으로 일으킨 지진이었으니 용맥의 뒤틀림만 가라앉으면 진정될 것이었다. 하지만 그 시간이 얼마나 걸릴지는 아무도 모르는 일이라 마냥 지진이 멎을 때까지 기다리고 있을 수만은 없었다.

용맥을 막는다.

한 번도 시도해 본 적이 없는 일이었다. 하지만 지진을 멈추려면 다른 방법이 없었다. 사진량은 질끈 이를 악물었다.

'해볼 수밖에 없겠군.'

사진량은 검을 거둬들이며 내공을 끌어 올렸다. 넓디넓은 기의 바다[氣海]가 크게 파도치며 막대한 기운을 밀어내 온몸의 혈도를 확장시켰다. 희미한 아지랑이 같은 황금빛 기운이 사진량의 몸에서 피어오르기 시작했다.

온몸을 황금빛 휘광(輝光)이 뒤덮자 사진량은 그대로 두 다리에 힘을 줘 바닥을 박차고 뛰어올랐다.

투파곽!

전각이 무너지며 수많은 파편이 튀었지만 황금빛 휘광에 닿자 파편은 그대로 가루가 되어 사라졌다. 단숨에 십여 장이 넘는 높이까지 뛰어오른 사진량은 기(氣)의 흐름을 읽는 안력을 극도로 개방했다. 눈동자가 황금빛으로 빛나며 시야에 들어온 모든 기운의 흐름이 손에 잡힐 듯 보이기 시작했다.

수많은 사람의 스러져 가는 기운과 함께 땅속 깊은 곳에서 미친 듯 맥동하는 용맥의 흐름이 보였다. 넓은 화산의 모든 용맥의 기운이 연화봉으로 집중되어 있었다. 막을 수 있을 것 같았다. 사진량은 진신내공을 끌어 올려 검에 주입했다.

우우우우웅!

이전과는 비교도 할 수 없을 정도로 강한 검명이 터져 나왔다. 황금빛 강기가 묵빛 검면을 감싸 빛을 발하기 시작했다. 너무도 강한 기운에 검첨이 부르르 떨렸다.

후우웅!

사진량은 허공에서 그대로 빙글 몸을 돌려 머리를 아래로 향하게 만들었다. 그리고 곧장 허공을 박차 세 줄기의 용맥이 얽혀 있는 곳을 향해 쏜살처럼 떨어져 내리기 시작했다.

쐐애액―!

스러지는 매화 231

순식간에 땅바닥이 코앞으로 다가왔다. 하지만 사진량은 아랑곳하지 않고 그대로 손을 뻗어 검을 찔러 넣었다. 동시에 양 손바닥에 내공을 잔뜩 주입해 그대로 땅속으로 밀어 넣었다.

콰릉!

사진량의 검이 땅속 깊이 파고드는 것과 동시에 막대한 내공이 밀려들자 커다란 폭발음이 터져 나왔다. 사진량은 물구나무서기를 한 자세로 양 손바닥에 온몸의 기운을 집중했다.

콰드드득!

땅속 깊이 파고 들어간 사진량의 검은 금세 용맥이 날뛰는 곳에 닿았다. 사진량은 오른손을 들어 올려 주먹을 꽉 움켜쥐고는 그대로 바닥을 강하게 내려쳤다.

콰릉! 파파팍! 번쩌억!

주먹에 담긴 내공을 받은 사진량의 검이 용맥을 파고든 순간, 커다란 폭발음과 함께 눈부신 섬광이 땅속 깊은 곳에서 터져 나왔다.

지진으로 인해 갈라진 땅속에서 뿜어져 나온 눈부신 섬광에 연화봉 인근에 있던 모든 사람은 저도 모르게 질끈 두 눈을 감았다. 그리고.

"후우, 간신히 진정된 건가?"

사진량은 지친 한숨을 토해내며 천천히 몸을 일으켰다. 터져 나온 눈부신 섬광과 함께 지진은 언제 그랬냐는 듯 가라앉아 버렸다. 약간의 여진이 남아 있긴 하지만 움직이는 데 별지장이 없는 수준이었다.

아이들을 품에 안은 채 잔뜩 웅크리고 있던 매화검수와 은영단원은 지진이 잦아들자 조심스레 몸을 일으켰다.
"괜찮으냐?"
"네에, 훌쩍!"
등에 수십 자루의 비수가 꽂힌 것 같은 통증에도 매화검수와 은영단원은 아이들의 안위를 먼저 살폈다. 다들 몸으로 감싼 덕분에 아이들은 대부분 무사했다. 하지만 미처 살피지 못해 무너진 전각에 깔리거나 파편에 맞아 죽은 아이들도 있었다.

다들 침통한 얼굴로 죽은 아이들의 시신을 수습했다. 졸지에 사형제를 잃은 아이들의 울음소리가 고막을 어지럽혔다. 사진량은 까득 이를 깨물며 속으로 소리쳤다.
'절대 용서치 않으리라, 흑야!'

갑작스레 터져 나온 눈부신 섬광에 남궁사혁은 질끈 눈을 감았다. 이내 섬광이 가라앉고, 온 산을 무너뜨릴 것처럼 뒤흔들리던 지진이 차츰 잦아들었다.
"끄, 끝난 건가?"
거대한 바위 위에서 몸을 잔뜩 웅크린 채 머리를 감싸 쥐고 있던 사람 중 하나가 조심스레 몸을 일으켰다. 이내 다른 사람들도 몸을 일으켜 주위를 둘러보았다.
마치 전쟁이라도 난 것처럼 주위는 초토화되어 있었다. 뿌리째 뽑혀 쓰러진 나무가 부지기수에 오랜 가뭄으로 말라 비틀어진 밭이 갈라지듯 여기저기 땅이 갈라져 있었다. 그 사이로 보이는 피투성이 시신이 조금 전 무슨 일이 벌어졌는지 말해주는 것 같았다.

"사, 살았다!"

"휴우우, 간신히 목숨을 건졌구만!"

살아남은 사람들은 저마다 환호성을 지르거나 안도의 한숨을 내쉬며 기뻐했다. 남궁사혁은 그 모습을 쳐다보며 피식 미소를 지었다. 문득 사람들 사이에서 자신을 지그시 노려보고 있는 남궁가의 모습이 보였다.

'저 자식이……'

하여간 마음에 드는 구석은 하나도 없는 녀석이었다. 지금 같은 상황에서도 남궁사혁을 향한 질투, 적개심이 느껴지는 것 같았다.

하지만 남궁사혁은 자신을 향한 눈빛을 그저 피식 웃는 것으로 받아 넘겼다. 그러다 갑자기 퍼뜩 조금 전 허공에서 본 것이 머릿속을 스쳤다. 남궁사혁의 얼굴이 왈칵 일그러졌다.

"젠장! 아직 끝이 아니야! 다들 정신 바짝 차리라고!"

그 순간, 갈라진 땅과 쓰러진 나무 사이를 뚫고 자신들을 향해 달려오는 수백에 달하는 검은 무리가 사람들의 눈에 들어왔다. 눈언저리를 뺀 온몸을 새카만 흑의로 감싼 자들의 모습은 그저 불길하기 이를 데 없었다.

파파팍!

빠른 속도로 다가오는 흑의인들은 숨김없이 마기를 뿜어내고 있었다. 수백의 흑의인들이 한꺼번에 뿜어내는 강렬한 마기에 절로 어깨가 떨릴 정도였다. 남궁사혁은 빠득 이를 악물었다. 자신이라면 어떻게든 빠져나갈 수는 있겠지만 문제는 남은 자들이었다.

지진이 나기 전의 기습으로 수많은 젊은 고수가 목숨을 잃은 상황이었다. 남은 자들 중의 태반은 흑의인들을 감당하지 못할 터였다. 남궁사혁 자신도 얼핏 보기에도 삼백은 넘어 보이는 숫자를 상대할 자신은 없었다.

맞서 싸운다면 필패(必敗)였다.

그렇다면 선택의 여지는 없었다. 검은 안개처럼 빠른 속도로 밀려드는 흑의인들을 쳐다보던 남궁사혁은 고개를 돌렸다. 마기에 홀린 사람들의 눈에 공포감이 서려 있었다. 남궁사혁은 정신 차리라는 듯 버럭 소리쳤다.

"모두 위로 갑시다! 그쪽에 있는 고수들과 합류하는 것이 저들을 상대하기 훨씬 나을 겁니다."

"그, 그렇군! 그런 수가 있었어!"

"조, 좋은 생각이오! 얼른 올라갑시다!"

남궁사혁의 외침에 맞장구를 치는 목소리가 사방에서 들려왔다. 이내 사람들은 이를 악물고 산을 뛰어오르기 시작했다.

파파팍!

남궁사혁은 마지막까지 남아 모든 사람이 산을 오르는 것을 확인했다.

"어서 가셔야쥬, 형님."

아직 몸을 제대로 움직이지 못하는 관지화를 들쳐 업은 고태가 다가왔다. 남궁사혁은 빠른 속도로 다가오는 흑의인 무리를 쳐다보며 고개를 내저었다.

"니들 먼저 가라. 금방 뒤따라 갈 테니."

"하나, 주군!"

오귀가 놀라 소리쳤다. 남궁사혁은 피식 미소를 지으며 두 사람, 아니, 업혀 있는 관지화까지 세 사람을 쳐다보며 말했다.

"내가 쉽게 당할 사람으로 보이냐? 다 생각이 있어서 그러는 거니까 신경 쓰게 하지 말고 빨랑 꺼지기나 해."

여유가 가득해 보이는 남궁사혁의 말에 오귀는 고개를 숙여 포권을 취하며 말했다.

"명을 따르겠습니다. 무사히 오시길 기다리겠습니다, 주군."

"그려, 빨랑 사라지기나 해."

오귀가 먼저 움직이자 고태는 어쩔 줄 몰라 하며 산을 오르기 시작한 오귀의 뒷모습과 남궁사혁을 번갈아 쳐다보았다. 남궁사혁이 빨리 가라는 듯 손짓하자 고태는 머뭇거리면서도 걸음을 옮기기 시작했다.

"무사하셔야 해유."

"오냐, 금방 따라가마."

남궁사혁의 대답에 고태는 순박한 미소를 지은 후, 그대로 내달리기 시작했다. 조금 전까지 사람들로 가득 차 있던 거대한 바위 위에는 딱 두 사람만이 남아 있었다.

남아 있는 다른 한 사람을 본 남궁사혁의 얼굴이 살짝 일그러졌다.

"넌 왜 안 가냐?"

"그러는 네놈은?"

남아 있는 것은 바로 남궁강이었다. 남궁강의 대꾸에 남궁사혁은 이내 관심 없다는 듯 고개를 돌려 흑의인들을 쳐다보았다.

"하여간 어린놈이 말버릇은. 일단 일이 급하니까 나중에 제대로 교육시켜 주마."

"뭐라……!"

남궁강이 왈칵 인상을 찌푸리며 버럭 소리치려는 찰나, 남궁사혁은 검을 들고 조금의 망설임도 없이 흑의인들을 향해 달려들었다.

파팟!

몸을 날린 남궁사혁은 내공을 끌어 올려 검에 주입했다. 남궁사혁은 버럭 소리치며 그대로 검을 내리 그었다.

"어디 한번 열심히 기어 올라와 보라고!"

번쩍! 콰르릉!

힘껏 내지른 검에서 눈부신 섬광을 흩뿌리는 강기가 뻗어 나가 지진으로 갈라진 땅을 후려쳤다. 뒤이은 커다란 폭음과 함께 갈라진 틈이 더욱 넓어졌다.

쩍! 쩌저저적! 쿠르릉!

달려오던 흑의인들은 땅이 갈라지고, 지반이 내려앉는 충격에 걸음을 멈출 수밖에 없었다.

"이 정도면 충분하겠지."

흑의인 무리가 멈추는 것을 본 남궁사혁은 나직이 중얼거리며 허공에서 방향을 전환해 다시 바위 위로 돌아왔다.
"어, 어떻게……?"
신음하듯 중얼거리는 남궁강의 말을 무시한 채 남궁사혁은 그대로 벼락같이 산을 뛰어오르기 시작했다.
"뭐 하냐, 멍청아! 빨리 뛰어!"

도저히 멈추지 않을 것 같던 지진이 갑자기 잦아들었다. 그 자리에 주저앉아 절규하던 엽인후는 퍼뜩 정신을 차리고 벌떡 일어났다.
팍! 파파팍!
그대로 바닥을 박차고 날아올라 땅이 갈라진 곳을 뛰어넘은 엽인후는 곧장 본산을 향해 몸을 날렸다. 이십여 명의 매화검수가 그 뒤를 바짝 쫓았다.
엽인후 일행은 금방 본산의 초입에 닿을 수 있었다. 반쯤 무너진 초입의 산문(山門)이 눈에 들어오자 엽인후는 저도 모르게 걸음을 멈췄다.
무너진 것은 산문만이 아니었다. 높이 솟아 있던 수많은 전각은 어디에도 보이지 않았다. 엽인후는 찢어져라 눈을 치켜뜬 채 천천히 무너진 산문을 지났다.
참혹했다.
화산파의 성세를 자랑하던 수많은 전각은 거의 대부분 제 모습을 상실했다. 완전히 무너진 것도 있었고 반쯤 무너지다만 것도 상당수였다.

무엇보다 눈에 들어온 것은 피를 흘리며 쓰러져 있는 제자들의 모습이었다. 무너진 건물에 깔린 자도 있었지만 대부분이 누군가의 손에 살해를 당한 것 같았다.

시신을 수습하고 있는 자들은 매화검수도 있었고, 매화 복면을 쓴 자들도 있었다. 두 무리는 무너진 건물에 깔린 시신을 침통한 표정으로 수습하고 있었다.

엽인후는 아무런 말도 하지 못하고 그저 가만히 주위를 둘러볼 뿐이었다. 매화 복면인을 지휘하고 있던 중년인이 그제야 엽인후를 발견하고는 다가왔다.

"장문인을 뵙습니다!"

중년인의 외침에 시신을 수습하느라 주위를 오가던 매화검수와 매화 복면인들은 그제야 엽인후의 존재를 알아채고는 급히 고개를 숙여 포권을 취했다.

"자, 장문인을 뵙습니다."

엽인후는 아무런 대꾸도 하지 않고 그저 침통한 얼굴로 다가온 중년인을 가만히 쳐다보았다.

"이게… 어찌 된 일이오?"

엽인후는 나오지 않는 소리를 억지로 쥐어짜내며 물었다. 중년인은 얼굴을 굳힌 채 한참이나 아무런 말이 없었다. 엽인후가 다시 대답을 재촉했다.

"이게 어찌 된 일이냐고 묻지 않소!"

그제야 중년인은 떨어지지 않는 입을 열어 엽인후의 물음에

답했다.

"면목 없습니다. 내부에 흉수가 있을 줄은……."

말꼬리를 흐리는 중년인의 말에 엽인후의 한쪽 눈썹이 치켜 올라갔다. 길게 대답을 하지 않았지만 그것만으로도 충분히 알아들을 수 있었다.

매화검수의 배신.

그것을 엽인후 자신의 눈으로 직접 보지 않았던가. 엽인후는 부러져라 이를 악물었다. 피가 배어날 정도로 꽉 깨문 입술 사이로 신음하듯 나직한 음성이 흘러나왔다.

"얼마나… 당한 거요?"

엽인후의 질문에 중년인의 낯빛이 검게 죽어갔다. 중년인은 차마 떼어지지 않는 입술을 억지로 떼어냈다.

"아이들이… 매화각(梅花閣)의 아이들이 상당수……."

중년인은 차마 더 이상 말을 잇지 못했다.

매화각.

화산파에 입문한 십오 세 이하의 어린아이들이 머무는 곳이었다. 장차 화산을 이끌어 갈 어린 동량을 키우는 곳이라 무엇보다도 가장 중히 여기는 곳이었다.

중년인의 대답에 엽인후는 창자가 끊어지는 것 같은 고통을 느꼈다. 여느 때보다 훨씬 재능이 뛰어난 아이들이 많다고 자랑하던 매화각주의 모습이 머릿속에 떠올랐다. 소연무장에서 무공을 수련하는 아이들의 모습도 함께 떠올랐다.

눈앞에 습막이 차올랐다. 절로 시야가 흐릿해졌다. 하지만 엽인후는 억지로 눈물을 참았다.

슬픔에 빠져 있을 때가 아니었다.

아직 아무것도 해결된 것은 없었다. 화산비검회를 엉망으로 만든 자들이 누구인지 알아내고, 그들을 일소(一掃)해야 했다. 슬퍼하는 것은 그 후에 해도 충분했다.

무언가 거대한 배후가 느껴졌다.

개천대전에서의 벌어진 사건과 본산의 상황으로 보아 누군가 아주 오랫동안 준비한 일인 것 같았다.

수많은 무림 고수의 갑작스러운 습격과 죽음, 믿었던 매화검수들의 배신, 게다가 마치 기다렸다는 듯 화산을 덮친 지진까지도 우연이라고 치부하기에는 너무 이상한 일이었다.

"사로잡은 흉수는 있소?"

엽인후는 가라앉은 낮은 음성으로 물었다. 일을 벌인 자들 중 하나라도 생포했다면 그를 통해 배후를 알아낼 수 있을지도 몰랐다. 하지만 중년인은 고개를 내저었다.

"모두… 자진하였습니다."

엽인후의 머릿속에 갑자기 피를 토하며 쓰러져 녹아버린 금천규의 모습이 떠올랐다. 그 또한 누군가에게 이용당하고 버려진 것이었다.

무슨 일이 있어도 배후를 밝혀야 했다.

화산만 피해를 입은 것이 아니었다. 무림 전체가 누군가의 음모에 커다란 해를 입은 것이었다. 하지만 막막했다. 흉수들이 모두 죽어버렸으니 배후를 밝혀낼 방법이 도무지 생각나지 않았다.

"빌어먹을……!"

엽인후는 저도 모르게 뿌득 이를 악물고 욕지거리를 뱉어냈다.

사진량은 혹시나 용맥이 다시 날뛰지는 않나 싶어 가만히 자신이 만들어낸 깊은 구덩이를 내려다보았다. 땅속 깊이 틀어박힌 사진량의 검은 제대로 용맥의 흐름을 막아두고 있었다. 날뛰던 기운이 가라앉는 것을 보니, 이제는 검을 뽑아내도 될 것 같았다. 사진량은 가볍게 호흡을 들이쉬고 내쉬며 내공을 가볍게 일주천했다.

소모된 내공이 차츰 차오르기 시작했다. 사진량은 천천히 손을 뻗어 검이 파고들어 간 작은 구멍에 내공을 주입했다.

우우웅!

땅속 깊은 곳에서 검신을 부르르 떨며 토해내는 낮은 검명이 손끝을 타고 전해졌다. 사진량이 천천히 손을 들어 올리자 검이 뽑혀 나오기 시작했다. 사진량은 곧장 손을 머리 위로 들어 올렸다.

푸칵!

순간 무언가 땅을 뚫고 나오는 소리가 터져 나오며 사진량의 검이 모습을 드러냈다. 주위의 모든 빛을 흡수하려는 듯 검게 빛나는 검신이 아름답게 느껴졌다. 모습을 드러낸 검은 그대로 사진량의 손아귀에 빨려 들어갔다.

철컥!

낮은 격철음과 함께 검을 회수한 사진량은 낮게 한숨을 내쉬었다.

주위를 둘러보자 매화검수들과 매화 복면인들이 힘을 합쳐 무너진 건물 아래에 깔린 사람들을 구하고 있는 것이 보였다. 이미 숨이 끊어진 자들도 있었지만 아랑곳하지 않았다.

한쪽에는 피투성이가 된 시신이 쌓였다. 다른 쪽에서는 사형제들의 죽음에 오열하고 있는 아이들을 달래고 있는 자들도 있었다. 사진량은 어두운 얼굴로 그것을 가만히 쳐다보았다.

그때였다

"장문인을 뵙습니다!"

조금 떨어진 곳에서 커다란 소리가 들려왔다. 사진량의 시선이 절로 소리가 들린 방향으로 향했다. 그리 멀진 않았지만 군데군데 무너진 전각의 잔해로 시야가 가려져 있어 제대로 보이지 않았다.

"나와 함께 장문인을 뵙지 않겠소? 대협 덕분에 더 큰 비극이 될 수 있는 것을 이리 막았으니 본 파에 큰 은혜를 베푸신 셈이니."

매화 복면인을 지휘하던 중년 사내가 조심스레 다가와 말을 걸었다. 사진량은 무표정한 얼굴로 조용히 대꾸했다.

"아니, 당연히 해야만 하는 일을 했을 뿐."

"해야만 하는 일이라니……?"

중년 사내는 사진량의 말을 이해할 수 없었다. 고개를 갸웃거리는 중년 사내의 질문에도 사진량은 아무런 대답도 하지 않았다. 그저 깊이를 알 수 없는 눈빛으로 가만히 중년 사내를 쳐다볼 뿐이었다.

어떤 삶을 살아온 것인지 조금도 짐작할 수 없는 사진량의 깊은 눈빛에 중년 사내는 놀랄 수밖에 없었다. 아무리 많게 봐도 이립(而立: 30세)을 조금 넘긴 것 같아 보이는 사진량이었다. 그런데 눈빛에 담긴 연륜은 그 두 배, 아니, 세 배도 넘어 보이는 것 같았다. 게다가 무공도 나이에 어울리지 않게 너무도 고강했다.

'어떻게 이런 자가……'

중년 사내의 머릿속에 수많은 고수의 별호와 이름이 빠르게 스쳐 지나쳤다. 하지만 저 나이에 자신이 눈으로 본 수준의 무공을 지닌 자는 없었다.

아니, 조건에 맞는 자가 딱 하나 있었다.

하지만 그는 이미 오래전에 무림에서 완전히 종적을 감췄다고 알려진 사람이었다. 직접 얼굴을 마주한 적은 없었지만 아주 오래전에 먼발치에서 한 번 본 적이 있긴 했다.

희미하게나마 떠오른 그의 얼굴이 눈앞의 사내, 사진량에게 겹쳐졌다. 그 순간, 중년 사내의 눈이 휘둥그레졌다. 착각이 아니었다. 분명 그때의 그 얼굴이었다.

"대, 대협의 존대성명(尊大姓名)을 알려주실 수 있겠소?"

"그저 이름 없는 필부(匹夫)일 뿐, 굳이 알 필요는 없다."

사진량은 무뚝뚝한 어투로 대답을 회피했다. 하지만 그 말에 중년 사내는 더욱 확신했다.

"서, 설마 대협께서는 고거……!"

"거기까지."

중년 사내가 저도 모르게 입을 열려는 찰나, 사진량이 말을 가로챘다. 중년 사내는 사진량의 눈빛에 움찔하며 입을 다물었다.

"더 이상 그 이름을 입에 담지 않았으면 좋겠군."

사진량의 말이 조용히 뒤이어졌다. 중년 사내는 자신을 압도하는 사진량의 눈빛이 어깨를 짓누르는 것 같았다. 이내 중년 사내는 가만히 고개를 끄덕였다. 언제 그랬냐는 듯 어깨를 짓누르던 기운이 사라졌다.

"으헉!"

중년 사내는 저도 모르게 거친 숨을 몰아쉬었다. 사진량은 그대로 천천히 돌아서며 말했다.

"뒤처리를 맡기지."

말을 마침과 동시에 중년 사내가 무어라 할 틈도 없이 사진량은 그대로 시야에서 사라져 버렸다. 미처 사진량의 자취를 눈으로 좇을 틈도 없었다. 그저 눈앞에서 훅 꺼지는 것처럼 사진량의 모습이 완전히 사라져 버렸다.

사라진 사진량이 남긴 것이라고는 그저 두 개의 발자국뿐이었다. 중년 사내는 사진량의 발자국을 내려다보며 속으로 나직이 중얼거렸다.

'고검협 사진량… 그가 다시 무림에 나선건가.'

스러지는 매화 245

사진량은 곧장 화산파 본산을 벗어났다. 전혀 대비하지 못한 지진으로 화산은 엉망이었다. 여기저기 땅이 갈라지고, 수많은 나무가 뿌리째 뽑혀 나뒹굴고 있었다. 원래대로 복구를 하려면 적어도 이삼십 년 이상은 걸릴 것이다.

오늘의 일로 화산파는 사실상 무림문파로서의 기능은 거의 사라졌다고 봐야 했다. 정도무림의 주축, 구파일방의 하나인 화산파가 거의 붕괴 직전까지 이르렀으니.

소림의 봉문에 이은 화산의 괴멸.

그것은 무림의 질서와 균형을 크게 뒤흔드는 일이었다.

'무림을 혼란에 빠뜨리기 위함인가……?'

전 무림을 마도천하로 만들려는 흑야였으니 충분히 가능한 일이었다. 하지만 그것만을 목적으로 한다고 보기에는 뭔가 꺼림칙한 면이 있었다.

화산비검회가 열리는 시기를 노린 것은 이해할 수 있었다. 수많은 무림인이 모이는 자리였으니 병력만 충분하다면 무림에 치명타를 가할 수 있었다.

그런데 그것을 위해 용맥을 자극해 지진까지 일으키는 것은 도무지 이해할 수 없었다. 죽어도 화산파에 대한 절개를 지킨다는 매화검수마저 자신의 수족으로 부린 흑야였다. 아무리 겉으로 드러난 것이 없다지만 병력이 모자라지는 않을 것이다.

다른 노림수.

지진을 일으킨 것은 무언가 다른 노림수가 있는 것이 틀림없었다. 하지만 그것이 무엇인지는 아무런 짐작이 가지 않았다. 사진량은 복잡하게 뒤엉킨 생각을 떨쳐 버리려고 고개를 휘휘 내저었다.

지금은 그런 생각을 할 때가 아니었다. 저 멀리서 빠른 속도로 다가오는 거대한 마기의 흐름이 느껴진 탓이었다.

"아직 끝난 것이 아니었군."

나직이 중얼거리며 사진량은 소모된 내공을 회복하기 위해 혈맥을 개방해 진기를 대주천시키며 마기가 다가오는 방향으로 이동했다.

파파팍!

"우왓! 망할 놈들, 더럽게 빠르네!"

남궁사혁은 뒤를 흘끔 돌아보며 소리쳤다. 흑의인 무리와의 간격이 조금씩 줄어들고 있었다. 잔머리를 굴려 잠시 길을 막기는 했지만, 흑의인 무리의 속도가 예상 이상으로 빨랐다.

"이렇게 도망치기만 해서는 아무 소용 없다. 차라리……."

"차라리 뭐? 지금 당장 멈춰 서서 저놈들이랑 맞서 싸우자고? 너랑 나랑 둘이? 돌았냐? 난 너랑 나란히 저승 갈 생각은 좁쌀만큼도 없어! 그렇게 뒈지고 싶으면 네 녀석 혼자 하든가!"

내키지 않는 얼굴로 뒤를 쫓고 있는 남궁강의 말에 남궁사혁은 왈칵 인상을 쓰며 버럭 소리쳤다. 빠른 속도로 쏟아지는 남궁사혁의 면박에 남궁강의 얼굴이 구겨졌다. 그러거나 말거나 남궁사혁은 부지런히 개천대전이 열리는 곳을 향해 더욱 속도를 높였다.

파파팍!

순식간에 남궁강과의 거리가 크게 벌어졌다. 남궁강은 지지 않겠다는 듯 질끈 이를 악물고 바닥을 박찼다. 남궁강의 신형이 쏜살처럼 날아들었다.

남궁강이 전력을 다해 자신의 뒤를 바짝 쫓고 있는 것이 느껴지자 남궁사혁은 피식 미소를 지으며 속으로 중얼거렸다.

'하여간에 저 멍청한 자식은 자존심을 팍팍 긁어줘야 한다니깐.'

第六章
의외의 도움

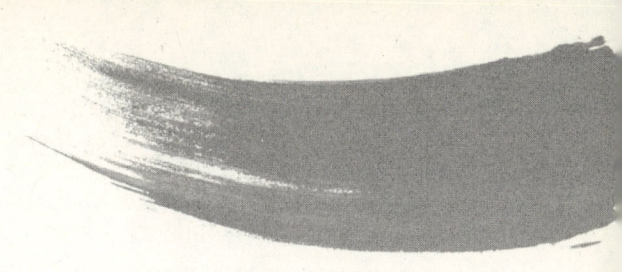

"다 끝난… 건가?"

장일소는 거친 숨을 몰아쉬며 천천히 주위를 둘러보았다. 지진 때문에 주위가 엉망진창이었다.

단단한 청석(靑石)으로 만들어진 비무대는 제 형체를 알아볼 수 없을 정도로 박살 났다. 땅은 지진의 여파로 여기저기 갈라져 있었고, 수많은 나무가 뿌리를 드러낸 채 쓰러져 있었다.

그 사이로 피투성이 시신들이 즐비했다. 살아남은 사람 중에도 멀쩡한 자가 아무도 없었다. 몸에 크고 작은 생채기가 난 자들도 있었고, 심하게 다쳐 기식이 엄엄한 자들도 있었다.

장일소도 목숨에 큰 지장은 없지만 온몸이 크고 작은 상처투성이였다. 입고 있는 옷은 찢어지고, 피로 절어 붉게 물들어 있었다. 워낙에 피를 많이 흘린 탓에 눈앞이 흐릿했다. 간신히 서 있을 힘 정도만 남아 있었다.

"소공께서는……?"

당장에라도 그 자리에 드러누워 버리고 싶었지만 장일소는 억지로 버티고 서서 주위를 둘러보았다. 사진량의 모습은 어디에도 보이지 않았다. 사진량이 당했을 거라는 생각은 전혀 들지 않았지만 보이지 않자 조금 걱정이 되긴 했다.

"우와아아!"

사진량이 근처에 있을 거라는 생각에 장일소는 억지로 몸을 움직이기 시작했다. 장일소가 몇 걸음 채 떼지 못했을 때, 갑자기 아래쪽에서 커다란 함성이 들려왔다. 저도 모르게 고개를 돌리자 수많은 사람이 달려오는 것이 보였다.

"뭐, 뭐야!"

"설마 또 습격인가!"

놀란 사람들이 움찔하며 소리쳤다. 하지만 습격이 아닌 것 같았다. 달려오는 사람들의 표정 때문이었다. 다들 무언가에 쫓겨 겁에 질린 표정을 하고 있었다.

"뭐, 뭐야 저건?"

"설마 아래쪽에서도 무슨 일이 있었던 건가!"

누군가의 외침에 다른 사람들의 머릿속엔 불길한 예감이 생겨났다. 다들 긴장한 얼굴로 천천히 자신의 병장기를 고쳐 쥐고 있었다. 그때 달려오는 사람들 뒤로 시커먼 안개처럼 밀려오는 수많은 흑의인 무리의 모습이 보였다. 얼핏 보기에도 이삼백은 넘어 보이는 흑의인 무리가 뿜어내는 시커먼 기운은 불길하기 그지없었다.

"비, 빌어먹을! 아직 끝이 아니었소!"

"다들 정신 바짝 차리시오!"

남은 자들 중 무공이 고강한 자들이 뿌득 이를 악물고 버럭 소리쳤다. 지쳐가던 사람들은 고막에 파고드는 커다란 외침에 퍼뜩 정신을 차렸다.

그때 흑의인 무리에게 쫓겨 산을 오르던 사람들의 선두가 근처에 도착했다.

"허억! 허억! 사, 살았다!"

"크허억! 스, 습격이오! 다들 대비하시오!"

다들 전력을 다해 뛰어온 것인지 얼굴은 땀에 흠뻑 젖어 있었고, 호흡은 거칠기만 했다. 게다가 온몸이 피투성인 자들도 상당수였다. 창룡대전이 열린 산 중턱에서도 비슷한 일이 벌어진 것이 틀림없었다.

장일소는 지친 와중에도 주먹을 꽉 그러쥐며 흑의인 무리를 향해 돌아섰다. 이내 장일소는 막 도착한 사람들 중에서 고태와 오귀, 그리고 고태의 등에 업힌 관지화를 발견하고는 비틀거리며 세 사람에게 다가갔다.

"너, 너희들……!"

"사, 사부님! 무사하셨구먼유!"

거칠어진 숨을 고르고 있던 고태는 다가오는 장일소를 보고 반가움에 소리쳤다. 가까이 다가간 장일소는 상처투성이가 된

세 사람의 모습에 저도 모르게 물었다.

"괘, 괜찮은 게냐?"

"좀 다치긴 했지만 멀쩡해유. 그보다 남궁 형님께서……."

마지막까지 남은 남궁사혁을 떠올린 고태는 이내 움찔하며 자신의 입을 막았다. 남궁 어쩌고 하는 말을 함부로 하지 말라던 남궁사혁의 말이 떠오른 탓이었다.

"내가 뭘?"

그 순간 등 뒤에서 들려온 목소리에 고태는 화들짝 놀라 고개를 돌렸다. 어느새 도착한 남궁사혁이 길게 숨을 몰아쉬며 다가오고 있었다. 고태의 눈이 휘둥그레졌다.

"무, 무사하셨구먼유!"

"당연하지. 내가 당할 줄 알았냐? 그나저나… 이 자식은 어디 있습니까, 장노?"

고태에게 면박을 준 남궁사혁은 주위를 흘끔 둘러보더니 장일소에게 물었다. 장일소는 나직이 한숨을 내쉬며 고개를 내저었다.

"모르겠습니다. 아마도 화산파의 본산 쪽으로 가시지 않았나 싶긴 합니다만……."

"에이, 망할 자식! 꼭 필요할 땐 눈앞에 없다니까."

지그시 아랫입술을 깨물며 사진량을 한 차례 욕한 남궁사혁은 이내 굳은 얼굴로 돌아서서 사람들에게 소리쳤다.

"다들 정신 바짝 차리십시오! 오늘같이 중요한 날에 감히 대화산을 어지럽힌 자들을 물리쳐야 합니다!"

다분히 선동적인 어조였지만 사람들을 움직이기에는 충분했다. 흑의인에게 쫓겨 합류한 사람들까지 치면 흑의인 무리보다 숫자는 두 배 이상 많았다. 절정고수들의 숫자도 아직 많이 남아 있으니 충분히 상대할 수 있을 터였다.

"옳은 말이오! 감히 화산을 침탈하려는 놈들에게 본때를 보여줍시다!"

"옳소! 저런 무도한 놈들에게 당하고 있을 수만은 없는 일이지 않소!"

"우와아!"

남궁사혁의 뒤를 이어 수많은 사람이 싸움을 독려했다. 절정고수들의 외침에 다들 사기충천해 병장기를 들어 올리며 소리쳤다. 남궁사혁은 피식 미소를 지으며 검을 고쳐 쥐었다. 그러곤 사람들의 맨 앞으로 나섰다. 남궁강도 질세라 앞으로 뛰쳐나왔다.

"네놈만 잘난 척하게 둘 성싶으냐."

그 뒤로 이름이 널리 알려진 절정고수 십여 명이 앞으로 나섰다. 온몸이 피로 흠뻑 젖어 있는 모습이었지만, 눈빛만큼은 아직 전의로 가득 차 있었다. 앞으로 나선 절정고수들은 자신의 병장기를 고쳐 쥐고 금방이라도 달려 나갈 것 같은 얼굴로 내공을 끌어 올렸다. 그런데.

"컥!"

"쿠, 쿨럭! 커헉!"

내공을 끌어 올리던 절정고수들이 갑자기 검은 피를 토하며 하나둘 쓰러졌다. 갑작스러운 상황에 놀란 남궁사혁이 쓰러진 절정고수들을 쳐다보았다. 앞으로 나선 이들만이 아니었다. 뒤에 있던 자들도 피를 토하며 쓰러지는 자들이 있었다.

대부분 개천대전에 있던 자들이었다. 당황한 남궁사혁이 저도 모르게 신음하듯 소리쳤다.

"이, 이게 어떻게 된……!"

남궁사혁의 근처에 있던 반백 머리의 절정고수 하나가 왈칵 피를 토해내며 힘겹게 입을 열었다.

"쿠, 쿨럭! 아무래도 지독한 사, 산공독(散功毒)에 당한 것 같군. 쿨럭! 어, 어쩐지 그 악취가 이상하다 싶었……! 커헉!"

반백의 사내는 말을 끝까지 잇지 못하고 칠공에서 피를 뿜어내며 그대로 풀썩 쓰러져 버렸다. 삽시간에 수십 명의 사람이 피를 토하며 쓰러져 절명해 버렸다.

흑의인 무리를 상대하기에 강한 전력이 될 수 있는 자들이 상당수 사라져 버렸다. 남궁사혁은 낭패라는 얼굴로 혀를 찼다.

"젠장! 산 넘어 산이로구만."

순식간에 상당한 전력이 사라져 버린 탓에 남은 사람들의 전의가 사라져 가고 있었다. 그 순간 흑의인 무리가 십여 장 근처까지 가까워졌다. 어쩔 수 없었다. 살아남은 사람들만으로 놈들을 물리쳐야 했다.

남궁사혁은 질끈 이를 악물었다. 어쩌면 이 자리가 자신의 마지막이 될지도 몰랐다.

하지만 남궁사혁은 한 걸음도 뒤로 물러나지 않았다. 오히려 천천히 앞으로 나섰다. 꽉 움켜쥔 검을 들어 올려 기수식을 취하며 남궁사혁은 입꼬리를 살짝 말아 올렸다.

파팍!

남궁사혁은 조금의 망설임도 없이 그대로 바닥을 박차고 달려 나갔다.

짜르릉! 콰쾅!

갑작스레 하늘을 뒤덮은 시커먼 먹구름이 뇌성을 토해내기 시작했다.

쏴아아!

순식간에 하늘을 뒤덮은 먹구름은 주위를 뒤흔드는 커다란 뇌성과 함께 굵은 빗줄기를 쏟아내기 시작했다. 앞이 제대로 보이지 않을 정도로 엄청난 빗줄기였다. 하지만 사진량은 아랑곳하지 않고 재빨리 이동했다.

탁! 타탁!

세찬 빗줄기는 사진량의 몸을 조금도 적시지 못했다. 내딛는 걸음을 막지도 못했다.

챙! 채챙!

"크악!"

고막을 어지럽히는 빗소리 사이로 날카로운 금속성과 고통에 찬 비명이 희미하게 들려왔다. 사진량은 까득 이를 악물었다.

'한발 늦었군.'

속으로 혀를 차며 사진량은 바닥을 박차고 몸을 날렸다.

의외의 도움 257

파팟!

이내 싸움의 현장이 눈에 들어왔다. 쏟아지는 빗속에서 수많은 사람이 서로 엉켜 사투를 벌이고 있었다. 한눈에 보기에도 적이 누구인지는 금방 알 수 있었다.

다수의 흑의인 무리.

거의 일방적이다시피 다른 사람들을 몰아붙이고 있는 흑의인들에게서 느껴지는 강렬한 마기가 사진량의 신경을 자극하고 있었다. 사진량은 그대로 바닥을 박차고 허공으로 뛰어올랐다.

파팍!

이곳으로 오는 동안 짧은 운기를 취한 덕에 내공의 절반 이상은 회복되어 있었다. 사진량은 아낌없이 회복된 내공을 끌어올렸다.

우우우웅!

손에 쥔 검에 내공에 반응해 검명을 토해냈다. 사진량은 허공에서 빙글 몸을 회전시키며 그대로 검을 내리 그었다.

파카카칵!

검에 담긴 묵빛 강기(罡氣)가 날카로운 파공성을 뿜어내며 뻗어 나갔다. 묵빛 강기는 그대로 흑의 복면인들이 모여 있는 곳으로 날아가 작렬했다.

파콰쾅!

커다란 폭음과 함께 흑의인 십수 명이 순식간에 피륙이 되어 튕겨 나갔다. 갑작스레 벌어진 일에 흑의인 무리가 멈칫했다. 약간의 빈틈이 생기자 흑의인들에게 당하던 사람들이 다급히 뒤로 물러났다.

두 무리 사이에 약간의 간격이 생겼다. 사진량은 허공을 박차고 그 사이로 착지했다.

쿵!

갑자기 허공에서 내려온 사진량의 모습에 흑의인들은 저도 모르게 움찔했다. 사진량에게서 느껴지는 강렬한 존재감 때문이었다. 사진량의 등장으로 잠시 소강상태가 이어졌다.

"이, 이제 오냐, 인마! 늦었잖아!"

사진량의 등 뒤에서 누군가의 지친 음성이 들려왔다. 남궁사혁이었다. 어느새 다가온 남궁사혁은 지친 기색이 역력해 보였다. 하지만 사진량에게 약한 모습을 보이지 않으려는 듯 남궁사혁은 허리를 곧게 펴며 검을 곧추세웠다.

"힘들었나 보군."

사진량의 말에 남궁사혁은 고개를 내저었다.

"지치긴! 대가리 수가 좀 많긴 해도 충분히 상대할 수 있었다고."

말은 그렇게 해도 반가운 기색이 느껴졌다. 사진량은 피식 미소를 지었다. 그 순간 흑의인 사이에서 커다란 외침이 들려왔다.

"뭣들 하는 거냐! 놈들을 당장 쓸어버리지 않고!"

거센 빗소리를 뚫고 터져 나온 일갈에 흑의인들은 다시 맹렬한 기세로 사람들을 덮쳐오기 시작했다.

의외의 도움

파칵!

망설임 없이 내리그은 사진량의 검에 달려들던 흑의인이 허리가 두 동강 나 바닥에 툭 떨어졌다. 사진량은 그것을 보지도 않고 곧장 다음 상대를 향해 검을 내리그었다.

쏴아아!

퍼붓듯 쏟아 내리는 비가 주위 흥건한 피를 씻어 내렸다. 엽인후는 그 자리에 가만히 선 채 온몸으로 비를 맞았다. 몸을 후려치는 빗줄기가 마치 날카로운 비침인 것처럼 아팠다.

화산파가 세워진 이래, 이렇게까지 본산이 무너진 적이 있었던가.

이백여 년 전 화산파가 의문의 세력에 침탈을 당했을 때에도 이 정도의 피해는 아니었다. 수많은 매화검수와 제자들의 희생이 있었지만, 매화각만은 굳건하게 지켜내었다.

매화각의 아이들은 차후 화산의 기둥이 될 아이들이었다. 그런 아이들을 지키지 못한 것에 엽인후는 스스로를 질책하고 저주했다. 화산비검회라는 큰 행사에 정신이 팔려 정작 중요한 것을 잃어버린 것이다.

문득 한쪽 구석에 나란히 수습되어 있는 시신이 눈에 들어왔다. 엽인후는 저도 모르게 천천히 다가갔다. 채 눈을 감지 못하고 고통에 가득 찬 부릅뜬 눈을 치켜뜨고 있는 한 아이의 시신에 엽인후의 눈이 멎었다.

엽인후는 저도 모르게 한쪽 무릎을 꿇고 손을 뻗어 아이의 눈을 감겨주었다.

"장문인! 대전장 쪽에서 일이 생긴 것 같습니다."

시신의 수습이 어느 정도 마무리된 터라, 혹시나 싶어 보낸 매화검수가 돌아와 무릎을 꿇으며 소리쳤다. 천천히 몸을 일으킨 엽인후가 돌아서서 자신의 앞에 무릎을 꿇은 매화검수를 내려다보았다.

"무슨 일이더냐?"

"그것이 대규모의 수상쩍은 병력와 혼전을……!"

엽인후는 뒷말을 더 이상 듣지 않고 그대로 바닥을 박차고 달려 나가며 소리쳤다.

"가자!"

달려 나가는 엽인후의 얼굴은 슬픔과 분노, 증오와 자책감이 뒤섞인 복잡한 표정을 하고 있었다. 그 뒤를 매화검수와 은영단이 뒤쫓기 시작했다.

파파팍!

* * *

화산을 크게 뒤흔든 지진의 여파가 산 아래의 마을까지 전해졌다. 그렇게 심한 여진은 아니었지만 지진이라고 확실히 인식할 수 있을 정도의 진동이 전해졌다.

"이게 뭔 난리랴?"

"그러게나 말여. 여기가 이 정도니 산 위는 난리가 났겠구먼."

의외의 도움

갑작스러운 진동에 밖으로 나온 사람들은 크게 흔들리고 있는 화산의 모습에 잠시 넋을 잃고 그것을 쳐다보았다. 멀리서도 지진 때문에 나무가 쓰러지고 땅이 갈라지는 것이 보일 정도였다.

그나마 다행인 것은 마을에는 그리 심한 지진이 나지 않았다는 것이었다. 그저 그릇이 떨어지고, 찻잔의 차가 넘쳐흐를 정도의 진동밖에는 전해지지 않았다.

신기한 일이었다.

하지만 사람들의 놀람은 그리 길지 않았다. 그저 화산비검회 때문에 모인 무림 고수들이 무언가를 했나 보다 생각했다. 무공을 전혀 모르는 사람들이 보기에는 하늘을 날고 맨손으로 바위를 깨부수는 무림인들은 마치 신인(神人)처럼 보였다. 그러다 보니 지금의 지진도 무림인이 무슨 술수를 부린 거라 생각하고 있었다.

얼마 지나지 않아 지진이 멎자 사람들은 언제 그랬냐는 듯 다시 일상으로 돌아갔다. 그런데.

"우끼끼! 우끼!"

갑자기 들려온 커다란 원숭이 울음소리에 사람들의 시선이 한쪽으로 향했다. 고개를 돌린 사람들의 눈이 찢어져라 크게 치켜떠졌다. 저 멀리서 빠른 속도로 다가오는 성성이 무리를 발견한 탓이었다.

보통의 성성이가 아니었다.

가장 앞에서 달려오는 성성이의 크기는 멀리서 보기에도 엄청나게 컸다. 적어도 보통 사람의 서너 배는 되어 보였다. 그 뒤로 수십 마리의 성성이가 따르고 있었다. 작은 성성이들도 거의 성인 남자 정도는 되어 보였다.

"저, 저게 뭐여?"

"으힉! 뭐가 저렇게 큰 놈이 다 있다냐!"

처음 보는 거대한 성성이의 모습에 사람들은 화들짝 놀라 소리쳤다. 성성이 무리는 순식간에 가까워졌다. 놀란 사람들은 저마다 비명을 지르며 성성이 무리를 피했다.

"으악!"

"도, 도망쳐!"

하지만 대로에 접어든 성성이 무리는 맨 앞의 거대한 성성이가 멈추자 일제히 멈춰 섰다. 거대한 성성이는 주위를 휘휘 둘러보며 고개를 갸웃거렸다.

"우끼이?"

그러자 작은 성성이 중 하나가 앞으로 불쑥 나왔다. 갑자기 성성이 한 마리가 튀어나오자 움찔 놀란 사람들이 비명을 지르며 뒷걸음질 쳤다.

"우, 우왁!"

"어헉!"

황급히 뒷걸음질 치던 사람들 일부는 다리가 꼬여 엉덩방아를 찧기도 했다. 하지만 성성이는 그런 것에는 조금도 관심이 없다는 듯 가만히 주위를 둘러보다가 자세를 납작 낮추고 땅바닥에 얼굴을 가져다 댔다.

의외의 도움 263

쿵쿵!

그러곤 마치 개처럼 네 발로 이리저리 움직이며 냄새를 맡는 시늉을 했다. 대로를 이리저리 오가며 냄새를 맡는 성성이의 행동에 사람들은 황당한 얼굴이 되었다. 하지만 섣불리 나서지 않고 그저 눈치만 보고 있었다.

눈앞의 거대한 성성이의 위압감 때문이었다. 자신을 향한 두려움에 가득 찬 사람들의 시선을 알아챈 것인지 거대한 성성이는 그 자리에서 고개를 돌려 사람들을 흘끔 쳐다보았다.

"흑!"

"꺄악!"

거대한 성성이와 눈을 마주친 사람들은 날카로운 비명을 토해냈다. 아무런 해도 끼치지 않았지만 거대한 성성이는 그 존재만으로도 공포감을 불러일으키기 충분했다.

"우끼이……."

사람들이 자신을 보고 비명을 지르자 거대한 성성이는 멋쩍은 듯 뒷머리를 벅벅 긁었다. 그 모습에 어쩐지 친근해 보이기까지 했다. 아주 조금이지만 사람들의 눈에서 공포가 사그라지기 시작했다. 그것을 느낀 것인지 거대한 성성이는 자신과 눈이 마주친 사람을 향해 누런 이를 드러내며 히죽 미소를 지었다.

그때였다.

"우끼이!"

길바닥에 엎드려 냄새를 맡으며 이리저리 움직이던 작은 성성이가 갑자기 벌떡 몸을 일으키더니 손가락으로 화산의 연화봉을 가리켰다.

"우끼?"

거대한 성성이가 고개를 갸웃거렸다. 냄새를 맡던 작은 성성이는 여전히 연화봉을 가리키며 힘차게 고개를 끄덕였다.

"우캬!"

그제야 거대한 성성이는 알겠다는 듯 고개를 끄덕였다. 그러곤 자신의 뒤에 도열해 있는 성성이들을 향해 소리쳤다.

"우끼이이!"

그러자 작은 성성이들은 마치 병졸이라도 된 것처럼 일제히 소리를 질렀다.

"우꺄아!"

"우끼!"

쩌렁쩌렁 울리는 성성이들의 고함에 사람들은 왈칵 인상을 찌푸리며 귀를 막았다. 이내 거대한 성성이가 쿵쾅거리는 커다란 발소리를 울리며 화산을 향해 달려가기 시작했다. 다른 성성이들도 바짝 쫓아 달려 나갔다.

성성이 무리로 꽉 차 있던 거리가 순식간에 썰렁해졌다. 사람들은 빠른 속도로 시야에서 사라져 가는 성성이 무리의 뒷모습을 멍하니 쳐다보며 중얼거렸다.

"뭐, 뭐여 저건······?"

쏴아아!

쏟아지는 빗줄기가 주위에 가득한 피를 쓸어내렸다. 거센 빗

의외의 도움 265

소리를 뚫고 터져 나오는 금속성과 비명이 쉬지 않고 이어졌다.

캉! 카캉! 서컥!

"크아악!"

사진량은 파공성을 토해내며 날아드는 흑의인의 공격을 피하며 검을 내리 그었다.

난감했다.

도무지 상황이 나아지지 않았다. 흑의인들의 숫자도 많았지만, 그보다 자신과 함께 싸울 수 있는 사람들이 너무 적었다. 일각여 전에 엽인후가 이끄는 화산파의 병력이 더해지긴 했지만 전세를 뒤집기에는 부족했다.

강한 전력이 될 수 있는 고수들이 대부분 내공을 일으키려다 피를 토하며 쓰러진 탓이었다. 사진량과 남궁사혁이 맨 앞에서 압도적인 무위를 보이고 있긴 했지만 두 사람이 막아선 곳을 빼면 대부분이 열세였다.

그나마 화산파의 병력이 더해져서 지금까지 간신히 버틸 수 있었다. 그마저도 없었다면 아마 태반이 흑의인의 손에 목숨을 잃었으리라.

차라리 혼자였다면 아무리 적의 숫자가 많았어도 훨씬 상대하기 쉬웠을 것이다.

'젠장! 방법이… 없나?'

사진량은 쉬지 않고 검을 휘두르면서도 전황을 살폈다. 간신히 버티고는 있지만 언제 무너질지 모르는 일이었다. 사실 한 가지 방법이 있기는 했다.

하지만 그것은 기를 응축하는 데 시간이 너무 많이 걸리는 데다 위력이 너무 강해 애꿎은 이들까지 휩쓸릴 가능성이 높았다.

"망할! 이러다 다 죽겠다! 무슨 방법 없냐?"

얼마 떨어지지 않은 곳에서 정신없이 검을 휘두르고 있는 남궁사혁이 버럭 소리쳤다. 사진량은 달려드는 흑의인 셋을 일합에 베어버리고는 흘끔 뒤를 돌아보았다.

자신과 남궁사혁이 있는 곳을 빼면 전체적으로 열세였다. 이대로라면 자신들을 빼면 전멸할지도 모르는 일이었다. 어쩔 수 없는 일이었다. 다른 돌파구가 없으니 선택의 여지가 없었다.

"방법이… 있다."

"뭐? 있으면 빨리 해, 자식아!"

사진량의 말에 남궁사혁은 발악하듯 소리쳤다. 사진량은 그대로 흑의인을 베어 넘기며 남궁사혁에게 다가갔다.

"시간이 많이 필요한 방법이다. 한 식경 정도 버틸 수 있나?"

"그것 말곤 방법이 없는 거냐?"

사진량의 말을 단박에 이해한 남궁사혁은 왈칵 인상을 구기며 물었다. 사진량은 대답 대신 살짝 고개를 끄덕였다. 남궁사혁은 뿌득 이를 악물고 버럭 소리쳤다.

"고태, 오귀!"

"부르셨수, 형님!"

"부르셨습니까, 주군!"

남궁사혁의 근처에서 서로 힘을 합쳐 흑의인을 간신히 상대하고 있던 두 사람이 대답했다. 웬만큼 몸을 움직일 수 있게 된 관지화도 두 사람과 함께였다. 남궁사혁은 그대로 세 사람을 향해 소리쳤다.

"이리 와서 녀석이 됐다고 할 때까지 지켜라!"

"존명!"

"알겠구먼유! 우오오오!"

고태는 천생신력을 이용해 커다란 쇠몽둥이를 휘두르며 성큼성큼 사진량에게 다가왔다. 오귀와 관지화가 고태를 엄호하며 조금씩 전진해 왔다.

어느새 사진량을 중심으로 남궁사혁과 고태, 오귀 그리고 관지화까지 모두 모여 원진을 이루었다. 장일소도 손을 보태려고 비틀거리며 다가왔다.

"한 식경! 딱 한 식경이면 되는 거지?"

남궁사혁이 확인하듯 물어다. 사진량은 고개를 끄덕이며 검을 회수했다. 그러곤 기수식을 취하며 천천히 내공을 끌어 올리기 시작했다.

츠츠츠츠—!

혈맥을 빠르게 일주천한 내공이 기해에 모여 거친 소용돌이처럼 몰아치기 시작했다. 사진량의 몸이 부르르 떨리며 파공성이 터져 나왔다. 사진량은 쉬지 않고 내공을 계속 주천시켜 하단전으로 끌어 모았다. 응축된 기의 소용돌이가 금방이라도 터져 나갈 듯 넘쳐났다.

하지만 아직 모자랐다. 더욱 더 많은 기를 응축해 일시에 터뜨려야만 했다.

파카칵!

사진량이 빠진 자리를 매화검수와 은영단이 메우긴 했지만 역부족이었다. 시간이 지나자 조금씩 밀리기 시작했다. 이대로 가다간 한쪽 진형이 완전히 무너질 것 같았다.

"젠장! 아직 멀었냐!"

남궁사혁과 일행이 있는 가운데를 제외한 양익(兩翼)이 압도적으로 밀려났다. 남궁사혁은 사진량 때문에 전열을 맞춰 물러날 수도 없는 상황이었다. 자칫하다간 흑의인들에게 포위를 당할 수도 있는 상황이라 남궁사혁은 버럭 소리쳤다.

하지만 눈을 감고 있는 사진량은 요지부동이었다. 남궁사혁은 뿌득 이를 악물고는 내공을 있는 대로 쥐어짜냈다.

우우웅!

검신이 부르르 떨리며 뚜렷한 검기가 치솟았다. 남궁사혁은 극성에 이른 천풍검법을 펼쳤다. 남궁세가의 기본 검공에 불과한 것이었지만 남궁사혁의 손에서 펼쳐지자 여느 절대 검공 못지않은 위력이 드러났다.

파쾅!

남궁사혁이 검을 휘두르자 흑의인 너덧 명이 한꺼번에 전신이 난자당한 채 튕겨 나갔다. 다음 일격도 마찬가지. 남궁사혁은 그 자리에서 두어 걸음도 내딛지 않고 이리저리 내리 그었다.

쿠쾅! 서걱! 스카칵!

엄청난 위력에 폭음과 파공성이 쉬지 않고 터져 나왔다. 달려드는 흑의인은 제 형체를 알아볼 수 없을 정도로 피떡이 되어 튕겨 나가 바닥에 널브러졌다.

남궁사혁의 압도적인 무력에 흑의인들이 일시적으로 뒤로 물러났다. 전열을 뒤로 물린 것은 아니었다. 흑의인들은 쉽게 뚫지 못하는 남궁사혁 쪽을 버려두고 좌우로 갈라져서 들이닥쳤다.

"크아악!"

"커허억!"

양쪽에 병력이 더해지자 간신히 버티고 있던 전열이 순식간에 무너지기 시작했다. 사진량이 기를 응축하기 시작한 지 고작 반각 만에 벌어진 일이었다. 남궁사혁은 부러져라 이를 악물고 소리쳤다.

"아직이냐!"

하지만 여전히 사진량은 대답이 없었다. 선택의 여지가 없었다. 남궁사혁은 부러져라 이를 악물고, 무너져 가는 왼쪽 전열을 향해 몸을 날리려 했다.

그 순간.

"우끼이이이익!"

고막을 쩌렁쩌렁 울리는 커다란 소리가 아래쪽 흑의인들의 배후에서 들려왔다. 그와 동시에 묵직한 파공성이 연이어 터져 나왔다. 후미의 흑의인 수십 명이 피를 토하며 하늘 높이 튕겨 나갔다가 바닥에 떨어졌다.

퍽! 후우웅! 퍼퍼퍽!

배후에서의 공격은 전혀 예상치 못한 듯 흑의인들은 자못 당황하는 기색이었다. 미세하게 전열이 흐트러졌다.
"우끼이이!"
"우끼!"
 짐승의 울음 같은 기괴한 소리가 계속 터져 나오며 후미의 흑의인들이 삽시간에 줄어들었다. 일부 흑의인들이 방향을 바꿔 공격을 받고 있는 배후로 달려갔다. 그 덕에 일방적으로 무너지던 전열이 어느 정도 되살아나기 시작했다.
 흑의인들의 배후에서 벌어진 일로 상황이 호전되자 남궁사혁은 반색을 하며 검을 휘둘렀다. 어느 정도 안정을 찾은 양익도 조금씩이지만 전진하고 있었다.
 후미에서의 일이 아니었다면 아마 긴 시간을 버티지 못하고 그대로 전멸해 버렸을지도 모르는 일이었다. 남궁사혁은 속으로 안도의 한숨을 내쉬며 흘끔 흑의인들의 후미를 쳐다보았다.
"뭐, 뭐야, 저건!"
 순간 남궁사혁의 눈이 휘둥그레졌다. 쏟아지는 빗줄기 사이로 후미에서 흑의인들을 쓰러뜨리고 있는 거대한 그림자를 본 탓이었다. 사람의 형상을 하고 있지만 사람이라고 하기에는 그 크기가 너무 큰 무언가가 마구 날뛰고 있었다.
"우끼이이이!"
 흑의인의 후미를 무너뜨리던 거대한 형상은 버럭 소리치며 그대로 허공으로 뛰어올랐다. 그 순간 남궁사혁은 거대한 형상이 무엇인지 알아볼 수 있었다.
 거대한 성성이.

그것이 흑의인들을 마구잡이로 쓰러뜨리고 있었다. 덩치가 크다고는 하지만 한낱 미물에 지나지 않는 성성이가 마공을 익힌 흑의인을 손쉽게 쓰러뜨리다니.

 도저히 믿을 수 없는 일이었다. 게다가 더 가관인 것은 허공에 뛰어오른 거대한 성성이 뒤로 보통 사람 정도 덩치의 작은 성성이 수십 마리가 함께 뛰어올라 흑의인들을 쓰러뜨리고 있었다.

 "우캬아악!"
 "우끼끼!"
 성성이들의 거친 울음소리가 주위를 뒤흔들었다. 허공에 뛰어오른 거대한 성성이는 흑의인들 한가운데로 뛰어들어 착지했다.

 쿠쿵!

 워낙에 덩치가 큰 놈이라 바닥에 착지하는 소리가 귓가에 들리는 것 같았다. 거대한 성성이는 그대로 주먹을 이리저리 휘둘러 자신에게 달려드는 흑의인들을 마구잡이로 쓰러뜨렸다.

 콰득! 퍼억! 우득!

 뼈가 부러지는 파골음이 연이어 터져 나오며 흑의인들이 속수무책으로 쓰러졌다. 순식간에 흑의인 십수 명을 쓰러뜨린 거대한 성성이는 두 팔을 높이 치켜들며 크게 울부짖었다.

 "우키이익! 우키!"
 상당한 거리가 있음에도 바로 옆에서 소리치는 것처럼 쩌렁쩌렁 울렸다. 남궁사혁은 저도 모르게 살짝 인상을 찌푸렸다.

거대한 성성이의 울부짖음이 터져 나온 순간, 눈을 감은 채 기를 응축하던 사진량이 번쩍 눈을 떴다.

"설아……?"

갑작스레 등 뒤에서 들려온 사진량의 목소리에 움찔 놀란 남궁사혁이 고개를 돌렸다.

"응? 뭐라고?"

그 순간 남궁사혁의 빈틈을 노리고 흑의인 너덧이 달려들었다. 하지만 남궁사혁은 곧장 고개를 돌리며 섬전같이 검을 휘둘렀다.

파카각!

섬뜩한 파공성과 함께 사지가 잘린 흑의인이 바닥에 떨어지며 피 비를 쏟아냈다. 남궁사혁은 시야를 가리는 흑의인의 잘린 살덩이를 검갑으로 쳐내며 다시 고개를 돌렸다. 놀란 눈의 사진량의 시선은 흑의인들 한가운데에서 날뛰고 있는 수많은 성성이 무리에게 향해 있었다.

성성이 무리의 등장으로 전황은 급변하고 있었다. 대비하지 못한 배후에서의 공격에 흑의인들은 앞뒤로 공격을 받는 형국이 되어 전열이 엉망으로 흐트러지고 말았다.

상당한 수준의 마공을 익힌 흑의인들이었지만 이상하게도 성성이 무리의 주먹질에는 속수무책으로 당하고 있었다.

특히나 덩치가 다른 성성이의 서너 배는 됨직한 거대한 성성이의 위력은 상상 이상이었다. 주먹을 내지를 때마다 흑의인

의외의 도움 273

서넛이 피떡이 되어 쓰러졌다.

흑의인들이 휘두르는 검은 거대한 성성이에게 조금도 피해를 입히지 못했다. 온몸에 난 굵은 털이 마치 갑옷이라도 된 것처럼 흑의인의 검을 튕겨 내고 있었다.

빠각! 우드득!

연신 터져 나오는 타격음과 파골음에 모골이 송연할 지경이었다. 성성이 무리가 나타난 지 반각도 지나지 않았는데 벌써 흑의인 팔십여 명이 당했다. 거대한 성성이뿐만 아니라 작은 성성이들도 일개 미물이라고 보기에는 너무도 강했다.

일방적으로 밀어붙이고 있던 흑의인들은 성성이 무리가 등장한 탓에 앞뒤로 포위되어 버린 형국이었다. 이대로 가다간 흑의인들은 전멸을 면치 못할 것 같았다.

그 순간 흑의인 몇몇이 품속에서 작은 피리를 꺼내 들고 힘껏 불었다.

삐이이익―!

빗소리를 뚫고 터져 나온 날카로운 고주파음에 흑의인들의 움직임이 순간 멈칫했다. 하지만 이내 흑의인들의 근육이 일제히 부풀어 오르고 시커먼 마기가 온몸에서 뿜어져 나오기 시작했다.

드드득! 슈아악!

갑작스러운 불길한 느낌에 물러나는 흑의인에게 달려들던 사람들이 저도 모르게 멈칫했다. 그 순간 갑자기 검은 마기를 뿜어내던 흑의인들이 일제히 사람들을 향해 덮쳐왔다.

파파팍!

 조금 전까지와는 비교도 할 수 없을 정도로 빠르고 강렬한 공격에 미처 대응하지 못한 사람들은 비명을 지를 새도 없이 그대로 절명해 버렸다.

 성성이 무리에게 달려든 흑의인들도 마찬가지였다. 검은 마기로 가득 둘러싸인 공격은 이전보다 훨씬 강해 무쇠처럼 단단하던 거대한 성성이의 몸에 작은 생채기를 내기 시작했다.

 파캉! 카캉!

 "우끼이! 우끽!"

 갑작스러운 고통에 거대한 성성이는 펄쩍펄쩍 뛰었다. 그러면서도 커다란 주먹을 마구 휘둘러 흑의인들을 조금씩 쓰러뜨리고 있었다. 거대한 성성이는 크게 상처를 입지는 않았지만 목숨을 도외시한 흑의인들의 공격에 짐짓 당황한 눈치였다.

 그러나 작은 성성이들은 달랐다.

 공격을 요리조리 아슬아슬하게 피하고는 있었지만, 완전히 피하지 못해 크고 작은 상처가 몸에 생겨나고 있었다. 그러다 성성이 몇 마리가 심한 상처를 입고 쓰러졌다.

 "우키이! 끼이이!"

 쓰러지는 동료의 모습을 본 성성이가 비명을 질렀다. 한참 정신없이 흑의인의 공격을 몸으로 받아내며 주먹질을 하던 거대한 성성이도 그 소리를 들었는지 고개를 돌렸다.

 피를 흘리며 쓰러지는 작은 성성이 몇 마리의 모습이 거대한 성성이의 눈에 들어왔다. 그것을 본 거대한 성성이가 날카로운

의외의 도움

송곳니를 드러냈다.

"우끼아악!"

버럭 소리치며 거대한 성성이는 쓰러지는 작은 성성이들이 있는 쪽으로 몸을 날렸다. 그 앞을 막아선 흑의인들은 조금도 방해가 되지 않았다. 어깨로 들이박고, 주먹으로 후려치는 거대한 성성이의 공격에 온몸이 폭발하듯 터져 나가 버렸다.

쾅! 퍼펑!

순식간에 흑의인 수십 명을 핏물로 만들어 버리고, 쓰러진 작은 성성이들에게 다가간 거대한 성성이는 미약하게 숨을 몰아쉬는 작은 성성이 하나를 끌어안고 비명을 질렀다.

"우키이이이! 우끼!"

커다란 눈망울에는 굵은 눈물이 그렁그렁 맺혀 있었다. 슬픔에 젖어 울부짖는 거대한 성성이를 노리고 흑의인들이 달려들었다. 거대한 성성이는 죽어가는 작은 성성이를 한 손으로 품에 안은 채 펄쩍 뛰어올라 자신을 향해 달려드는 흑의인들을 향해 연이어 주먹을 내질렀다.

파파파파! 퍼퍽! 콰득! 퍼펑!

내지르는 주먹이 수십 개로 보일 정도로 뚜렷한 잔영을 남기며 흑의인들을 내려쳤다. 거대한 성성이는 그대로 허공에서 빙글 공중제비를 돌아 바닥에 착지했다. 그 순간 다시 십수 명의 흑의인이 달려들었다. 거대한 성성이가 다시 주먹을 내지르려는 순간!

"모두 위로 뛰어올라라! 설아, 너도!"

거센 빗줄기를 뚫고 누군가의 커다란 외침이 터져 나왔다. 그 순간 거대한 성성이가 반가운 표정을 지으며 소리가 들려온 방향으로 고개를 돌렸다.

"우끼이이!"

쿠쿵!

동시에 거대한 성성이는 바닥을 크게 구르며 힘껏 뛰어올랐다. 거대한 성성이가 뛰어오르자, 작은 성성이들도 일제히 높이 뛰었다. 심하게 상처를 입은 작은 성성이는 다른 성성이가 들쳐 업고 뛰었다.

"우끼이!"

"우끼!"

온 힘을 다해 높이 뛰어오른 성성이들은 일제히 크게 소리쳤다. 그 순간 위쪽에서 커다란 폭음과 함께 어마어마한 크기의 반월형 강기가 뿜어져 나왔다.

콰르릉! 콰쾅!

상서로운 빛을 뿜어내며 뻗어 나온 거대한 반월형 강기는 그대로 수많은 흑의인을 덮쳤다.

파콱! 카카칵! 스컥!

심상치 않은 기운을 느낀 흑의인들이 다급히 검을 들어 막으려 했지만 아무 소용 없었다. 거대한 반월형 강기는 자신의 권역(圈域) 안에 있는 수많은 흑의인을 모조리 베어버린 후, 땅속 깊이 파고들었다.

파콰콰콰!

의외의 도움 277

작은 성성이 몇 마리가 피투성이가 된 채 쓰러지는 모습이 거센 빗줄기 사이로 희미하게 보였다. 거대한 성성이, 설아도 무사해 보이지는 않았다. 사진량은 질끈 이를 악물었다. 시간이 부족해 생각했던 것만큼 내기를 응축시키지 못했다.

 때문에 주위를 모조리 휩쓸어 버릴 만큼의 파괴력은 얻을 수는 없었다. 하지만 부족한 만큼 기운의 조절을 세밀하게 하면 파괴력 대신 무시무시한 절삭력을 얻을 수도 있을 것이다.

 '되든 말든 일단 해보는 거다.'

 사진량은 그대로 천천히 앞으로 나섰다.

 "뭐냐, 갑자기?"

 갑작스레 사진량이 앞으로 나서자 막 흑의인 둘을 베어 넘긴 남궁사혁이 고개를 갸웃했다. 사진량은 대꾸하지 않고 기수식을 취하며 버럭 소리쳤다.

 "모두 위로 뛰어올라라! 설아, 너도!"

 그 순간 갑자기 나타났던 성성이 무리가 일제히 허공으로 힘껏 뛰어올랐다. 빈틈없이 쏟아지는 빗줄기 사이로 그것을 확인한 사진량은 그대로 온 힘을 다해 발검(拔劍)해 기의 바다에 응축된 기운을 한꺼번에 방출했다.

 '최대한 가늘고 길게! 파괴력으로 뭉개는 게 아니라 날카롭게 베는 거다.'

 속으로 몇 번을 되뇌며 사진량은 일시에 방출한 기운을 전력을 다해 조절했다. 횡으로 길게 그어진 사진량의 검은 오색

창연한 빛을 뿜어내는 거대한 반월형 강기를 뿜어냈다.

파콰콰! 콰쾅!

거대한 반월형 강기는 주위를 뒤흔드는 거대한 폭음과 함께 흑의인들을 덮쳤다.

파카캉! 퍼컥! 쓰컥!

날카로운 파열음과 함께 섬뜩한 파육음이 쉬지 않고 터져 나왔다. 그 자리에 있는 흑의인들의 대부분이 반월형 강기에 휩쓸려 허리가 잘려 나갔다. 남은 것은 고작해야 십수 명뿐이었다.

"커헉!"

하단전에 응축된 내공을 일시에 방출한 사진량은 각혈하듯 거친 숨을 토해내며 그 자리에 털썩 주저앉았다. 눈 깜짝할 사이에 벌어진 일에 남궁사혁은 그저 황당하기만 했다. 얼핏 보기에도 이백여 명은 되어 보이는 흑의인을 단 일검에 도륙해 버린 사진량이 마치 괴물처럼 느껴졌다.

'이, 이 자식……! 이 정도였나?'

자신보다 강하다는 것쯤은 알고 있었지만 이 정도로 격차가 있을 줄이야. 남궁사혁은 반쯤 넋을 놓은 표정으로 사진량을 쳐다보았다. 그때 남은 흑의인 몇몇이 지친 사진량을 향해 달려들었다. 퍼뜩 정신 차린 남궁사혁이 사진량의 앞을 막아서며 검을 내리 그었다.

파카칵! 스컥!

하나를 베고 나서도 남궁사혁은 멈추지 않고 남은 흑의인들을 향해 달려들었다. 이윽고 남궁사혁의 손에 남은 자들마저 모두 쓰러졌다.

쏴아아아—!

쏟아져 내리는 거센 빗줄기가 바닥을 적신 피를 모조리 쓸어 내려갔다.

"끄, 끝난 건가?"

누군가 불쑥 입을 열었다. 다른 이들도 눈치를 보며 저마다 소리쳤다.

"사, 살았다! 이제 다 끝났어!"

"우아아!"

살아남은 사람들의 기쁨의 함성이 빗소리를 뚫고 화산을 크게 뒤흔들었다.

"예상보다 병력 손실이 많았지만… 나름대로 성공은 한 셈이로군."

낙안봉 정상에서 가만히 연화봉을 내려다보던 흑의 인영은 싸늘한 미소를 지으며 나직이 중얼거렸다. 거세게 쏟아져 내리는 빗속에서도 흑의 인영은 조금도 젖지 않았다. 빗줄기가 뚫지 못하는 투명한 막이 흑의 인영 주위를 감싸고 있는 것 같았다. 진한 미소를 그려지은 흑의 인영은 이내 천천히 돌아섰다.

후우우우—

어디선가 밀려온 검은 안개가 흑의 인영을 감쌌다. 이내 불어온 바람에 검은 안개는 순식간에 흩어졌다. 흩어지는 검은 안개와 함께 그 자리에 있어야 할 흑의 인영의 모습은 온데간데없이 사라져 버렸다.

"우끼이……."

슬픔에 가득 찬 눈으로 죽어가는 성성이를 내려다보며 거대한 성성이는 낮게 울었다. 이미 숨이 끊어진 성성이는 모두 네 마리. 남은 하나가 실낱같은 숨결을 이어가고 있었다. 하지만 그마저도 곧 끊어질 것 같았다.

남은 작은 성성이들도 죽어가는 성성이 주위에 둥글게 모여 훌쩍이고 있었다. 등 뒤에서 들려오는 기쁨에 찬 사람들이 함성도 성성이들에게는 들리지 않았다. 그저 동료를 잃은 슬픔만이 느껴질 뿐이었다.

"설아……."

바로 뒤에서 들려온 목소리에 거대한 성성이는 천천히 고개를 돌렸다. 지친 모습의 사진량이 그 자리에 서 있었다. 거대한 성성이, 설아는 금방이라도 눈물을 쏟아낼 것처럼 흐리멍덩한 눈으로 사진량을 쳐다보았다.

"우끼이이……."

사진량은 슬프게 우는 설아의 어깨에 조용히 손을 얹었다. 그러곤 천천히 죽어가는 성성이에게 다가가 손을 뻗었다. 허탈감이 느껴질 정도로 내공의 소모가 극심했지만 사진량은 아랑곳하지 않고 남은 내공을 쥐어짜내 죽어가는 성성이에게 주입했다.

"우끼……."

그 덕인지 힘없이 입을 여는 성성이의 얼굴에서 조금은 고통이 거둬진 것 같았다. 이내 성성이는 조용히 두 눈을 감았다. 입가에 미소를 띤 편안한 죽음이었다. 성성이의 죽음을 확인한 사진량은 천천히 몸을 일으켰다. 사진량은 침통한 얼굴로 설아를 향해 돌아보며 입을 열었다.

"돌아가라, 설아."

"우끼이……."

"돌아가라니까."

"우끼끼이……."

"또 아이들을 잃고 싶은 거냐, 설아!"

사진량의 조용하지만 날카로운 일갈에 설아는 어깨를 움찔했다. 축 쳐진 어깨를 한 설아는 나란히 누워 있는 죽은 성성이들을 가만히 쳐다보았다. 이내 설아는 다시 사진량에게 고개를 돌렸다. 사진량은 나직이 한숨을 내쉬며 말을 이었다.

"일이 모두 끝나면 반드시 돌아가겠다. 그러니 아이들과 함께 돌아가서 기다려."

"우끼……."

"돌아가지 않으면 다시는 날 못 보게 될 거다. 그래도 좋으냐, 설아?"

사진량의 엄포에 설아는 굵은 눈망울을 크게 치켜떴다. 이내 설아는 어쩔 수 없다는 듯 힘없이 고개를 끄덕였다.

"우끼이이……."

사진량은 다시 한 번 손을 뻗어 설아의 어깨를 툭툭 두드렸다. 그러면서 나직이 중얼거렸다.

"아이들을 지켜주지 못해 미안하다."

그 말에 설아는 참고 있던 울음을 왈칵 터뜨렸다. 소리 없이 눈물을 훔치던 설아는 이내 천천히 왔던 길을 되돌아가기 시작했다. 작은 성성이들도 죽은 성성이들의 시신을 수습해 설아의 뒤를 조용히 쫓기 시작했다.

멀어져 가는 성성이 무리의 모습을 가만히 지켜보며 사진량은 나직이 한숨을 내쉬었다. 워낙에 심각한 분위기라 차마 끼어들지 못하고 있던 남궁사혁이 조심스레 다가와 물었다.

"저 녀석들 도대체 뭐냐? 아까 보니까 주먹에 권경이 담겨 있던데?"

"다들 괜찮나?"

사진량은 대답 대신 남궁사혁의 뒤에 있는 일행을 향해 질문을 던졌다. 다들 꼬락서니가 말이 아니었다. 온몸이 피투성이에 크고 작은 상처가 가득했다.

가장 심한 것은 장일소였다. 소량이었지만 산공독을 흡입하고 나서 내공을 끌어 올리는 바람에 기혈이 뒤틀려 내상을 입었다. 얼굴빛이 시퍼렇게 죽어가는 것이 치료를 받지 않으면 큰일 날 것 같았다.

"아, 아직 버틸 만합니……."

"사, 사부니임!"

대답을 하려다 비틀거리며 쓰러지는 장일소를 고태가 급히 부축했다. 관지화도 꽤나 상태가 심각해 보였지만 대부분이 외상이라 조금만 치료하면 나을 것 같았다.

사진량은 흘끗 사람들이 모여 있는 곳을 바라보았다. 다들 기쁨의 환호성을 토해내느라 이쪽을 신경 쓰지 않는 것 같았다.

"그럼… 이제 내려가 보도록 하지. 괜히 남아 있다간 쓸데없이 시간만 낭비할 것 같으니."

말을 마침과 동시에 사진량은 산 아래로 몸을 날렸다. 고태는 장일소를 들쳐 업고 그 뒤를 따르기 시작했다. 남궁사혁이 막 걸음을 옮기려는 순간.

"거기 서라!"

누군가의 낮은 외침이 들려왔다. 고개를 돌리자 지친 표정의 남궁강이 천천히 다가오고 있었다. 남궁사혁은 저도 모르게 왈칵 인상을 찌푸렸다.

"니들 먼저 내려가 있어라."

남궁사혁은 남은 오귀와 관지화에게 손짓했다. 두 사람은 말없이 조용히 산을 내려가기 시작했다. 돌아선 남궁사혁이 마뜩찮은 얼굴로 말을 이었다.

"뭐냐?"

다가온 남궁강은 망설이듯 잠시 머뭇거렸다. 짜증이 확 밀려왔다. 남궁사혁이 다시 한 번 물었다.

"뭐냐니까?"

"네놈과 함께하고 싶다."

갑자기 남궁강이 불쑥 말을 던졌다. 예상치 못한 말에 남궁사혁은 황당한 얼굴이 되었다.

"뭐?"

"네놈과 함께 가고 싶다고 했다."

"이유는?"

"언젠가 네놈을 쓰러뜨리기 위해서. 최대한 네놈을 가까이서 지켜볼 테다."

어처구니가 없었다. 남궁사혁은 한숨을 푹 내쉬며 천천히 남궁강에게 가까이 다가갔다. 바로 옆에서 멈춰 선 남궁사혁은 손을 들어 남궁강의 어깨에 손을 올렸다.

"네 녀석치곤 괜찮은 생각이다만……"

남궁사혁이 말꼬리를 흐리자 남궁강이 고개를 갸웃했다. 그 순간, 남궁사혁의 그러쥔 주먹이 남궁강의 복부를 후려쳤다.

퍼억!

"컥! 네, 네 녀석……!"

그대로 힘없이 쓰러지는 남궁강의 귓가에 남궁사혁이 조용히 속삭였다.

"버릇은 어디 밥 말아 먹은 애새끼를 달고 다니는 취미는 없거든."

*   *   *

화산비검회에서 벌어진 참화(慘禍)는 무림을 크게 뒤흔들었다. 정사를 막론한 수많은 무인이 휩쓸린 사건이라 도저히 숨길 수가 없는 사건이었다.

괴멸 직전까지 몰린 화산파는 구파일방으로서의 권위는 바닥으로 추락했다. 화산파는 자파의 복구를 위해 십 년간의 봉문을 선언했다.

하지만 남은 매화검수의 절반은 화산파를 습격한 흑의인의 배후를 쫓기 위해 장로 두 사람을 대동해 하산시켰다.

화산파를 습격한 흑의인 무리.

기괴한 마공을 사용하는 것으로 미루어보아 그들은 마도의 세력임이 틀림없었다. 천의문의 멸문에 처음으로 드러난 마도가 화산파마저 무너뜨리자 무림인들은 불안에 떨기 시작했다.

수백 년 전 마도의 발호에 무림 전체가 괴멸 직전까지 갔던 것을 떠올린 것이다. 무림인들은 언제 있을지 모르는 마도의 발호에 모든 문파가 힘을 합쳐 대응해야 한다고 목소리를 높였다.

구파일방을 주축으로 한 정의맹(正義盟).

사파 무림인들의 연합체인 사도맹(邪道盟).

무림이 생겨난 이래 오랜 세월 동안 서로의 영역을 다투어 오던 두 세력이 마도의 발호에 대비하기 위해 한자리에 모였다.

정사연합무맹(正邪聯合武盟)의 탄생이었다.

외전
검의 뜻을 세우다

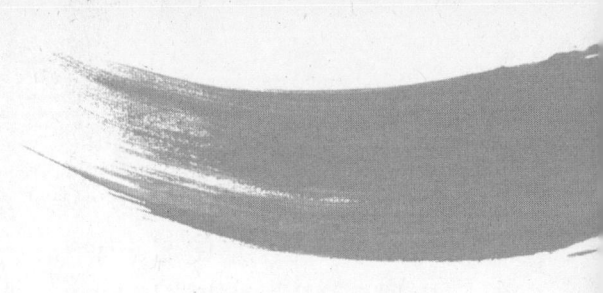

 아주 어린 시절부터 그저 검이 좋았다. 검과 함께라면 무엇이든 해낼 수 있을 것 같았다. 그렇게 미친 듯 검에만 매달렸다.
 "혁아! 넌 우리의 희망이다. 직계 놈들에게 본때를 보여주렴."
 내게 검을 가르쳐 준 숙부는 그렇게 말하며 눈물을 흘리곤 했다. 하지만 나는 아랑곳하지 않았다.
 직계든 방계든 그게 무슨 상관이람.
 그저 검이 좋았고, 누구보다 검을 잘 쓰고 싶었을 뿐이다. 그렇게 수 년 간 내게 전해진 유일한 검공, 천풍검법에 매달렸다.
 하지만 금세 벽이 찾아왔다.
 더 이상 검이 늘지 않았다. 아무리 수련에 매진해 보아도 만족스러운 검로(劍路)가 보이지 않았다. 휘두르는 검은 그저 단

검의 뜻을 세우다

순한 몸놀림일 뿐이었다.

좌절했다. 아무리 검을 수련해도 가문의 기본 검공인 천풍검법으로는 더 이상의 발전은 없을 것이다.

그럼에도 숙부는, 방계의 어르신들은 나에게 모든 기대를 걸고 있었다. 언젠가 남궁가의 내원에 들어가 무공으로 한자리를 차지하는 내 모습을 보는 것이 꿈이란다.

어처구니없었다. 내가 꿈꿔오던 나의 검은 고작 남궁가에만 머물기 위한 것이 아니다. 남궁가를 넘어 아무것에도 얽매이지 않고 자유로이 날 수 있는 검, 바로 그것이 나의 꿈이다.

아니, 꿈이… 었다.

천풍검법의 한계를 느낀 순간, 나는 깊은 좌절감에 아무것도 할 수 없었다. 고작 열 살의 나이에 인생의 깊은 좌절감을 맛본 나는 그때부터 엇나가기 시작했다.

검술 수련을 함께 하자는 숙부에게 반항하기 일쑤였고, 여러 방계 어른들 앞에서 악을 쓰고 뛰쳐나가기도 했다. 하지만 그럼에도 나에 대한 어른들의 기대는 사라지지 않았다.

아니, 오히려 더욱 커졌다.

왜 나만! 왜 나한테만 그러냐고!

가출을 결심한 나는 야음을 틈타 집을 빠져나왔다. 유일한 재산인 손때 묻은 목검을 들고. 최대한 멀리 벗어나기 위해 밤새도록 걷고 또 걸었다.

어느새 날이 밝았다. 지친 나는 야트막한 산 중턱의 공터에서 걸음을 멈췄다. 하도 오래 걸어 다닌 탓에 발바닥이 아팠다.

그 자리에 풀썩 주저앉은 나는 깊이 한숨을 내쉬었다.

그러다 문득 손때 묻은 목검을 집어 들었다.

갑갑했다. 왠지 모르게 검을 휘두르고 싶었다. 나는 질끈 눈을 감은 채 마구잡이로 목검을 휘둘렀다.

이상했다. 그렇게나 보이지 않던 검로가, 어색하기 짝이 없던 검로가 부드럽게 이어지는 것 같았다. 놀란 나는 번쩍 눈을 떴다. 다시 검로가 어지러이 얽히기 시작했다.

이유를 알 수 없었다.

그 자리에 멈춰 선 나는 끓어오르는 화를 참지 못하고 그대로 목검을 내던졌다. 목검이 바위에 부딪쳐 와작, 하고 두 조각 나버렸다.

처연하게 그것을 바라보며 나는 눈물을 흘렸다. 그때 등 뒤에서 누군가의 목소리가 들려왔다.

"허어, 어인 일로 그리 슬피 우는고."

고개를 능글맞은 미소를 짓고 있는 웬 땡중이 보였다. 공허대사라는 거창한 법명을 가진 스님이었다. 우연히 만난 낯선 사람에게 나는 무슨 소리를 하는지도 모르고 속에 있는 말을 모조리 뱉어냈다.

그렇게 한참이나 응어리를 토해내고 나니 조금은 갑갑한 마음이 사라진 것 같았다. 공허대사는 묵묵히 두서없이 이어지는 내 말을 들어주었다. 들어준 것만으로도 고마웠다.

영락없는 땡중이기는 하지만.

"마음을 담거라. 네가 품은 그 광대한 뜻을 검에 담을 수만 있

검의 뜻을 세우다

다면 삼류 무공이든, 일류 무공이든 그런 것은 전혀 상관없을 게다. 검에 마음과 뜻을 담는 것, 그것이 네게 길을 열어줄 게야."

역시 땡중은 땡중이다. 듣기에 그럴싸한 말만 내뱉는 것을 보니.

하지만 나는 그 말에 묘하게 감화되었다. 그 길로 나는 다시 집으로 돌아갔다. 만 하루 동안 내가 없었는데도 가문은 아무렇지도 않았다. 하긴, 방계의 작은 아이일 뿐인 내가 무슨.

그날부터 나는 다시 검을 수련하기 시작했다. 휘두르는 검 하나하나에 내 꿈을 생각하고 뜻을 담도록 노력하며.

그로부터 사 년 후.

내 나이 열넷이 되던 해에 신룡쟁투가 열렸다. 남궁가의 주축이 될 동량지재를 선발하는 대회였다. 수많은 방계 어르신의 기대에 힘입어 나는 외원의 대표로 십 세 이상, 십오 세 이하의 쟁투에 참가했다.

상대가 누구든 간에 나는 자신이 있었다.

마음과 뜻을 담은 검. 그것만 있으면 충분하다고 생각했다. 하지만.

"무조건 져야 한다, 알겠지?"

"왜요?"

"네 첫 상대가 소가주이지 않더냐. 그러니 어쩔 수 없는 노릇이란다."

나에게 몇 번이고 당부하는 방계 어르신의 말을 도무지 이해할 수 없었다. 언제는 이기고 이겨서 반드시 내원에 진출하라고 독려하지 않았던가.

싫다. 실력이 모자라서 지는 것이라면 모를까, 일부로 지는 것은 절대로 싫었다.

나는 입으로는 알겠다고 대답하며 속으로는 반드시 이기겠다고 결심했다. 그렇게 나는 비무대 위에 올랐다.

상대는 남궁강. 나보다 두 살 아래인 남궁가의 소가주였다. 갓난아이 때부터 수많은 영약을 복용하고 벌모세수(伐毛洗髓)를 받은 데다, 가주에게만 전해지는 창궁무애검법을 네 살 때부터 익혔단다. 남궁가의 최상승 무공만 골라 익힌 녀석이다.

그런데 나는 기본 검공인 천풍검법만을 십 년 정도 죽어라 수련했다. 상식적으로 상대가 될 리가 없었다.

그런데 녀석의 눈을 마주한 순간, 질 것 같지가 않았다. 나는 피식 미소를 지으며 천천히 목검을 들어 올렸다. 내 미소가 마음에 들지 않았던 것인지 남궁강은 인상을 구기며 달려들었다. 어릴 때부터 대접받으며 자란 탓에 역시 건방지기 짝이 없었다.

보였다. 남궁강이 펼치는 검의 검로가 뚜렷하게 보였다. 어떻게 공격하면 쓰러뜨릴 수 있는지도 선명하게 보였다. 나는 조금의 망설임도 없이 눈에 보이는 검로를 따라 목검을 내리 그었다.

그리고…….

탁! 타닥!

바짝 마른 나뭇가지가 불에 타 갈라지는 소리가 조용히 들려왔다. 남궁사혁은 멍하니 불길을 바라보며 오래전 어린 시절의 일을 떠올렸다. 이내 피식 미소를 지으며 고개를 절레절레 흔들었다.

"으이그, 뜬금없이 옛날 생각은……. 나도 이제 나이를 먹은 건가?"

남궁사혁은 모닥불에 장작을 던져 넣으며 흘끔 잠든 일행을 쳐다보았다. 문득 나무에 등을 기댄 채 모포를 덮고 있는 사진량의 모습이 눈에 들어왔다.

"뭘 보는 거냐?"

잠들어 있는 줄 알았던 사진량이 불쑥 말을 걸었다. 남궁사혁은 머쓱한 얼굴로 시선을 돌렸다.

"아무것도 아냐. 잠이나 자라."

이내 부스럭거리며 사진량이 몸을 돌리는 소리가 귓가에 들려왔다. 남궁사혁은 다시 장작을 던져 넣으며 흘끔 곁눈질로 사진량을 쳐다보고는 속으로 나직이 중얼거렸다.

'네 녀석이 걷는 그 길, 똑똑히 이 두 눈으로 지켜봐 주마.'

『고검독보』 3권에 계속…

이제부터 전자책은
이젠북

www.ezenbook.co.kr

🌿 새로운 세계가 열린다! 🌿

김재한 『성운을 먹는 자』 철백 『대무사』
니콜로 『마왕의 게임』 가프 『궁극의 쉐프』
이경영 『그라니트:용들의 땅』 문용신 『절대호위』
탁목조 『일곱 번째 달의 무르무르』 천지무천 『변혁 1990』
강성곤 『메이저리거』 SOKIN 『코더 이용호』

이름만 들어도 황홀할 정도의 별들의 향연!
이들의 "유료연재"가 시작됩니다!

검색창에 **이젠북**을 쳐보세요!

초대형 24시 만화방

신간 100%, 샤워실, 흡연실, 수면실(침대석), 커플석, 세탁기 완비

■ 시흥 정왕25시점 ■

경기 시흥시 정왕동 1742-13 미스터피자 건물 5층
031) 319-5629

■ 강북 노원역점 ■

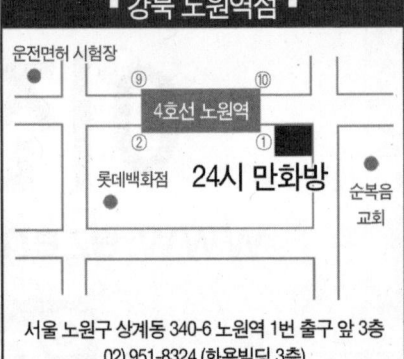

서울 노원구 상계동 340-6 노원역 1번 출구 앞 3층
02) 951-8324 (화용빌딩 3층)

■ 일산 정발산역점 ■

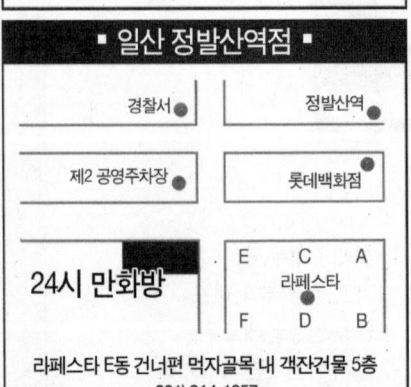

라페스타 E동 건너편 먹자골목 내 객잔건물 5층
031) 914-1957

■ 일산 화정역점 ■

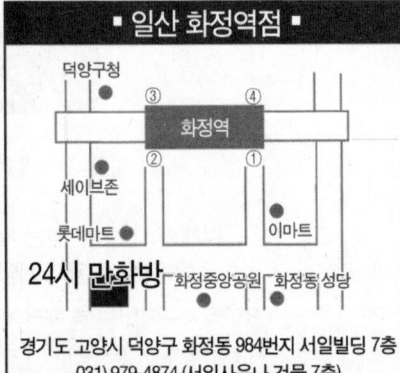

경기도 고양시 덕양구 화정동 984번지 서일빌딩 7층
031) 979-4874 (서일사우나 건물 7층)

■ 부천 역곡역점 ■

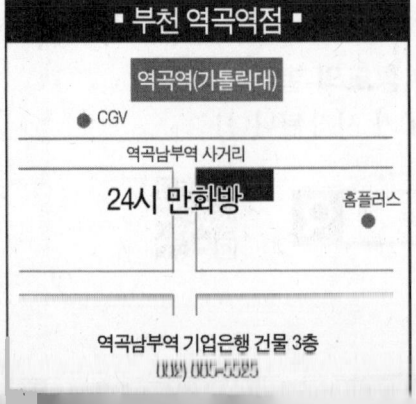

역곡남부역 기업은행 건물 3층
032) 343-5525

■ 부평역점 ■

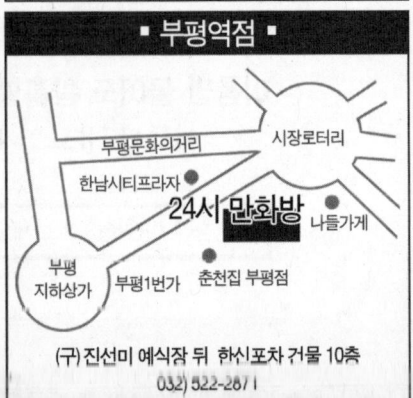

(구) 진선미 예식장 뒤 하시포차 건물 10층
032) 522-2871

미러클 테이머

인기영 장편소설

FUSION FANTASTIC STORY

MIRACLE TAMER

이계로 떨어져 최강, 최고의 테이머가 되었다.
그러나… 남은 것은 지독한 배신뿐.

배신의 끝에서 루아진은 고향, 지구로 되돌아오게 되는데…….
몬스터가 출몰하기 시작한 지구!
그리고 몬스터를 길들일 수 있는 테이머 루아진!
그 둘의 조합은……?

『미러클 테이머』

바야흐로 시작되는
테이머 루아진과 몬스터들의 알콩달콩한
대파괴의 서사시!!

유행이 아닌 자유추구 -
WWW.chungeoram.com

이모탈 퓨전 판타지 소설
FUSION FANTASTIC STORY

용병들의 대지
Road of Mercenaries

이 세계엔 3개의 성역이 존재한다.
기사들의 성역, 에퀘스.
마법사들의 성역, 바벨의 탑.
그리고… 그들의 끊임없는 견제 속에 탄생하지 못한

『용병들의 대지』

전쟁터의 가장 밑을 뒹굴던 하급 용병 아론은
이차원의 자신을 살해하고 최강을 노릴 힘을 가지게 된다.

그의 앞으로 찾아온 새로운 인생.
아론은 전설로만 전해지던
용병들의 대지를 실현시킬 수 있을 것인가!

Book Publishing CHUNGEORAM
WWW.chungeoram.com

FUSION FANTASTIC STORY

텀블러 장편소설

현대 천마록

천하를 호령하고 전 무림을 통합한
일월신교의 교주 천하랑.
사람들은 그를 천마, 혹은 혈마대제라고 불렀다.

『현대 천마록』

무공의 끝은 불로불사가 되는 것이라 생각했지만
그로서도 자연의 섭리 앞에선 어쩔 수 없었다!

'그렇게 많은 피를 흘렸음에도 불구하고
죽을 때가 되니 남는 것이 없군그래.'

거듭된 고련 끝에 천하랑의 영혼이
존재하지 않게 된 그 순간
그의 영혼은 현세에서 천마로서 눈을 뜬다!

Book Publishing CHUNGEORAM

유행이 아닌 자유추구
WWW.chungeoram.com